EXTINCTION

Avertissements

Les histoires, les personnages ainsi que les événements mentionnés dans cet ouvrage sont purement fictionnels et appartiennent à l'auteur.
Les lieux et les noms propres sont soit le fruit de l'imagination de l'auteur, soit utilisés dans le cadre d'une œuvre de fiction. Toute ressemblance avec des personnes réelles, vivantes ou décédées, des entreprises ou des événements serait une pure coïncidence.
Attention, ce roman contient des scènes de violence qui peuvent ne pas être adaptées à un jeune public. Il contient également des dialogues dont le langage cru ne convient pas à un enfant.

Copyright

Édité par Florian Gruss
68000 Colmar, France
Couverture : Thibault Beneytou
Correction : Amandine Riba
Imprimé par Amazon
ISBN : 978-2-9596859-2-7
Dépôt légal : Octobre 2025

FLORIAN GRUSS

EXTINCTION

TOME 2 : POUVOIR

Angleterre
2015
OCEAN ATLANTIQUE
MER DU NORD
Pentland Firth
Wick
Helmsdale
SCOTLAND
Aberdeen
Stonehaven
Bass Rock
Dunbach
Bamburgh
IRLANDE
Île de Man
MER D IRLANDE
Blackpool
Preston
Leeds
Hull
Liverpool
Wallasey
Manchester
Shrewsburry
ENGLAND
CANAL St. GEORGES
WALES
Londres
Portsmouth
LA MANCHE
FRANCE
N
W
E
S

RÉSUMÉ DU TOME 1

Voilà maintenant cinq ans que Jonathan survit, avec sa femme Elizabeth ainsi que leurs trois enfants, entre les murs d'une zone de quarantaine à l'ouest de l'Angleterre, construite sur les fondations d'une ville dénommée Wallasey.

Ils sont désormais à l'abri du monde extérieur, qui depuis tant de temps ressemble à un champ de ruines désolé sur lequel la nature reprend peu à peu ses droits. Ce monde hostile est à présent gouverné par la terreur que représentent les infectés. Êtres humains coincés entre la vie et la mort, ces derniers ne sont dorénavant plus que les pantins de parasites lombrics les ayant contaminés et ayant pris la totale possession de leurs corps. Animés d'une violence sans égale, ces êtres ayant pour la plupart muté en différentes formes d'organismes ne désirent plus qu'une seule chose, la propagation de l'infection.

Mais après cinq longues années, les zones de quarantaine gérées par l'armée font face aux prémices de l'insurrection.

La révolte portée par les citoyens, quels qu'ils soient, se mue peu à peu en mouvement révolutionnaire résistant à la tyrannie instaurée par l'armée au fil des années.

Benjamin Barnes, ancien militaire et beau-frère de Jonathan, a intégré la ville sous une fausse identité lors des premiers jours de la zone de quarantaine, et est devenu par la force des choses l'un d'entre eux.

La tension qui s'est installée entre les membres révolutionnaires et les soldats atteint son paroxysme au cours d'une exécution publique où sont condamnés à mort certains rebelles. Leurs décès, notamment celui d'une femme pendue alors qu'elle était enceinte, secouent l'ensemble des citoyens.

Ces querelles incessantes pour le pouvoir profitent à Danny Taylor, qui tire peu à peu son épingle du jeu alors qu'il demeurait tapi dans l'ombre. Le petit homme d'origine italo-britannique a su mettre à profit les relations et infrastructures de son père, jadis grand ponte de la mafia locale. Désormais véritable baron du crime dans la ville, Danny dirige d'une main de maître le *Taylor Club*, établissement dans lequel se prostituent bon nombre de jeunes femmes ne désirant qu'une seule chose, subvenir aux besoins de leur famille. Le club, outre son activité charnelle, propose également aux citoyens la possibilité de s'enivrer grâce à un substitut d'alcool frelaté fabriqué ici même.

En faisant jouer ses contacts à l'aube de la construction de la zone, le père de Danny Taylor a pu obtenir de fausses identités à Benjamin Barnes ainsi qu'à sa sœur, Elizabeth, à son mari et à leurs trois enfants. Ces papiers, véritables tickets d'or offrant l'accès aux secteurs en quarantaine qui ont été limités en nombre, ont été une aubaine pour la famille de Ben.

Une aubaine dont Danny Taylor s'est servi pendant près de cinq ans afin de faire chanter Ben et John.

Contraints par le mafieux à sortir de la zone à la nuit tombée par un passage dérobé, les deux amis luttent pour leur vie face aux infectés afin de ramener dans la ville tout ce que désire Danny Taylor.

Lors d'une énième mission hors du périmètre sécurisé, les deux hommes rencontrent un dénommé Talip, à la recherche de sa famille après avoir été injustement enfermé. Le malheureux les quitte après leur avoir ouvert les yeux sur les conditions de vie des résidents des autres zones de quarantaine, en leur dépeignant un avenir qui les guettait de près. Il n'omet pas de leur décrire ce qu'est devenu le monde extérieur.

Lorsqu'ils retournent chez eux, les choses dérapent pour Ben, qui est emprisonné. Mais contre toute attente, John se livre dès qu'il apprend que sa femme a subi le même sort, avec la ferme intention de les sortir de là.

Accueilli dans le pénitencier par le dirigeant de la zone de quarantaine, le colonel William Stephens, Ben a un entretien des plus froids avec ce dernier.

Le colonel, ancien collègue de Ben, a été d'une aide considérable au déserteur en recueillant et en lui délivrant ses précieux papiers d'identité falsifiés afin que ce dernier pénètre dans la zone.

L'âpre négociation est menée par John, qui lui révèle sa véritable identité, appuyée par les documents originaux qui ont été remis au colonel. La menace que représente John ainsi que les conséquences qui découleraient de sa mort finissent de convaincre le colonel, qui propose un marché à John. Quitter la zone avec sa famille en échange d'une unique chose, l'élimination du capitaine James.

Le militaire, pur tortionnaire sanguinaire, a été l'instigateur des exécutions ayant condamné la jeune femme enceinte, et ce crime n'en est qu'un parmi tant d'autres. Dans l'ombre, à peine dissimulé, il conspire contre le colonel afin de le renverser lorsque le moment sera venu. Ce désir s'accentue au moment où ce dernier lui confie une mission qui va définitivement mettre à jour les ressentiments de chacun. L'expédition, véritable piège tendu pour l'assassiner, a tout d'abord été pensée par le colonel Stephens, puis a été mise en œuvre de façon bien plus drastique par sa compagne, Katelina.

La jeune femme d'origine russe a été sauvée il y a cinq ans de cela, lors de l'ultime mission de Ben en tant que militaire. Il a été secondé par celui qui est désormais le colonel Stephens. L'opération a conduit les deux soldats jusqu'à la ville de Wallasey, transformée en zone de quarantaine.

Une trentaine de prisonniers, parmi lesquels se trouvent Ben et John, sont envoyés dans une mission suicide dirigée par le capitaine James. Comme l'a prévu Katelina, les choses ne mettent que peu de temps à échapper au contrôle de l'armée, et les trois individus se retrouvent alors dans un face-à-face meurtrier.

L'affrontement entre les trois hommes tourne à l'avantage de John, qui, à l'aide de sa machette, tranche la main de son opposant, le laissant pour mort après une chute de deux étages au milieu d'un bâtiment rempli d'infectés.

Une fois à nouveau rentrés dans la zone, les deux compagnons se heurtent à Stephens, qui ne sait pas quoi faire d'eux. Sous la pression de Katelina, il hésite longuement à leur passer la corde au cou. Mais après une ultime manœuvre afin d'éradiquer les soldats fidèles au capitaine James, le colonel rend leur liberté aux deux hommes.

L'évasion organisée par Stephens est néanmoins stoppée au moment où la ville est attaquée par les prisonniers rescapés du piège tendu par Katelina. Ces derniers reviennent dans le but de se venger, avec l'appui d'infectés qu'ils ont rassemblés en masse afin d'envahir la ville. C'est alors qu'au milieu de ce chaos surgit le capitaine James, qui a réussi à s'en sortir.

Au terme d'un combat intense entre le colonel Stephens et le capitaine, ce dernier apprend la véritable identité de Ben, lorsque l'ancien militaire s'interpose.

Fou de rage face au déserteur, James assassine Stephens sous les yeux impuissants de Ben avant de prendre la fuite au cœur de la ville.

À l'agonie, Stephens fait part à Ben de son unique souhait, qu'il rejoigne Katelina puis l'emmène hors de la zone afin de la sauver.

Non sans ressentir une forte peine, s'estimant responsable de la mort de son époux, Ben s'exécute. Lorsqu'il la retrouve, Ben est tout aussi subjugué par sa beauté et l'aura qu'elle dégage qu'il y a cinq années de cela, lors de leur rencontre.

Après avoir résisté aux infectés ayant totalement envahi la ville, Ben, accompagné de Katelina, rejoint sa sœur ainsi que sa famille dans l'entrepôt de Danny Taylor, où s'est lui-même abrité le mafieux avec le soutien de ses hommes.

Après avoir secouru des survivants en proie aux infectés, John fait face aux réfugiés, qui sont désemparés et ne savent que faire à présent. À l'aide d'un discours qui les galvanise, ce dernier les convainc d'emprunter le tunnel du hangar et de quitter la zone à tout jamais afin de se bâtir une nouvelle vie loin de l'armée, une vie synonyme de liberté.

Quelques jours après avoir débarrassé la zone de ses intrus, humains comme infectés, le capitaine James, s'étant autoproclamé colonel de Wallasey, découvre la carte d'identité originale de John au milieu des affaires du défunt William

Stephens. À la suite de cette découverte pour le moins surprenante, le militaire contacte immédiatement sa hiérarchie pour l'en informer et joint ainsi le général des armées britanniques, qui opère en parallèle en Europe de l'Est à ce moment-là.

PARTIE 1

PROLOGUE

Seul le faible halo provenant de la lune arrivait à transpercer l'épaisse couverture nuageuse et à éclairer les environs. C'est dans la plus grande des discrétions, et non sans hâte, qu'une silhouette encapuchonnée traversa une cour avec pour unique soutien dans cette obscurité cette source de lumière. Bien qu'effleurant à peine le sol de béton, ses pas résonnaient au cœur des murs de pierre qui l'entouraient. La crainte de se faire découvrir à une heure si tardive lui fit redoubler d'efforts.

Lorsqu'elle fut arrivée à l'extrémité de la cour, ses mains agrippèrent le loquet de la porte principale. Ce dernier, rongé par le temps et les intempéries, grinça quelque peu lorsqu'elle tira dessus. La silhouette s'empressa de se faufiler hors de ce qui ressemblait à un château au milieu de la brume. À présent, la sphère blanchâtre n'était plus seule pour éclairer son périple, les flammes des torches se situant des deux côtés de la route traçaient un chemin descendant jusqu'au village en contrebas.

L'individu ne remarqua pas le moindre mouvement. Le calme qui semblait émaner des environs était pour le moins rassurant. Le moment serait bientôt venu, et se faire apercevoir ici pourrait bien tout faire échouer, il était donc crucial pour lui de se dissimuler davantage et au plus vite.

Les mètres défilaient sous ses pas, tout autant que les bruits du vent et des vagues qui résonnaient au loin. Une fois qu'il eut descendu la langue de béton, il s'orienta au travers des dunes. Malgré l'obscurité, la silhouette encapuchonnée se repéra aisément et arriva en temps et en heure à l'endroit propice.

Cette dernière patienta, dissimulée derrière un épais rocher perché sur une butte de sable entre le fort et la plage.

Au loin, un petit feu de camp était entretenu par deux hommes. Au bout de quelques minutes passées à les observer, elle entendit le bruit d'une cloche. Moins d'une minute après, des cris et des détonations se mirent à retentir dans le village avoisinant le château.

Toujours aussi bien caché, l'individu n'avait pas scruté le rivage depuis de longues minutes tant ses yeux demeuraient rivés sur la montre à gousset au creux de sa main.

Soudain, l'aiguille pointa le bon chiffre. Son regard s'orienta à nouveau vers le littoral et remarqua plusieurs hommes en mouvement.

Le moment était venu de les rejoindre. Tenue par la chaine qui la reliait à lui, la montre venait d'être refermée et se balançait au rythme de ses pas. Éclairée par la lune, celle-ci laissait entrevoir un somptueux motif de pieuvre la recouvrant.

Sous sa capuche, l'individu marcha calmement sur la plage, rencontrant près d'une dizaine de cadavres vêtus de cirés marins. Le dernier qu'il croisa sur son chemin possédait un tatouage représentant une ancre surmontée d'un gouvernail. Son visage, lui, était recouvert d'un épais bonnet de laine gris taché par la mare de sang dans la laquelle il baignait.

Un peu plus loin, un homme s'entretenait avec un autre, bien plus petit que ses semblables. Ce dernier s'appuyait lourdement sur une canne afin de faciliter sa démarche boiteuse, sans nul doute due à la prothèse de bois qui lui servait à présent de jambe.

Alors que le spectre nocturne avançait sous les regards des individus armés encore présents, une nouvelle flaque d'hémoglobine retint son attention. Mais cette fois, le cadavre qui la recouvrait était bien différent, il possédait des bottes de militaire et un homme à genoux dans le sable était à ses côtés.

Ce dernier semblait perdu, presque désorienté, comme traumatisé. Il regardait dans le vide comme si plus rien n'avait de sens. Seuls quelques mots s'échappaient de sa bouche. Sans doute n'en avait-il même pas conscience.

— Elizabeth… Elizabeth… ne cessait-il de répéter à voix basse.

CHAPITRE 1

NOUVEAU DÉPART

Alors que les explosions, les cris et les larmes régnaient en maitres à Wallasey, le groupe d'hommes et de femmes dirigés par Ben et John quittaient peu à peu le hangar grâce au tunnel du petit Danny. Autrefois véritable passage de contrebande menant à l'extérieur de la zone, à présent, il représentait le principal espoir de survie pour la communauté. Mais pour ça, encore fallait-il que le plan se déroule comme John l'avait imaginé.

Depuis leur départ précipité, Danny n'avait eu de cesse de se plaindre, accusant John et Ben d'être les responsables des récents événements. Bien qu'il n'ait pas tout à fait tort, ses commentaires en agaçaient plus d'un. Car non seulement ses lamentations n'aidaient en aucun cas le groupe à se préparer à ce qu'il devrait affronter, mais en plus de ça, son avarice ne s'en faisait ressentir que davantage.

L'ensemble des survivants avaient très bien compris qu'aucune de leurs vies n'importait à cet être vil et fourbe, seule la perte de cette ville où il avait amassé richesse et pouvoir comptait. C'était un endroit qu'il s'était employé à conquérir doucement, mais surement durant les cinq dernières années, au nez et à la barbe de l'armée.

Une fois la galerie lugubre franchie, le groupe arriva dans le second hangar. Après de rapides vérifications pour éviter tout danger supplémentaire, John avança en premier dans les lieux. Il s'empressa de déverrouiller les portes. Cet instant fut l'un des plus marquants dans la vie de certains d'entre eux, qui n'avaient pas mis un pied hors de la zone de quarantaine depuis la Chute. Pire encore, certains enfants n'avaient tout simplement jamais connu autre chose que les murs de la ville.

Une fois de plus, John, Ben ainsi que le jeune soldat Harris furent les premiers à mettre la tête au-dehors et à se confronter aux dangers extérieurs. Comme ils s'y attendaient, des infectés arrivaient de toute part, attirés eux aussi par le bruit des explosions et des détonations.

John, qui avait subtilisé l'une des armes automatiques de Danny, fit aussitôt feu, tirant à vue sur chaque monstre s'approchant de trop près, tout en prenant garde de ne pas gâcher inutilement les précieuses munitions que contenait l'arme. Ben et Harris ne tardèrent pas à l'imiter, dégageant de cette façon un chemin pour le groupe.

À l'arrière, les sentinelles de Danny, qui étaient armées jusqu'aux dents, s'employaient à défendre leur patron ainsi qu'à transporter les biens que ce dernier estimait de valeur. Alors qu'un infecté qui n'avait pas été repéré à temps par le trio de tête s'avançait un peu trop près des survivants, l'un des hommes de Danny fit feu, sauvant ainsi une mère et son enfant du terrible courroux qui les attendait. Ce geste, bien que normal aux yeux de tous, mit dans une colère noire Danny.

— Eh, toi ! Ne gâche pas mes munitions pour ces crève-la-dalle ! Si tu dois protéger quelqu'un ici, c'est moi ! T'as compris, sombre crétin ?

— Oui, monsieur, ça n'arrivera plus… s'excusa l'individu, le visage baissé, en affichant un air honteux.

La scène dérouta les quelques survivants qui se trouvaient près d'eux, alors qu'ils continuaient d'avancer la peur au ventre.

Danny essayait de le cacher au mieux pour ne pas perdre la face devant ses hommes, mais être dehors le terrifiait. Jamais, en cinq ans d'existence entre les murs de la zone, il n'était sorti ne serait-ce qu'une seule fois. Ces choses l'effrayaient plus que tout. Plus les minutes à l'extérieur passaient, plus l'anxiété le gagnait, et plus son corps mettait du temps à avancer. Paradoxalement, il aurait aimé fuir de là aussi vite que possible. Voyant le groupe progresser plus rapidement que les hommes armés de Danny, John s'inquiéta de laisser à découvert la partie arrière des rescapés.

— Bordel, mais qu'est-ce qu'ils foutent ? Pourquoi ils laissent autant d'écart entre eux et nous ? maugréa John tout en continuant à tirer.

— Tu veux que j'aille mettre un coup de pression à ce cloporte ? demanda Ben, un sourire au coin des lèvres.

— Nan, tu finirais par le braquer et on a encore besoin de ses hommes pour protéger nos culs, du moins jusqu'au garage. Ensuite, on avisera… Garde la tête du groupe, je vais voir ce qu'il se passe.

Ben acquiesça et John courut vers Danny.

— Dépêchez-vous de rejoindre le groupe, si vous ne souhaitez pas finir encerclés ! hurla John à l'intention des hommes de main.

Ce qui ne tarda pas à irriter le petit Danny, malgré toute la diplomatie que John avait su y mettre.

— Parce que tu me donnes des ordres, toi, maintenant ?

— Simple conseil d'ami, si tu tiens à rester en vie, Danny, répondit John tout en conservant son calme une fois de plus.

— Tes conseils, tu sais où tu peux te les mettre, « l'ami » ? Sors-moi de là plutôt !

Soudain, un grésillement émana de la poche d'un sbire, et John crut entendre une voix familière.

— C'est quoi, ça ? l'interrogea-t-il immédiatement.

— Un talkie-walkie, je l'ai chopé sur le cadavre d'un soldat. Je me suis dit que ça pourrait servir, répondit l'homme de main.

— Passe-moi ça, sombre crétin ! s'interposa Danny. Inutile de s'encombrer avec des babioles.

« Est-ce que… est-ce que quelqu'un me reçoit ? À l'ai… à l'aide… » supplia une voix au travers de l'appareil.

John reconnut immédiatement qui avait imploré qu'on lui prête assistance, et il devint vert de rage tant l'indifférence de Danny l'avait frappé.

— Espèce d'enfoiré ! Tu sais très bien qui se trouve de l'autre côté ! Et tu ne lèves pas le petit doigt pour lui ? Après tout ce qu'il a fait pour toi ? Toutes ces années de service dans ton bar de misère ?

La remarque irrita une fois de plus Danny, qui le chargea à son tour.

— Eh, Johnny, ne monte pas sur tes grands chevaux ! Je te rappelle que toi non plus, tu n'as pas pensé une seule fois à lui au moment de partir. Tu n'étais préoccupé que par ta petite famille, alors ferme-la, pas de ça avec moi !

Cette fois, John ne sut quoi répondre. Danny était à blâmer, mais il n'avait pas tort. Ni lui, ni Ben, ni aucun autre n'avait songé à Sandro, resté dans la zone tout ce temps. Qui plus est amputé d'une jambe par leur faute à tous. Pire encore, John lui avait promis de veiller sur sa sœur en cas de soucis, et il avait horreur de manquer à sa parole. Voyant son visage, Danny comprit immédiatement ce qui allait se produire et intervint d'emblée.

— Non ! Non ! Non et non, Johnny ! Je connais ce visage et je sais à quoi tu songes ! Pense plutôt à tes gosses et à ta bonne femme. Je ne supporte pas cette greluche avec sa grande bouche, mais même elle ne mérite pas que tu retournes dans cet enfer pour sauver un foutu chat coincé dans un arbre. Laisse cet estropié là où il est, ça vaut mieux pour tout le monde.

— On le lui doit, Danny…

— Putain, tu fais chier ! Ne compte pas sur moi pour venir avec toi, ni sur aucun de mes hommes.

— Je n'en demandais pas tant, répondit froidement John avant de rebrousser chemin vers les murs de la ville.

— Et qu'est-ce que je suis censé dire à ta folle de femme et à ton taré de pote, au juste ? hurla désespérément Danny, qui voyait partir John.

— Dis-leur simplement la vérité… Ils comprendront !

C'est ainsi que John quitta le groupe et se dirigea à nouveau vers la zone de quarantaine qu'il avait tant désiré déserter.

Après avoir regagné le hangar et traversé en sens inverse le tunnel, John avait retrouvé son point de départ. Il savait parfaitement où vivaient Sandro et sa sœur, mais pour y arriver, il devrait sillonner la ville dans ce qui semblait être un chaos sans précédent. Par chance, les infectés s'étant rués sur la porte du dépôt il y avait peu s'étaient volatilisés, sans doute attirés par de la chair fraiche fuyant non loin de là.

John s'aventura dans les rues, armé de son fusil et d'une machette accrochée à sa ceinture, faisant feu sur tout ce qui s'approchait de trop près. Il ne tarda pas à voir des cadavres joncher le sol des avenues. Tantôt abandonnés, tantôt encore en train de se faire dévorer par des infectés toujours aussi affamés. Certains habitants les contournaient sans même se soucier de leur présence, ne pensant qu'à sauver leur vie. D'autres hurlaient de terreur devant l'horreur qu'ils traversaient sans même réaliser que leurs plaintes allaient sans nul doute attirer les créatures qu'ils tentaient de fuir.

Au détour d'une rue, John croisa un blocus de militaires. Ces derniers, à l'abri derrière leurs blindés, faisaient pleuvoir le feu sur les monstres s'approchant d'eux.

Une fois face à la porte d'entrée du bâtiment, qu'il essaya d'emblée d'ouvrir, John se heurta à un mur. En effet, le passage avait été barricadé de l'intérieur. Une seule solution s'offrait à lui à présent : pénétrer dans l'immeuble par l'échelle de secours. Ce n'est que lorsque l'ascension fut entamée qu'il songea aux conséquences de son action. À la fois pour les siens, qui allaient être morts d'inquiétude à son sujet, une fois de plus, mais également pour sa famille, qu'il avait laissée tout en ayant conscience de la menace que représentait le périmètre hors de la ville. Mais il avait une promesse à tenir envers Sandro.

À son arrivée au dernier étage du bâtiment, celui où résidaient le jeune barman et sa sœur, John détourna le regard et observa la zone de quarantaine. Jamais il n'aurait pu l'imaginer si dangereuse.

Elle qui d'ordinaire paraissait si infranchissable et lui avait offert un précieux sentiment de sécurité durant les cinq années écoulées. Il pouvait voir de son perchoir les gens lutter pour leur survie. Les infectés envahir les rues. Les pilleurs profitaient du chaos général pour se servir allègrement, au péril de leur vie. Les explosions, les cris et les pleurs régnaient plus que jamais. Des bâtiments et des véhicules de l'armée étaient en proie aux flammes, et l'épais nuage de fumée avait fini de recouvrir le périmètre du portail principal.

John ne put s'empêcher de se sentir responsable de tous ces malheurs. De toutes ces vies emportées à cause de ses actions ainsi que de celles de Ben. Mais pouvait-on les blâmer ? S'ils étaient venus dans cette ville il y avait cinq ans de cela, c'était avant tout pour se protéger, certes, mais également pour éviter un danger en particulier, qui planait sur John. Danger dont il était le seul à l'origine.

Un court instant, il eut presque envie d'en finir, ici et maintenant. Ainsi, il écarterait la menace une fois pour toutes et rembourserait sa dette envers tous les gens qui étaient en train de souffrir sous ses yeux.

Ce n'est que le crissement de la fenêtre du bâtiment qui le ramena à la raison. Une demoiselle d'une quinzaine d'années tout au plus apparut alors.

— C'est vous… John ? demanda-t-elle.

Comment peut-elle savoir mon nom ? s'interrogea-t-il. Était-ce elle, la fameuse sœur de Sandro ?

— Je… Oui, c'est moi, bafouilla-t-il, encore pris dans ses idées noires.

— Sandro était sûr que vous alliez venir ! confessa la jeune fille avec un large sourire aux lèvres.

Sandro ! Il est donc bel et bien là, songea John, qui n'en avait pas le cœur net jusque-là. Avec les affrontements se produisant dans toute la ville, il aurait pu tout arriver, surtout pour un adolescent qui était à présent privé de l'un de ses membres inférieurs. Ce point-là inquiéta d'autant plus John. Il désirait plus que tout le sauver, mais comment allait-il procéder au vu de la situation actuelle ? Traverser cette la ville était déjà compliqué, mais avec un infirme, cela relevait du suicide.

John pénétra dans la bâtisse et trouva Sandro, qui l'accueillit lui aussi avec un sourire aux lèvres.

— Vous voyez ! Je vous avais dit qu'il allait venir ! On peut toujours compter sur John ! lança-t-il à haute voix, ce qui attira une vingtaine de personnes réfugiées dans l'appartement.

Bien que diminué, Sandro paraissait le plus serein d'entre tous, tandis que les citoyens derrière lui, d'apparence bien plus robuste, étaient morts de peur. La plupart d'entre eux n'étaient que de simples employés de Danny, à qui appartenait le bâtiment dans lequel ils étaient logés. John reconnut immédiatement une demi-douzaine de danseuses ainsi que deux gardes du club.

— Merci d'être venu, John !

— De rien, une promesse est une promesse, pas vrai ? Bon, maintenant, il va falloir qu'on trouve une solution pour se tirer d'ici, et vite ! Je ne sais pas si Ben pourra retenir Danny très longtemps.

— Vous avez prévu de quitter la zone ? s'inquiéta Sandro.

— Ouais, on ne peut plus rester, c'est devenu bien trop dangereux. Stephens est mort, et… disons qu'on a merdé avec James, expliqua nerveusement John tout en surveillant les rues sous le bâtiment.

— Comment ça, « merdé » ?

— Je lui ai tranché une main et l'ai laissé pour mort. Ça l'a un peu foutu en rogne, répondit John avec sarcasme.

La révélation amusa Sandro, qui ne tarda pas à réagir.

— Bien fait pour cet enfoiré. Et maintenant, qu'est-ce qu'on fait pour se tirer d'ici, John ?

— Très bonne question ! D'autant plus que ton… état ne va pas nous aider.

Sandro ressentit une profonde culpabilité en songeant à sa récente infirmité et aux difficultés qu'elle allait entrainer. Il s'attendait à une telle remarque, surtout dans pareille situation, mais anticiper et subir de plein fouet étaient deux choses différentes.

Il n'osa plus croiser le regard de qui que ce soit dans la pièce et en vint à détourner honteusement le sien. Ce que John releva aussitôt, et il se sentit doublement fautif. Il tenta tant bien que mal de le rassurer :

— Eh ! Ne baisse pas la tête, tu n'y es pour rien. Si quelqu'un est à blâmer ici, c'est moi… C'est moi qui t'ai fait ça…

— Arrête, John, tu m'as sauvé la vie. Sans toi, cette chose m'aurait… Bref, tu vois. Et puis, je ne te parle même pas de Danny.

— Laisse cette raclure où elle est, et trouvons plutôt un moyen de te sortir de là, tu veux ?

— Ouais… soupira doucement Sandro.

John inspecta aussitôt la pièce, tout en examinant du coin de l'œil les autres réfugiés. Enfin, il s'approcha de la sœur de Sandro et posa ses mains sur ses épaules avant de lui annoncer :

— Va falloir que tu m'aides. Attrape un sac à dos et prends des affaires pour vous deux, le strict minimum, et pas plus d'un sac, compris ?

— Compris !

Peut-être était-ce dû à la perte précipitée de leurs parents et au fait que tous deux aient été livrés si tôt à un monde en proie au chaos, mais le calme et la rapidité d'exécution de la jeune fille impressionnèrent John.

Il se mit à fouiller chaque meuble qui se trouvait sur son passage, et une idée traversa son esprit lorsqu'il repéra un grand sac à dos. Il s'arma de son couteau et tailla grossièrement quatre encoches dedans. Deux sur les côtés, puis deux au fond.

— Il va trouver ça ridicule, mais j'ai hâte de le voir là-dedans ! plaisanta la sœur de Sandro, qui était restée sur le seuil de l'entrée.

La remarque amusa John à son tour, et il s'empressa de rejoindre la pièce dans laquelle les survivants l'attendaient. Alors qu'il s'apprêtait à présenter son plan à Sandro, un vrombissement provenant de la rue vint le perturber. Attiré par le bruit, qui pouvait considérablement changer leurs projets, John jeta un coup d'œil furtif en contrebas. Et ce qu'il vit lui extirpa un sourire qui n'échappa à personne.

— Qu'est-ce qu'il se passe ? le questionna Sandro.

— Notre porte de sortie ! On n'a pas le temps de tarder, que chacun prenne ce qu'il lui faut, pas plus d'un sac par personne. N'emportez que le strict nécessaire. Dans cinq minutes, on se tire d'ici. Si vous souhaitez rester, faites comme bon vous semble, mais nous, nous quittons la zone. Cet endroit n'a plus rien à nous offrir, bien au contraire. Beaucoup ont déjà fui les lieux, et je sais exactement où nous rendre. À vous de choisir.

John scruta la rue durant près de cinq minutes. À l'instant où le dernier survivant revint équipé, il reprit la parole.

— Il y a cinq minutes, un camion transportant une vingtaine de soldats s'est garé dans l'allée. Le plan est simple, on descend par l'issue de secours, on s'empare du véhicule, puis on fuit vers les docks. Une fois que nous serons là-bas, un passage nous permettra de fuir hors de la zone.

— Et on fait comment pour lui ? demanda un homme d'une cinquantaine d'années qui visait Sandro du doigt.

— Je vais le porter à l'aide de ça, déclara John.

Il leur montra alors le sac à dos qu'il s'était employé à modifier. L'idée même de se faire transporter tel un sac de pommes de terre n'enchanta guère Sandro, qui déglutit aussitôt, mais il savait qu'il n'avait pas le choix. John s'attelait à l'installer du mieux qu'il le pouvait dans le sac lorsqu'un colosse de près de deux mètres quinze avec des épaules aussi larges que les cadres des portes s'avança. Il allait enfiler le sac sur son dos, mais l'individu arrêta sa main.

— Si vous le portez, vous nous ralentirez, dit-il.

La tournure que prenaient les événements inquiéta John.

— Vous m'avez l'air de savoir ce que vous faites, et on aura surement besoin de vous si on veut survivre, donc, pas question de vous laisser faire, décréta-t-il.

— Je ne l'abandonnerai pas i…

— C'est moi qui m'en chargerai, le coupa le géant.

— Très bien, lui répondit John, encore perturbé par la situation. Allons-y !

Le groupe s'empressa de dévaler les escaliers de secours afin de gagner le véhicule qui les attendait. John se dirigea immédiatement vers le siège conducteur. Mais à sa grande surprise, un soldat était resté pour garder le blindé. Tous deux furent aussi étonnés l'un que l'autre de cette rencontre. Par réflexe, John lui asséna un coup de crosse directement dans le visage, ce qui assomma net le militaire.

— On devrait l'abattre, suggéra l'un des survivants.

— Ou le jeter en pâture à ces monstres, proposa un second.

— Non ! intervint John. Je ne tue pas les vivants, jamais ! Aidez-moi à le porter, on va le mettre à l'arrière du camion et on le laissera dans le dépôt à notre départ, en vie !

Dès que tout le monde fut installé, John démarra en trombe en direction du hangar. Une fois sur place, il prit la tête du groupe, qu'il guida au travers du tunnel avant de sortir à nouveau de la zone. Le chemin vers la liberté commençait ici, mais la lutte pour la survie ne faisait que débuter.

CHAPITRE 2

ROUTE

— Vite, par là ! Courez en direction de l'ancienne salle de sport ! Toquez à la porte, quelqu'un devrait vous ouvrir. Je couvre vos arrières ! hurla John à l'intention du groupe.

À peine eut-il fini de prononcer ces quelques mots qu'il recommença à faire feu en direction des infectés les ayant poursuivis au travers de la forêt. John n'était plus qu'à une vingtaine de mètres du bâtiment lorsque l'entrée se déverrouilla, laissant Ben en surgir. Il vint aussitôt épauler John, faisant jaillir les balles de son arme avec rage. Tandis qu'ils faisaient front commun, Ben se mit à hurler :

— Bordel, John ! Mais qu'est-ce qu'il t'a pris de te barrer comme ça ? T'es complètement inconscient ! T'as pas pensé une seconde à Elizabeth et aux gosses !

Dès qu'ils eurent fini de massacrer les derniers infectés qui arrivaient sur eux, John tenta de se justifier :

— On a laissé Sandro sur le carreau, je ne pouvais pas lui faire ça. Je lui avais promis qu'on s'occuperait de sa sœur s'il lui arrivait malheur, et puis…

— Jo, stop, le coupa Ben. J'adore ce gosse, je te jure, mais t'as d'autres priorités. Merde, t'as une famille, mec !

— Tout le monde va bien ? s'inquiéta alors John, réalisant qu'il venait de les mettre en danger encore une fois.

— Pas grâce à toi, mais ouais, tout le monde va bien. Hormis Danny, qui est encore plus chiant que d'habitude. Il n'arrête pas de me mettre la pression pour qu'on se barre.

— OK. Allez, on rentre et on met les voiles.

Tous deux pénétrèrent dans l'ancien complexe sportif, où John retrouva Elizabeth et ses enfants.

— Mais où étais-tu passé ? demanda sa femme. On était morts d'inquiétude.

— J'avais une promesse à tenir… Désolé, dit-il en visant de la tête Sandro, encore harnaché sur le dos de la montagne de muscles qui l'avait aidé.

— Je vois… Tu ne changeras jamais, dit-elle avant de lui déposer un doux baiser sur les lèvres.

L'instant de légèreté se brisa lorsque Danny, toujours aussi furieux, les interrompit sans aucun remords :

— C'est bon ? Tu l'as sauvé, ce foutu gamin ? On va pouvoir se tirer d'ici, oui ou merde ?

— Merde ! Danny, tu nous fais chier ! intervint Ben. On partira quand ce sera le moment.

— On ne va pas tarder, tempéra John une fois de plus, inutile de rester plus longtemps que nécessaire. Ben, aide-moi, tu veux ?

Ben acquiesça, et tous deux traversèrent l'édifice, rejoignant celui d'à côté, accompagnés par quelques curieux. D'un côté du bâtiment, une porte avait été barricadée grossièrement, rendant impossible l'accès depuis l'extérieur. De l'autre côté, des cartons avaient été empilés en un immense tas au fond du hangar. Les deux hommes s'empressèrent de les retirer. Lorsqu'ils eurent fini, ils s'employèrent à enlever deux énormes bâches recouvrant deux bus scolaires ainsi que des jerricanes d'essence, dissimulés jusqu'alors.

La surprise fut de taille pour les survivants. Et encore plus pour Danny, qui fut aussi impressionné par la découverte que vert de rage d'avoir été berné tout ce temps.

— Oh ! Bande de petits salauds ! Vous m'aviez caché ça !

— Il nous fallait bien un plan de secours au cas où les choses tourneraient mal. Et puis, si on t'en avait parlé, tu nous les aurais sans nul doute volés, Danny, observa John.

Les survivants chargèrent leurs affaires tour à tour dans les bus, tandis que d'autres s'activaient à remplir les réservoirs. Elizabeth, infirmière de métier, s'occupa de Sandro, qui n'avait pas reçu de soins adaptés depuis son accident.

Ben et John, quant à eux, examinaient la carte que Talip avait laissée avant son départ, espérant trouver le chemin adéquat. Ils voulaient à tout prix éviter d'approcher trop près d'une autre zone de quarantaine et de ses menaces potentielles.

Une fois l'itinéraire établi, les blessés traités, les affaires chargées et le plein fait, les survivants prirent place dans les bus et s'en allèrent sur une route dont ils ignoraient encore tout.

Sur le trajet, ils croisèrent plusieurs infectés le long des bas-côtés. Les voitures abandonnées ou calcinées n'étaient pas en reste. La végétation et la moisissure commençaient à ronger le bitume. Les récentes tempêtes et pluies diluviennes avaient provoqué des affaissements de terrains et des arbres s'étaient couchés sur la chaussée, ce qui bloquait l'accès à certains passages.

Ben et John s'étaient fixé comme destination le nord du pays et s'étaient fait la promesse de s'offrir une vie paisible au milieu d'une contrée faiblement peuplée et libre de toute présence militaire. Le plan était simple, trouver une route praticable entre les ruines de ce qu'il restait de Liverpool et des deux zones de quarantaine de Manchester, puis remonter vers le nord en direction de Preston, puis Lancaster.

La première étape du périple était donc Preston.

Voilà près de trois heures que le convoi roulait. Les routes endommagées et les nombreuses déviations qu'ils furent contraints d'emprunter les avaient fatalement ralentis. Alors qu'ils arrivaient à proximité de Blackrod, Ben, qui conduisait l'un des bus, freina brusquement, ce qui ne manqua pas d'agacer une fois de plus Danny. John, situé au milieu du véhicule avec sa famille, se leva et se dirigea aussitôt vers Ben.

— Qu'est-ce qu'il se passe ? s'inquiéta-t-il.

— Regarde devant, répondit Ben.

Face à eux, un couple marchait, les bras dressés vers le ciel, en faisant de grands signes des mains.

— Qu'est-ce qu'on fait ? On les prend avec nous ? demanda John.

— Je ne sais pas, c'est peut-être un piège. T'as bien entendu ce que t'a dit ton pote, le Français, les gens qui se trouvent dehors ne sont pas tous aussi bienveillants que toi.

— On n'a qu'à attendre qu'ils viennent, tout en restant à l'intérieur du bus, prêts à partir à tout moment.

— Ouais, ça me parait être l'option la plus sage, répondit froidement Ben, encore sur les nerfs à cause des actions de John.

Le couple accéléra le pas en direction du convoi. Remarquant l'absence de comité d'accueil, ils se dirigèrent automatiquement vers la fenêtre côté conducteur, où siégeait Ben.

— Si j'étais vous, je ne continuerais pas par là, lui conseilla d'emblée le jeune homme d'une vingtaine d'années tout au plus.

— Pourquoi ? demanda Ben.

— La route proche de Preston est à l'image de sa ville. Complètement détruite. Vous ne passerez jamais avec des véhicules pareils. De toute manière, avec ce qui approche, personne n'aimerait s'y aventurer…

Ben commença à s'inquiéter.

— Qu'est-ce qui approche au juste ?

— Une horde gigantesque, je n'en avais jamais vu d'aussi grosse.

— Une horde ? intervint John.

— Ouais, des centaines et des centaines de charognards arrivent vers nous. Vu leur allure, ils seront ici dans deux jours au maximum. Je vous conseille de faire demi-tour et d'oublier où vous comptiez vous rendre.

— Et vous, qu'allez-vous faire ?

— Continuer notre route vers le sud, en espérant nous trouver un coin tranquille.

Soudain, le petit Danny débarqua au beau milieu de leur conversation, toujours plus agacé de devoir patienter.

— Ça va ? On ne vous dérange pas trop pendant que vous taillez le bout de gras ? Ouvre-moi cette fichue porte, que j'aille pisser, histoire que notre arrêt ne soit pas totalement inutile.

Ben vit là une occasion inespérée de ne plus l'entendre se plaindre pendant au moins cinq minutes. Il s'exécuta sans attendre avant de reprendre là où il en était.

— Merci pour l'info. En retour, on vous conseille de ne pas vous approcher de la zone de quarantaine de Wallasey. On en vient, et disons que c'est loin d'être un havre de paix.

— Merci, mais de toute façon, on évite les zones de quarantaine, réagit la jeune femme, qui jusque-là n'avait pas prononcé un mot.

— Pourquoi ne viendriez-vous pas avec nous ? proposa John. On a de la place et des vivres pour quelques jours, et puis, visiblement, vous connaissez mieux les environs que nous.

— Désolé, mec, répondit à son tour le vagabond, mais on ne fait plus confiance aux vivants qui trainent sur la route.

Alors que John s'apprêtait à argumenter, il entendit un cri qui le coupa dans son élan. L'effroyable son, semblable à celui d'un porc qu'on égorge, émanait du bosquet, juste à côté du bus. Par réflexe, le père de famille se précipita hors du véhicule, armé de sa machette, et fut tout aussi vite rejoint par Ben.

John découvrit derrière les fougères le petit Danny couché sur le sol avec un infecté au-dessus de lui, tentant par tous les moyens de le mordre. Le malheureux se débattait de toutes ses forces pour rester en vie, retenant la mâchoire de la créature, qui ne cessait de claquer à quelques centimètres de son visage. John l'abattit d'un seul coup de machette en plein milieu du crâne.

La chose s'écroula net sur le corps de Danny.

Ben les rejoignit et trancha la tête d'une infectée qui recouvrait les membres inférieurs de Danny. Mais hélas pour lui, le mal était déjà fait. La créature l'avait marqué à jamais de son empreinte. La morsure sur la jambe de Danny sauta aux yeux des deux hommes le surplombant. Sous le choc après ce qu'il venait de vivre, le mafieux n'avait pas encore ressenti la douleur due à la blessure.

— Vous en faites des têtes, les gars. Aidez-moi plutôt à me relever. Foutue saloperie, j'ai bien failli me pisser dessus, littéralement ! ricana bêtement ce dernier.

— Danny, je... heu... Comment te dire ça... bafouilla John.

Ben, moins délicat que son ami, dirigea sa lame vers la jambe du malheureux.

— T'as comme un problème, visiblement, lui dit-il.

Les yeux de Danny se mirent à grossir et ses larmes à perler.

— Non ! Non ! Non...! Pas moi...! Les gars, non ! Faites quelque chose, je vous en supplie ! Faites quelque chose !

Durant ces cinq dernières années, jamais Danny n'avait paru dans une telle situation de faiblesse devant les deux hommes. Ben le regarda avec un soupçon de pitié avant de reprendre :

— Mmmh, il n'y a qu'une chose à faire, et tu ne vas pas apprécier. Jo, tu t'y colles ?

— Ouais, je m'en occupe, tiens-le. Danny, je vais compter jusqu'à trois et promis, je m'efforcerai de faire vite.

Ben le serra contre lui et couvrit sa bouche avec sa main pour éviter que ses cris ne se propagent aux alentours. John, quant à lui, leva sa hache et frappa d'un coup sec sans même compter au préalable. Il dut s'y reprendre à plusieurs fois tant la lame avait du mal à trancher la chair et les os du petit homme bien portant. Ce qui lui infligea une douleur sans égale, au point de le faire s'évanouir au second coup.

Alors que Danny était encore inconscient, Elizabeth lui prodigua les premiers soins, malgré son inimitié envers lui. Pendant ce temps, Ben et John confinèrent les rescapés de la zone dans les bus.

Bien que les deux nouveaux venus ne désirent pas rejoindre le groupe, ils furent néanmoins invités à se mettre à l'abri et montèrent à bord des véhicules, non sans se délester de leurs armes au préalable.

Alors qu'Elizabeth continuait son travail, les deux amis inspectèrent le périmètre afin d'éviter toute nouvelle déconvenue.

Très vite, ils tombèrent sur la carcasse d'une voiture. Son état délabré et la présence d'une épaisse couche de moisissures laissaient suggérer qu'elle reposait ici depuis bien longtemps. En approchant, tous deux entendirent des bruits émaner de cette dernière. L'un comme l'autre se tenaient aux aguets pour ne pas se faire surprendre. Mais une fois parvenus à proximité, ils comprirent que le danger était moindre.

Il y avait bien des infectés dans le coin, mais ils étaient enfermés à l'intérieur du véhicule, qui était lui-même encastré dans un arbre. Arbre auquel était pendu un homme, transformé depuis en l'un de ces monstres.

— Je me demande bien ce qui leur est arrivé, à ceux-là, commenta Ben.

— Moi aussi. On pourrait ouvrir la bagnole, histoire de les terminer, au moins. Et puis, qui sait, on tombera peut-être sur du matos.

— Pas bête. Tu ouvres et je les abats quand ils sortent ? proposa Ben.

John acquiesça, et tous deux exécutèrent la manœuvre. Une infectée émergea en premier, et Ben l'arracha à ce monde sans crier gare. Mais lorsque ses deux semblables s'extirpèrent de l'arrière du véhicule, une tout autre partition se joua devant les deux hommes. Cette fois, il s'agissait de deux fillettes…

Même si les deux amis avaient pris l'habitude depuis quelques années de se débarrasser de ces créatures, découvrir des enfants dans cet état leur faisait toujours le même effet. Le spectacle était si triste à voir qu'ils hésitèrent de longues secondes avant de leur porter le coup de grâce. Mais aussi cruel que cela puisse paraitre, elles n'étaient dorénavant plus que des coquilles vides. Le plus beau cadeau que pouvaient leur faire les deux hommes était de les libérer.

Une fois que ce fut fait, Ben inspecta le coffre. Il ne dénicha rien d'autre que des sacs remplis de vêtements et quelques conserves. Autrement dit, rien d'exceptionnel compte tenu des circonstances. Enfin, il découvrit deux livres épais qu'il prit en main. Alors qu'il s'apprêtait à les feuilleter, John, qui fouillait l'avant du véhicule, s'adressa à lui :

— Je crois que j'ai trouvé quelque chose !

John lui montra un cahier noir recouvert de poussière qu'il avait repéré sous le siège passager de devant. Lorsqu'il l'ouvrit, il remarqua la présence d'une carte de la région ainsi que d'un papier soigneusement plié en quatre. Il déplia le document et voulut en lire le contenu, mais Ben le devança :

— Je crois que j'ai aussi trouvé un truc, Jo. Regarde ça.

Il lui tendit l'un des deux livres qu'il avait dénichés. Les ouvrages étaient en réalité des albums photos. Et le contenu de celui-ci dérouta John. Était-ce possible ? Quelles étaient les chances de tomber dessus, à cet endroit qui plus est ? La révélation à peine plausible se confirma lorsque John découvrit ce qui était inscrit sur le document entre ses mains : « À toi, mon beau-frère, mon frère, mon ami… Talip… »

John s'arrêta à ces quelques mots, et le doute fut définitivement levé. Il s'agissait donc bien de lui sur les photos, et la lettre lui était par conséquent destinée.

L'homme qu'il avait rencontré à Birkenhead, dans cette librairie, était lié à tout cela. Cet étranger qui cherchait désespérément à rentrer chez lui et à retrouver sa femme et ses deux petites filles.

John comprit alors le destin tragique qui avait frappé la famille et dont Talip n'avait même pas conscience. Savoir que cet homme courait après une chimère lui noua l'estomac tant il se mit à sa place.

John décida de continuer la lecture de la lettre.

« À toi, mon beau-frère, mon frère, mon ami… Talip…

Nous avons suivi le plan que je t'avais montré. Mais alors que nous nous dirigions vers Fleetwood pour récupérer mon bateau afin de te rejoindre sur l'île de Man, la situation s'est dangereusement compliquée.

Plusieurs routes ont été bloquées par l'armée.

Des villes entières se font bombarder au moment où je t'écris ces mots.

Tandis que nous approchions d'un barrage, l'un des soldats m'a sommé de faire demi-tour. Il m'a confié que la situation avait beaucoup trop dégénéré à Preston. L'ordre de rayer la ville de la carte a été lancé, ainsi que pour Blackburn, Burnley et Bradford. Il m'a également révélé que la directive a été donnée afin d'éviter que les contaminés migrent à Manchester, où deux zones de quarantaine sont en cours de déploiement.

Mais tu me connais... je suis bien trop têtu pour céder si facilement. J'ai donc forcé le barrage... Et j'ai sans doute commis la pire des erreurs à ce moment-là.

Les autres soldats en poste ont aussitôt fait feu sur notre voiture. Peut-être ont-ils seulement suivi les ordres. Peut-être étaient-ils tellement à cran qu'ils n'ont pas réfléchi. Je ne sais pas...

Tout ce que je sais, c'est que le véhicule a été touché de plein fouet.

Les filles ont paniqué, tout comme moi... J'ai foncé à toute allure, et quelques kilomètres plus loin, des contaminés erraient par dizaines sur la route, cachés jusqu'alors par l'épais nuage de fumée provenant de Preston. J'ai tenté tant bien que mal de freiner, de les éviter... mais il était trop tard...

Trop tard pour nous...

Nous avons fini en contrebas de la route, la voiture encastrée dans cet arbre de malheur.

Le choc m'a fait perdre connaissance, et à mon réveil, j'ai dû affronter un sort pire que la mort.

La porte côté passager était grande ouverte, et l'une de ces créatures était en train de... dévorer le visage de ma sœur... J'ai paniqué... J'ai essayé... Je te jure que j'ai essayé de faire quelque chose, mais il était trop tard. Désorienté par ce qu'il se passait, j'ai malgré tout pensé aux petites. Je suis sorti du véhicule et suis allé leur ouvrir la portière.

Mais celle-ci était déjà béante et une autre de ces choses était là. J'ai tenté de la tirer en arrière, je me suis débattu avec elle de toutes mes forces, mais elle en avait déjà fini *avec les filles... Dans cette vaine tentative, je me suis moi-même fait mordre par cette chose.*

J'ai peur de les voir se transformer et devenir comme ces créatures infâmes. J'ai peur de devenir comme ça également... L'idée même de devoir les achever me terrifie.

Après de longues minutes de réflexion, j'ai compris que je n'en aurais pas le courage.

J'espère que tu nous retrouveras. Que tu les découvriras... Que tu auras la bravoure que je n'ai pas eue...

Il ne me reste plus qu'à mourir seul... »

Ben et John furent déchirés par la lettre. Aucun d'eux ne trouva les mots pour exprimer quoi que ce soit.

Alors que John regardait dans le vide, la note en main, Ben, lui, décida d'agir. Il coupa la corde qui retenait l'homme par le cou, puis mit définitivement fin à son existence.

— Allez, viens, on se casse. On n'a plus rien à faire ici, déplora Ben.

John acquiesça tout en pliant la lettre et en la glissant dans la poche de sa veste. Il se jura à cet instant de la restituer à Talip, estimant qu'il méritait de connaitre la vérité et de pouvoir faire son deuil.

Ensuite, tous deux regagnèrent les véhicules en silence.

Ben faisait les cent pas devant les deux bus, il souhaitait reprendre le plus vite possible la route alors qu'Elizabeth prodiguait ses soins à Danny. Pendant ce temps, John en avait profité pour enterrer dignement les corps de la famille de Talip.

— Plus on poireaute, plus on risque de tomber sur la horde dont ont parlé les deux gamins, observa Ben, anxieux à l'idée de patienter.

— Calme-toi, Ben, ils ont dit qu'elle ne serait pas là avant deux jours, ça nous laisse un peu de répit pour nous décider, non ? tempéra John.

L'ancien militaire se mura dans le silence, et Elizabeth se joignit à la discussion.

— Il a raison, Ben, on a encore du temps devant nous, et puis, on ne sait même pas vers où se diriger. Si les informations contenues dans la lettre que vous avez trouvée sont exactes, la plupart des routes au nord et au nord-est seront coupées.

— Et vu l'heure, le soleil ne va pas tarder à se coucher. On ne connait pas assez la région ni ce qui peut rôder par ici. Reprendre le trajet maintenant serait peut-être plus périlleux que de faire une halte, avertit John.

— Qu'est-ce que vous suggérez alors ? demanda Ben.

John regarda la chaussée, puis les occupants des bus, qui attendaient, la peur au ventre.

— En arrivant ici, j'ai vu un panneau indiquant les ruines d'un ancien château, je propose qu'on y passe la nuit. Avec les bus stationnés devant, cela nous offrira un semblant d'abri. On pourra se reposer, faire un feu et manger quelque chose de chaud ce soir. Ça nous fera du bien à tous, tu ne crois pas ?

Ben hocha la tête. Même s'il aurait aimé reprendre la route, il savait pertinemment que tout le monde était épuisé et avait peur.

— Un peu de repos ne fera pas de mal à Sandro et à cet affreux Danny Taylor. C'est la meilleure option, Ben, ajouta Elizabeth avec une caresse chaleureuse dans le dos de son frère.

— Très bien, va pour les ruines, conclut-il avant de remonter dans le bus, prêt à partir.

Les deux bus étaient stationnés devant les ruines depuis près d'une heure, de façon à créer un barrage de fortune, comme l'avait suggéré John. Les hommes de Danny, qui était encore inconscient, s'étaient proposés pour faire le guet aux extrémités du camp.

Depuis leur arrêt, Elizabeth n'avait eu de cesse de veiller sur chaque personne. Elle avait pris soin d'ausculter les survivants tout en leur apportant écoute et réconfort. Bien qu'elle l'exècre plus que tout, Elizabeth gardait un œil attentif sur l'état de santé de Danny.

Sandro, quant à lui, étonnamment plus en forme que ce qu'ils avaient espéré, avait rejoint la chaleur du feu en compagnie de sa petite sœur. Tous deux se délectaient du repas concocté par l'un des rescapés, issu de boites de conserve récupérées avant leur départ de la zone.

Ben mangeait en silence, préférant rester sur ses gardes afin de veiller à la sécurité du camp. Katelina, qui ne s'était pas fait remarquer jusqu'alors, grignotait son dîner à ses côtés. Elle ne connaissait personne ici, hormis l'ancien soldat qui l'avait secourue des années auparavant.

Les enfants de John, Gaïa, Daemon et Jake, dévoraient tout ce qui leur tombait sous la main, tandis que leur père était assis au coin du feu.

Les discussions allaient bon train, presque comme si la situation était normale, alors qu'ils n'avaient encore jamais expérimenté ce genre de danger.

Non loin de John, un homme parla pour lui-même avant d'avaler la dernière bouchée de son repas.

— Toujours aussi infects qu'avant la Chute, ces haricots, mais ça a le mérite de remplir l'estomac, ma foi…

La « Chute », ce mot résonna dans l'esprit de chacun. Certains se remémoraient le calme et les moments de volupté d'antan, pendant que d'autres rêvaient que le monde redevienne un jour comme avant. Certes, tout n'était pas parfait, mais la vie ne s'apparentait pas à la mort à chaque coin de rue.

Jake, le plus jeune fils de John, âgé seulement de cinq ans et qui n'avait par conséquent jamais connu cette époque, interrogea son père avec la malice et la soif de découverte qui lui étaient propres :

— Dis, Papa, c'était comment avant ?

Ces quelques mots jetèrent un froid parmi les survivants. Avant… Beaucoup en rêvaient, mais seuls quelques-uns en parlaient encore, tant cela faisait mal. John regarda son enfant à son tour.

— Avant la Chute, tu veux dire ? C'était beau, calme, et le monde était un peu moins dangereux. Mais juste un peu moins, lui dit-il en lui frottant les cheveux.

— Et la Chute ? le questionna encore une fois le garçon.

— La Chute… répondit John mélancoliquement.

L'esprit de John remonta le temps et se figea cinq ans en arrière, là où tout avait commencé. À l'époque où la société avait fait un virage à cent-quatre-vingts degrés et était devenue ce qu'elle était à présent.

CHAPITRE 3

LA CHUTE

2010
Cinq ans avant les événements de Wallasey
Ville de Shrewsbury

Voilà maintenant sept ans que John et sa compagne avaient emménagé dans cette petite agglomération de l'ouest de l'Angleterre, à la frontière du pays de Galles.

À son arrivée, Elizabeth n'avait encore que vingt ans et était au début de sa première grossesse. La jeune femme avait rapidement déniché du travail dans l'un des hôpitaux de la ville.

John, du même âge, avait quant à lui eu plus de mal à trouver un emploi. Il n'avait jamais poursuivi ses études et ne possédait pas de qualifications en adéquation avec les offres disponibles, sa recherche avait donc été des plus contrariantes. Mais alors qu'un jour, John faisait ses courses, il avait aperçu une affiche placardée à l'entrée du magasin, proposant un poste ouvert à toutes candidatures. C'était l'occasion idéale pour lui de commencer cette nouvelle vie et de construire le foyer qu'il espérait pour sa famille.

Trois ans après leur arrivée dans la ville, le couple et leur petite fille, Gaïa, avaient vécu un nouvel événement qui avait marqué leur quotidien ; la magie avait à nouveau opéré, et Elizabeth avait accouché d'un second enfant, un garçon nommé Daemon. S'étaient ensuivies quatre années d'intense bonheur.

À cette époque, le ménage résidait dans le quartier de Kingsland, à l'écart du centre de l'agglomération, et à vrai dire, presque à l'écart de tout le reste du pays. Cette situation convenait parfaitement à John.

Lorsqu'il avait raccroché son tablier, comme chaque soir avant de rentrer chez lui, John ne se doutait pas encore qu'il était à quelques jours seulement d'incidents qui allaient faire basculer sa vie à tout jamais.

Le froid automnal se faisait de plus en plus ressentir. John s'empressait de regagner sa maison au rythme des bourrasques qui n'avaient eu de cesse de le balloter durant tout le chemin. Lorsqu'il eut franchi le seuil de la porte de leur domicile, la pluie se mit à tomber. Tandis qu'Elizabeth l'accueillait chaleureusement, il vit un bol de soupe posé sur un coin de la table.

Tous deux échangèrent sur leur journée harassante après avoir couché les enfants. Lorsqu'ils eurent fini, ils s'installèrent l'un contre l'autre sur le canapé avec pour toile de fond les actualités de la télévision.

Tout d'abord, des nouvelles concernant le récent arrêt de la fuite de pétrole sous-marine dans le golfe du Mexique furent évoquées. Puis vinrent des informations plus légères au sujet de l'engouement des populations pour des tablettes tactiles mises en rayon depuis le début de l'année qui atteignaient désormais des millions d'exemplaires vendus. Enfin, dernier phénomène marquant du journal, la perturbation de l'exposition universelle de Shanghai due à des heurts entre les citoyens et l'armée chinoise.

À cet instant, ce fait anodin n'inquiéta pas grand monde, mais c'était là le commencement de la fin du monde tel qu'il était connu jusqu'à présent. Peu après ces récentes nouvelles, le couple alla se coucher avant de reprendre sa routine quotidienne.

Le lendemain, à son retour du travail, John borda ses enfants puis soupa en compagnie de sa femme et des actualités télévisées.

Des informations concernant la Chine furent affichées en premier lieu. Plusieurs affrontements étaient à déplorer depuis la veille, et l'armée avait envahi les rues de la gigantesque ville, tirant à vue sur la population. La loi martiale avait été décrétée afin de confiner la nation et de rétablir l'ordre. Hélas, les citoyens étaient désormais pris d'une folie meurtrière telle que cet ordre ne fut jamais respecté.

Bien qu'aucune vidéo officielle du gouvernement chinois n'ait été diffusée et que toutes les séquences émises aient été solennellement réfutées, le journal télévisé retransmit des images capturées par des amateurs locaux.

La scène était horrible, macabre, si bien qu'un bandeau d'alerte avait été déployé au préalable. L'on pouvait voir sur l'enregistrement des citadins s'en prendre aux forces militaires, et même s'attaquer les uns les autres. Les assaillants n'étaient nullement armés, si ce n'est de leurs mains. Plus effroyable encore, ils n'hésitaient pas à mordre dans la chair de leurs victimes.

John et Elizabeth se couchèrent, perturbés par ces récentes informations, bien que soulagés qu'une telle chose se produise loin de là.

Le jour suivant, les conversations allaient bon train dans le magasin où John travaillait. Alors qu'il remplissait les rayons, il pouvait entendre les suppositions de tout un chacun. L'idée d'une guérilla formée contre l'armée pour prendre possession du pays émergea. Un client avança même la théorie que le gouvernement voulait réduire la population chinoise, bien trop grande. Certains se plaignaient que les informations soient filtrées et émettaient plusieurs hypothèses toutes plus farfelues les unes que les autres, telles qu'un virus mutant relâché dans la nature qui détruirait tout sur son passage.

Un couple âgé plus pressé par le temps qu'à l'accoutumée dévalisa les rayons que venait de remplir John, chargeant son chariot de boites de conserve, de rouleaux de papier toilette ainsi que de dizaines de bouteilles d'eau.

Ils arguèrent que la guerre allait frapper à leur porte très bientôt et que seuls les fous ne faisaient pas de provisions. Le souvenir douloureux d'une époque pas si lointaine les avait rattrapés. Bien que de jeunes gens se moquent d'eux, avaient-ils vraiment tort ? Seuls les prochains jours allaient leur donner raison ou tort.

Une fois sa journée terminée, John rentra et retrouva sa femme. Chacun relata alors les événements auxquels il avait été confronté. John rapporta à sa compagne les multiples discussions qu'il avait entendues malgré lui au magasin, et cette dernière évoqua le nombre croissant de nouveaux patients à l'hôpital, tous pris d'une violente grippe. Curieux d'avoir des nouvelles de la situation actuelle, le couple alluma la télévision, plus attentif que jamais.

De nouvelles vidéos d'amateurs furent diffusées, montrant des militaires qui s'en prenaient à des dizaines d'individus. Ces derniers résistaient à des coups de matraques et à une multitude de tirs dans le torse.

— Aucun être humain ne peut survivre à pareille blessure, observa John.

— Peut-être étaient-ils sous l'emprise d'une drogue, avança Elizabeth, qui était restée bouche bée devant cela.

La présentatrice nota, faisant écho aux paroles de John, que seuls les projectiles touchant le crâne des émeutiers permettaient de mettre un terme à leur vie.

Une nouvelle vidéo fut diffusée, exposant les multiples pillards qui profitaient de la situation pour voler et saccager les nombreux magasins de la ville. Animés par l'appât du gain, ils se retrouvèrent pris entre deux feux. Cette nuit-là, le couple se coucha encore un peu plus inquiet que la veille.

Les deux jours suivants furent du même acabit.

Au sixième jour, Elizabeth déplora toujours plus de malades à l'hôpital et toujours moins de personnel pour traiter les patients, qui jusque-là ne montraient aucun signe de rémission. Le point culminant de cette journée arriva lorsque le ménage alluma son poste télévisé, comme tous les soirs depuis quelque temps.

La présentatrice à l'antenne s'adressa en direct à un reporter de guerre dépêché expressément dans le cœur de la cité chinoise afin d'obtenir des informations face au refus d'obtempérer des autorités en place. Le paysage et sa description de la situation furent édifiants. Il compara cela au pire conflit auquel il avait jamais assisté, révélant même avoir été pris à parti par un jeune citoyen déchainé qui l'avait violemment mordu au bras.

L'envoyé spécial n'hésita pas à dévoiler la blessure sur son bras. Réfugié dans l'un des immeubles de la ville, l'homme était cramponné à la rambarde d'un balcon afin de présenter l'état actuel des rues. Au même moment, une dizaine de soldats en contrebas firent feu sur des individus accourant vers eux.

À l'instant où il commenta la séquence, des avions survolèrent les lieux et un fracas sans précédent s'ensuivit. Une nouvelle détonation résonna, puis une autre fit trembler l'édifice dans lequel se trouvait le reporter. Il ordonna au caméraman de filmer une explosion au loin, mais le signal s'arrêta net, ne laissant plus que la présentatrice bouche bée devant la scène. Après quelques secondes de silence, cette dernière tenta de meubler l'émission tant bien que mal avant d'être interrompue par le directeur des programmes.

Deux journées supplémentaires s'écoulèrent sans que l'état chinois ni même aucun autre gouvernement communiquent. Tandis que l'épidémie de grippe touchait de plus en plus de personnes, tous les hôpitaux de la ville étaient désormais saturés. Face à ces deux situations, les théories repartirent de plus belle dans la bouche et l'esprit de chacun. Mais personne n'était encore préparé pour les annonces qui tomberaient sur la population la nuit venue.

John alluma son poste télévisé comme chaque soir depuis quelques jours. À la place de l'habituelle présentatrice se tenait un représentant de l'armée britannique. La mine grave, il prit la parole :

« Chers compatriotes, je me présente devant vous ce soir car le grave contexte sanitaire le nécessite. En effet, depuis maintenant plus d'une semaine, une violente grippe touche nos concitoyens. Face à la propagation de la maladie et à l'état de nos services de santé, plus impactés que jamais par la situation, le choix d'instaurer un confinement strict pour la population a été fait.

En outre, les écoles, les restaurants, les bars et tous les commerces demeureront portes closes. Autrement dit, aucun citoyen ne sera autorisé à circuler librement durant les deux prochaines semaines, et ce à partir de ce soir. Il a également été décidé, en accord avec les autres pays membres de l'Union européenne, de fermer chaque frontière, aéroport et embarcadère afin d'éviter la transmission du virus.

Un ravitaillement alimentaire sera organisé par l'armée et les forces de police de votre région, pour que personne ne soit laissé de côté durant cette période. Le gouvernement, tout comme la famille royale, en appelle à la responsabilité de chacun afin que cette situation sanitaire s'améliore au plus vite. Je vous remercie pour votre attention. »

Le signal se coupa sur un bandeau d'informations reprenant les propos du porte-parole. John et Elizabeth se rassurèrent mutuellement avant de faire l'inventaire de leur stock de nourriture et de médicaments.

Les jours suivants déterminèrent plus que jamais la suite des événements.

Grâce au confinement strict des populations et à la peur environnante, des murs ainsi que des barrages furent érigés autour de certaines parties de quelques villes et régions sélectionnées. À ce stade, personne ne comprenait encore pourquoi.

Y compris John, qui vit au travers de sa fenêtre des barricades se créer aux abords des ponts entourant le centre historique de l'agglomération, une presqu'île qui faisait face à sa maison.

Tout d'abord gagnés par l'angoisse, les citadins obéirent docilement aux ordres donnés. Mais après quelques jours, l'inquiétude diminua. Les premiers récalcitrants au confinement se montrèrent dans les rues, accompagnés par les curieux qui voulaient observer de plus près les structures défensives construites autour de la ville.

Très vite, les citoyens protestèrent pour leur liberté et leur sécurité, estimant qu'ils allaient être des laissés-pour-compte. Enfin vinrent ceux qui voulaient profiter du chaos généré entre ces derniers et les forces de l'ordre, qui les incitèrent à rentrer chez eux. Les pilleurs et casseurs s'en donnèrent à cœur joie.

Mais le mal était fait, et sans crier gare, la maladie se répandit comme une trainée de poudre. Plus les jours passaient, plus le nombre de cas augmentait. Face à l'ampleur qu'avaient prise les saccages et le danger pour les périmètres qu'était en train d'établir l'armée, un nouveau communiqué télévisuel instaurant la loi martiale fut diffusé.

Tandis que les structures se renforçaient et que les murs grandissaient, la peur gagna de plus en plus les citoyens vivant aux alentours de ces périmètres. Quelques jours après la promulgation de la loi martiale, certains tentèrent de se frayer un chemin au travers des zones aménagées. Les plus chanceux finirent roués de coups puis emprisonnés, les autres terminèrent le corps criblé de balles.

John n'était pas sorti de chez lui depuis l'annonce du confinement puis de la loi martiale, soit depuis près de trois semaines désormais. Seule Elizabeth était autorisée à se déplacer pour aller travailler à l'hôpital. Un beau matin, alors qu'elle s'apprêtait à partir, le téléphone sonna. La jeune femme resta bouche bée au moment où elle entendit la voix au travers du combiné. C'était son frère, Ben.

Voilà sept ans qu'elle ne lui avait pas parlé, soit depuis que le couple était arrivé dans cette ville. Sa simple présence sonore lui fit chaud au cœur et lui redonna le sourire face à la situation actuelle, mais son esprit ne put s'empêcher de s'imaginer le pire.

Après l'avoir quittée il y avait sept ans de ça, Ben lui avait annoncé qu'ils ne se contacteraient qu'en cas d'extrême nécessité. Entendre Ben au bout du fil ne présageait rien de rassurant pour John, qui prit immédiatement conscience du danger.

Après avoir échangé avec lui les banalités d'usage et avoir vérifié qu'il se portait bien, Elizabeth tendit le téléphone à John à la demande de Ben.

— Salut, Jo, ça fait un bail. Eli m'a dit que tout allait bien, c'est une bonne chose.

— Est-ce qu'il arrive ? demanda aussitôt John, sans même le laisser finir.

— Non non, rassure-toi, il n'a pas retrouvé ta trace. Mais un autre problème nous attend, bien plus urgent.

— De quoi s'agit-il ? le questionna John.

— Est-ce que t'as entendu parler des fortifications qui ont été construites ? Est-ce que vous êtes dans l'une d'entre elles ?

— J'ai vu des militaires en train d'établir un périmètre et de construire des barrages le long des ponts entourant la vieille ville. Mais on n'est pas à l'intérieur, pourquoi ?

— Merde ! râla Ben. Où est-ce que vous êtes ?

— Je ne sais pas si je dois… On avait convenu qu'on ne se donnerait jamais cette information au téléphone.

— Je suis en mission et j'ai un appareil non traçable, alors oublie ce qu'on a dit. Prends une carte et fais ce que je te dis, répondit froidement Ben.

— On est à Shrewsbury, au nord-ouest de Birmingham.

— D'accord, je vois. Écoute-moi bien, John, dans six jours, je serai à Wallasey, une ville au nord de ta position. Je veux que tu me rejoignes avec Elizabeth et tes enfants au vieux moulin de Bidston. Là-bas, un contact nous aidera à nous mettre en sécurité.

— Comment ça, en sécurité ? Je croyais qu'il ne nous avait pas retrouvés ? s'inquiéta John.

— Il ne vous a pas retrouvés, je te l'ai dit, c'est… autre chose, répondit Ben.

— Quoi alors ?

— Tu te souviens de ce bordel en Chine, peu avant le confinement ? C'est lié, je ne sais pas comment ni pourquoi. Tout ce que je sais, c'est que cette merde nous a touchés et que tout part en vrille. J'ai vu les gens devenir des… choses que tu ne pourrais pas imaginer. Des zones de quarantaine ont été construites pour protéger la population, comme celle en face de ta maison…

— On pourrait se rendre là-bas alors ! le coupa John.

— Ça ne marche pas comme ça, Jo… Elles vont abriter un nombre limité de personnes, et vous n'en ferez certainement pas partie. Vous seriez déjà au courant si c'était le cas. Crois-moi, et fais ce que je te dis.

— Va pour le moulin, dans six jours.

— Très bien, je devrais vous y rejoindre durant la nuit. De votre côté, évitez à tout prix les gros axes routiers, ils seront sans doute saturés par les gens qui fuiront les villes. Jo, une dernière chose, en attendant le moment venu, barricade tes portes et n'ouvre à personne. Et si tu entends des coups de feu, n'interviens pas. Reste à l'abri et protège ma sœur jusqu'à ce qu'on se retrouve.

— À dans six jours, Ben, répondit John, la gorge nouée et l'esprit désorienté.

Elizabeth, qui avait suivi de loin la discussion, avait immédiatement compris que l'heure du départ avait sonné. Elle s'y était déjà préparée mentalement, même si les raisons différaient.

Les jours passèrent, et comme l'avait prédit Ben, les choses ne tardèrent pas à dégénérer. Les cris et les coups de feu à l'extérieur rythmèrent le quotidien de la famille. L'ensemble des chaines télévisées furent coupées après la diffusion d'un ultime bulletin. Ce dernier préconisait aux citoyens de ne plus sortir de chez eux, et ce même s'ils désiraient se rendre à l'hôpital.

Lorsque l'annonce officielle concernant les zones de quarantaine fut faite, le couple découvrit sans surprise qu'il n'avait pas été retenu pour intégrer la maigre partie de la ville encore préservée.

Au matin du départ, John et Elizabeth rassemblèrent leurs affaires puis les chargèrent dans la voiture stationnée dans le garage. Les enfants, consignés dans leurs chambres jusqu'alors, furent sommés de monter à bord au plus vite.

En fin d'après-midi, la famille se mit en route et remarqua de nombreux véhicules laissés à l'abandon sur la chaussée. Certains bâtiments étaient en proie aux flammes tandis que d'autres étaient pillés. Au détour d'une rue, John vit un homme se faire agresser et mordre à la gorge par un autre individu, comme sur les vidéos diffusées dans le journal télévisé.

— Ben avait raison… murmura-t-il.

Le silence régnait dans la voiture. Malgré la peur visible sur les visages des enfants, ils surent garder leur calme jusqu'au moment où un inconnu fonça la tête la première sur la vitre arrière du véhicule, ce qui effraya toute la famille. Ce dernier avait le visage en lambeaux. Ses yeux laissaient s'échapper une matière noire et visqueuse pendant que ses dents claquaient à l'unisson face à la fenêtre. Dans un réflexe, John accéléra et mit fin à l'attaque de l'abomination.

Ensuite, la famille quitta la ville de Shrewsbury. Ils ne le savaient pas encore, mais c'était la dernière fois qu'ils voyaient ce paysage qui les avait comblés durant les sept années écoulées, le premier endroit où John avait vécu heureux et en paix.

La famille évita les gros axes routiers et arriva en deux heures à proximité de la ville de Birkenhead. Une fois sur place, ils s'arrêtèrent devant la porte d'entrée du moulin, et des avions de chasse militaires foncèrent au-dessus de leurs têtes. Les engins se dirigeaient de concert vers la ville de Liverpool, située de l'autre côté de la rive de la Mersey. Soudain, les chasseurs firent feu sur l'agglomération, relâchant des dizaines de missiles qui détruisirent tout sur leur passage.

Après une nuit des plus stressantes, rythmée par les explosions et le bruit de la pluie ne cessant de tomber, Ben arriva dans la bâtisse après avoir vécu les sept dernières années loin des siens.

CHAPITRE 4

PARTIE DE CHASSE

Après une nuit éreintante à ressasser le passé puis à surveiller le périmètre près du feu à son tour, John rejoignit Ben. Il était temps d'établir un itinéraire pour gagner le nord du pays et se mettre à l'abri.

Ben l'attendait déjà, une carte plaquée sur le capot de l'un des bus avec une tasse de café fumante en main. Il pointa du doigt Blackrod.

— On est là. Toutes les routes au nord de notre position sont coupées de Preston jusqu'à Leeds, et un peu plus au sud, les deux zones de quarantaine de Manchester vont nous compliquer la tâche.

John regarda attentivement le plan avant de soumettre son opinion.

— Une seule option s'offre à nous, traverser le pays d'ouest en est, en espérant tomber sur des routes praticables. Une fois passé Leeds, on pourra sans doute se diriger vers le nord en empruntant Selby. Ça te va ?

— Ça me parait être le meilleur choix, ouais, répondit Ben.

Les rescapés de Wallasey ne tardèrent pas à ranger leurs affaires puis à grimper dans les véhicules. La menace de se retrouver nez à nez avec une horde d'infectés les inquiétait tous.

Le soldat Ted Harris, qui avait suivi le groupe, s'installa au volant du premier bus. Ben prit le commandement du second.

Pendant la nuit, le jeune couple de survivants rencontré la veille sur la route avait eu beaucoup de temps pour discuter avec d'anciens habitants de la zone autour du feu. Initialement, ils désiraient rejoindre le sud et ne souhaitaient pas s'intégrer à une nouvelle communauté. Mais nouer des liens avec ces gens, qui n'avaient jamais vécu en dehors des murs, avait quelque peu bousculé leurs envies.

Leur choix vira définitivement lorsqu'ils se remémorèrent John creusant des tombes pour y enterrer de parfaits inconnus transformés et piégés dans une voiture abandonnée. Ce genre d'attention se faisait de plus en plus rare et les marqua profondément.

Alors que le départ s'annonçait, le couple s'approcha de John et de Ben à l'avant du véhicule.

— Si la proposition tient toujours, on est d'accord pour faire un bout de chemin avec vous, annonça le jeune homme.

Ben haussa les épaules en regardant John, qui leur répondit aussitôt :

— À une seule condition.

— Laquelle ? s'inquiéta la jeune femme.

— Que vous nous donniez enfin vos noms ! plaisanta John.

— Lui, c'est Alex, et moi, Mary, leur apprit-elle, un sourire aux lèvres.

— Très bien, bienvenue à bord !

John s'installa non loin d'Elizabeth, qui ne pouvait s'empêcher de jeter des coups d'œil réguliers à Danny pour surveiller son état, alors que les bus démarraient.

La route, qui n'avait pas été entretenue depuis cinq ans désormais, était encore pire que ce que s'imaginait Ben. À de nombreuses reprises, il dut slalomer entre les obstacles. Notamment des corps abandonnés sur la chaussée, aussi bien des humains que des animaux. Une multitude de carcasses de voitures étaient également à recenser, dont certaines étaient accidentées, autant sur la route qu'aux abords de cette dernière. Enfin, à la suite des récentes tempêtes qui avaient frappé la région, des troncs d'arbres et des branches jonchaient le parcours de toute part. Ce spectacle de désolation avait attiré le regard des curieux, qui ne quittaient pas des yeux le chemin malgré la fatigue qui les tiraillait. Face à tant d'aléas, le convoi fut obligé de ralentir, au grand regret de Ben.

Près d'une heure de route s'était écoulée. Les secousses provoquées par les nids-de-poule étaient telles qu'elles réveillèrent Danny, couché au fond du bus. La douleur qu'il ressentait à présent était si forte qu'il aurait préféré fermer les yeux et se rendormir afin de ne plus y penser. Mais cette fois, les turbulences avaient eu définitivement raison de son sommeil, ce qui l'agaça plus que tout. Alors qu'Elizabeth allait vérifier sa température, l'homme à la mine grincheuse lui repoussa aussitôt la main.

— Me touche pas, maudite sorcière ! maugréa-t-il.

— Toujours aussi aimable à ce que je vois, répliqua Elizabeth sur un ton assassin.

Danny n'eut qu'une envie en découvrant tous les regards braqués sur lui, insulter copieusement ses compagnons avant de leur infliger la même mutilation.

Concevoir qu'une femme qui le méprisait tant était réduite à le soigner le dégouta autant qu'il se haïssait d'avoir été si idiot, si imprudent. Être épié de la sorte sans pouvoir entendre pleinement les chuchotements qui circulaient ne fit qu'alimenter sa paranoïa. Il s'imaginait que tout le monde se moquait de lui pour n'être désormais plus qu'un infirme.

En réalité, il n'en était rien. Chacun le regardait avec désarroi, redoutant que son sort puisse être celui de l'un d'entre eux un jour. Hélas, il n'avait pas conscience de cela.

Tous le scrutaient avec peine, sauf un qui, lui, le toisait avec malice. Il se trouvait sur la banquette à côté de lui. Mais après tout, n'avait-il pas le droit, plus que quiconque, de l'observer de la sorte ?

Le visage habillé d'un sourire narquois, Sandro se délectait de le voir si impuissant. Lui, qui, il y avait encore peu, avait subi le même sort face aux yeux désintéressés de cet être vil et sans scrupule. Danny n'avait pas hésité une seconde à le condamner pour une erreur similaire.

— Me regarde pas comme ça, foutu gamin !

— Sinon quoi ? répliqua aussitôt Sandro. Tu vas ramper jusqu'à moi ?

— Eh, tout doux par ici, les interrompit Ben, qui avait laissé le volant à l'un des survivants en entendant l'arrière du bus s'agiter.

— Corrige ce morveux, toi, ou c'est moi qui le ferai ! ordonna Danny, vert de rage.

Ben s'amusa de la scène, lui aussi. Pendant cinq longues années, Danny l'avait obligé à sortir de la zone et à risquer sa vie en échange de son silence quant à son identité. Mais aujourd'hui, cela n'avait plus d'importance. Le truand n'avait désormais plus aucun pouvoir en dehors des murs de Wallasey. Plus aucun membre de l'armée à contacter pour révéler les informations qu'il détenait. Seuls subsistaient quelques-uns de ses hommes de main, qui n'avaient aucune connaissance du monde extérieur et qui n'effrayaient pas Ben. Après lui avoir adressé un sourire pour unique réponse, Ben retourna vers le front du bus avant d'être interrompu par Danny.

— Un jour, je m'occuperai de ton cas aussi, Barnes ! l'avertit-il.

Ben se stoppa net et contint la rage qui sommeillait en lui afin de ne pas choquer les passagers du véhicule. Tournant toujours le dos à l'homme qui le menaçait, il réagit par un rictus mélangeant colère et exaltation.

— Pour ça, Danny, il te faudrait avoir le physique de tes idées. Or, tout ce que je vois, c'est un cafard à qui il manque une patte !

La remarque piqua au vif l'intéressé, qui botta en touche et laissa Elizabeth l'examiner. Katelina, non loin de là, avait attentivement observé le comportement de chacun tout au long de l'échange. John, quant à lui, s'était assoupi au milieu du bus depuis le départ. Les deux dernières nuits n'avaient pas été de tout repos pour lui, et il profitait de ce court moment de répit pour se détendre.

Alors qu'il ne restait plus que quelques kilomètres avant d'atteindre Selby, le convoi dut changer de route par deux fois. Entravés par d'épais arbres couchés sur la chaussée, les véhicules réussirent à contourner le premier obstacle, mais durent s'arrêter au deuxième afin que l'itinéraire soit modifié.

L'événement, bien qu'anodin pour les survivants, retint l'attention de Ben. Peut-être était-ce son passé militaire qui surgissait ou simplement sa capacité à demeurer vigilant en toute circonstance, mais il remarqua quelque chose d'anormal. Les troncs jonchant la route n'avaient rien de naturel. Leurs bases semblaient avoir été sectionnées grossièrement à la hache pour certains, tandis que d'autres paraissaient avoir été coupés à la scie. Ben garda cette information pour lui-même avant d'alerter d'autres membres du groupe et par conséquent d'inquiéter la communauté.

Lorsque la voie fut dégagée, le convoi repartit de plus belle. Le conducteur du bus où se trouvaient Ben et John accéléra et prit un plaisir fou à passer les vitesses de l'engin, se laissant submerger par les souvenirs d'une époque où cette tâche était son métier. Mais soudain, un violent crissement réveilla les passagers et vint perturber l'instant de bonheur.

Le véhicule était devenu si incontrôlable que le chauffeur dut user de toutes ses forces et son expérience pour qu'il ne se retourne pas. Par chance, il arriva à freiner sa course grâce à l'épaisse végétation sur sa gauche, et sans comprendre ce qu'il se produisait, il vit le monstre de tôle jaune et noir se figer net. L'avant du véhicule était complètement enfoncé et bloqué par un arbre. Sous la violence du choc, le conducteur s'était évanoui et son visage était en sang.

Le crissement avait immédiatement réveillé John, qui avait mis ses bras en guise de barrière protectrice devant ses enfants. Elizabeth, toujours à l'arrière, avait été terriblement secouée par la collision, et avait même chuté sur ce qu'il restait de la jambe endolorie de Danny, qui avait hurlé de douleur. Ben avait tiré Katelina vers lui d'un geste fulgurant, juste avant qu'elle ne se prenne de plein fouet l'épaisse branche qui avait traversé la vitre à côté de son siège. Sans attendre, Ben s'était armé d'un fusil gisant entre les mains inconscientes de l'un des sbires de Danny. Une fois assuré que ses enfants étaient hors de danger, John l'imita. Tous deux enfoncèrent la porte du bus et en sortirent.

— Tu crois qu'on nous attaque ? demanda John.

— J'en suis même sûr. Tiens-toi prêt !

À quelques mètres de là, des coups de feu résonnèrent. Des hommes cachés dans l'épaisse végétation s'en prenaient au second véhicule situé plus loin.

Ben repéra aussitôt une fumée opaque s'échappant du capot pendant qu'il se faisait cribler de balles. Ses ennemis se trouvaient de l'autre côté de la chaussée et il allait enfin pouvoir évacuer toute la frustration qui montait en lui depuis deux jours. Dissimulé par la végétation, Ben avança à grandes enjambées, suivi par John.

— Toi, reste ici pour les protéger et couvre-moi pendant que je traverse la route ! ordonna Ben.

Ce dernier n'attendit pas de réponse de sa part et fonça à toute allure, à découvert. John, pris de court, n'eut pas le luxe de réfléchir et tira en direction des précédentes détonations. Harris, qui conduisait jusqu'alors le second bus, se mit à faire feu dans la même direction à son tour. Ce qui offrit une fenêtre de tir suffisamment large à Ben.

Désormais de l'autre côté, la bête allait pouvoir se déchainer.

Ben croisa très vite le premier assaillant sur son passage. Une balle sortit de son calibre et se logea aussitôt dans le crâne de son adversaire. Ensuite, une femme arrivant sur son flanc fendit l'air à l'aide d'une machette. Ben empoigna son fusil aux deux extrémités et contra la lame de son ennemie, qui fut surprise par la manœuvre. La poignée de secondes qu'il gagna lui profita. Il relâcha alors la pression sur son arme tout en saisissant la machette qui se trouvait face à lui, puis la retourna pour la planter dans l'estomac de sa propriétaire.

À ce stade, Ben n'entendait plus que trois armes distinctes faire feu en direction du bus. Il progressa avec calme à travers la végétation, muni d'un couteau qu'il avait gardé précieusement sur lui jusque-là. L'ancien militaire arriva silencieusement dans le dos d'un homme qui était en train de recharger son fusil. Ben ne se fit pas prier pour lui planter sa courte lame en plein dans la carotide. Alors que ses bottes baignaient dans le sang de l'individu à ses pieds, Ben se concentra sur l'unique détonation qu'il restait. Soudain, un craquement de branche retint son attention.

— Enfoiré ! s'exclama une quinquagénaire qui se tenait face à lui.

Ben évita de justesse un violent coup de hache en se jetant sur le terrain vaseux à sa droite. Il empoigna une portion de boue qu'il projeta sur le visage de la femme, qui s'apprêtait à frapper à nouveau. Aveuglée un court instant, celle-ci se fit charger brutalement par l'ancien militaire, qui la plaqua au sol avant de la poignarder cinq fois dans le thorax. Surplombant le corps inanimé gisant dans la vase, Ben grogna :

— Plus qu'un enfoiré à buter.

Tandis que les coups de feu s'étaient tus, Ben ne repéra nul individu à l'horizon, malgré ses recherches au cœur de la végétation. Il décida alors de rebrousser chemin, espérant que quelqu'un d'autre avait abattu le dernier assaillant. L'ancien militaire se dirigea vers le premier bus et hocha la tête en direction d'Harris, qui lui rendit son geste.

Alors qu'il approchait du véhicule encastré dans l'arbre, il vit les occupants en descendre, tour à tour, encore secoués par le choc. Il les laissa passer les uns après les autres, vérifiant l'état de chacun. Vint le tour d'Elizabeth, qui s'accrocha au montant pour sortir. Ben s'empressa de l'agripper et de la rassurer, tout en cherchant du regard John et les enfants, qu'il trouva accroupis près d'une souche quelques mètres plus loin.

Alors qu'il allait lui indiquer où était sa famille, la surprise put se lire dans ses yeux. Le dernier assaillant était toujours en vie. Il se tenait contre le bus, une main couvrant la bouche d'Elizabeth et une autre serrant un revolver pointé sur la tempe de Katelina.

— Toi, sale connard ! T'as buté tout le monde ! hurla-t-il.

— T'as aucun moyen de t'en sortir si tu fais ça, le prévint Ben.

— Lâche ton arme et on te laissera partir, proposa John.

— Fais ce qu'il dit, sinon je t'explose la cervelle, ajouta Ben tout en grinçant des dents.

L'individu, qui se tenait à un mètre de l'entrée du bus, hésita longuement. Sa soif de sang pouvait se lire sur son visage. L'inquiétude qui émanait des deux hommes face à lui ne pouvait lui indiquer qu'une chose, la vengeance serait à la hauteur. Il était prêt à mourir ici et maintenant s'il pouvait au moins en embarquer une des deux avec lui. Il posa alors son doigt sur la détente et dirigea l'arme vers le crâne d'Elizabeth.

Soudain, un craquement résonna et un corps retomba lourdement sur le sol, sous les yeux ébahis des survivants. Mais à la surprise générale, il ne s'agissait pas d'Elizabeth.

Danny, qui se tenait difficilement sur l'unique jambe qui lui restait, était derrière Elizabeth, s'appuyant d'une main sur la rambarde et de l'autre sur la canne qu'il avait pour habitude d'emporter avec lui ou qu'il aille. Alors que tout le monde l'avait ignoré et laissé pour compte à l'arrière du véhicule, la cohue à l'extérieur lui avait permis d'avancer sans se faire remarquer. Une fois à l'avant du bus, il avait décidé d'intervenir en assommant l'inconnu qui menaçait la jeune femme.

— J'en ai pas fini avec cette gourdasse ! Elle doit me remettre sur pied, crétin, cracha-t-il.

Ben et John furent les premiers surpris d'un tel geste.

Les concertations furent longues pour décider quel sort attendait le récent prisonnier. John proposa à Ben de le relâcher étant donné qu'aucun d'entre eux n'était mort. Ben, furieux qu'il ait émis cette idée, voulait au contraire en finir avec lui le plus rapidement possible et se remettre en route. Elizabeth, tout comme plusieurs survivants, se rangea à l'avis de John, préférant ne pas ôter la vie de quelqu'un sans même qu'il puisse se défendre. Certains qualifiaient cet acte d'exécution pure et simple. Alors que le prisonnier était attaché à un arbre, tout le monde débattait quant à son avenir.

Un autre problème de taille les frappa, comment quitter cet endroit ? En effet, les deux bus avaient été lourdement endommagés, au point de ne plus pouvoir démarrer. Alors qu'une grande partie de la journée était déjà passée, certains proposèrent de reprendre la route immédiatement, tandis que d'autres s'opposèrent à cette idée, arguant qu'un trajet à pied de nuit serait bien trop dangereux.

En désaccord à la fois avec le fait de rester et avec celui de laisser en vie le prisonnier, Ben s'en alla, furieux qu'on ne l'ait pas écouté d'emblée. Prétextant vouloir sécuriser les environs, il parcourut le périmètre accompagné d'Harris, qui essaya tant bien que mal de le calmer.

Tandis que John assurait toujours la garde du détenu, le jeune couple de survivants croisé la veille se proposa de le surveiller pour que John puisse apaiser les esprits.

Alors qu'ils avançaient aussi lentement que silencieusement au cœur de la végétation, Ben entendit un tintement métallique résonner dans la forêt. Secondé par Harris, il décida de s'en approcher.

Ils trouvèrent tout d'abord les restes d'un feu de camp encore tiède, où reposait une partie de jambe humaine à moitié calcinée. Ce qu'ils virent ensuite les décontenança un peu plus.

Des chevaux munis de selles avaient été attachés à un arbre tandis qu'une charrette surmontée d'une cage en fer siégeait au milieu du bois. Là ne s'arrêta pas la découverte. Cette dernière n'était pas vide, bien au contraire.

Une dizaine d'individus avaient été faits prisonniers. Leur teint pâle et leur maigreur laissaient sous-entendre qu'ils étaient retenus depuis un certain moment déjà.

Ben s'empressa de les libérer. Malgré l'inquiétude et la méfiance qu'ils affichaient, l'attrait de retrouver la liberté était bien trop fort pour eux, et ils sautèrent sur l'occasion. Lorsqu'ils virent que les deux hommes ne leur voulaient pas de mal, ils remercièrent tour à tour leurs bienfaiteurs.

— Lieutenant, est-ce qu'on les conduit chez les autres ? demanda Harris.

— Quitte à rester ici toute la nuit, ces pauvres gens mériteraient un repas chaud. Et Harris ?

— Oui ?

— Cesse de m'appeler lieutenant, ordonna Ben.

— Bien, lieu… monsieur, se reprit le jeune soldat.

Alors que les nouveaux venus étaient accompagnés vers le campement de fortune qu'avaient établi les survivants de Wallasey, un coup de feu retentit soudainement. Les deux anciens militaires accoururent en songeant immédiatement à l'ennemi fait prisonnier.

Leur intuition ne leur fit pas défaut. Ils découvrirent le corps sans vie du captif, qui avait été libéré de ses liens.

— Qu'est-ce qu'il s'est passé ici ? demanda instantanément Ben.

— C'est moi qui l'ai tué, annonça Alex.

Celui qui s'était proposé pour surveiller le détenu avec sa compagne avoua d'emblée son geste, ce qui étonna Ben ainsi que le reste des survivants.

— Je ne vais pas plaindre cette raclure, mais pourquoi t'as fait ça au juste ?

— Cet enfoiré avait encore un couteau sur lui. Il a réussi à couper ses liens et a voulu s'en prendre à Mary, je suis donc intervenu.

Ben, soulagé d'entendre cela, s'approcha du jeune homme et lui frappa par deux fois sur l'épaule.

— Vous voyez quels sont les risques lorsqu'on laisse ce genre de connard en vie ! Une chance que ce petit gars ait eu le bon réflexe, sinon, c'est sa copine qui aurait payé le prix de nos erreurs ! Tâchez de le retenir !

Alors que l'ensemble des survivants abandonnaient le cadavre du prisonnier, Ben présenta les nouveaux venus à John, lui expliquant au passage où ils les avaient trouvés.

Pendant ce temps, seuls Alex et Mary demeuraient devant le corps inanimé de l'homme qu'ils venaient d'abattre.

— Tu penses qu'ils nous ont crus ? demanda Alex.

— La moitié réclamait déjà sa peau, et l'autre avait juste besoin d'un prétexte pour en finir avec lui, répondit Mary.

— Mmmh, si tu le dis.

— Au passage, bien joué pour le couteau, je n'avais même pas vu que tu l'avais déposé dans la main de ce connard, le félicita-t-elle.

— Ne l'insulte pas, il n'a jamais été… Enfin, je veux dire…

— Cesse de le défendre, c'était un connard, comme tous les siens. Alors, arrête de t'accabler, c'était lui ou nous, tu l'as dit toi-même. Si ces gens avaient su qui il est et ce qu'il a fait, ils en auraient fini bien plus vite avec lui. Tout comme avec nous d'ailleurs…

— Tu n'as pas tort… répondit Alex avec un certain remords.

— Allez, viens, on va se poser près du feu avec les autres, suggéra Mary. Inutile d'attirer l'attention plus que nécessaire.

Tous deux quittèrent ainsi le cadavre encore tiède.

CHAPITRE 5

NAVIRE EN PERDITION

L'ensemble des survivants s'étaient rassemblés près du bus toujours encastré dans le tronc d'arbre et partageaient un repas chaud autour du feu. Après quelques minutes de calme où chacun dégustait son plat en silence, John brisa la glace en s'adressant aux nouveaux venus.

On n'a pas encore eu l'occasion de se présenter. Moi, c'est John, j'espère que ce maigre repas vous fait du bien.

— Merci beaucoup pour tout, répondit aussitôt l'un d'entre eux.

— Comment vous en êtes arrivés là, et d'où venez-vous ? les questionna Ben de façon brutale.

— Pardonnez-lui ses manières de rustre, s'excusa John avec un sourire gêné, c'est juste que c'est un grand curieux.

— Ouais, et de nos jours, vaut mieux l'être trop que pas assez, répliqua Ben.

— Il n'y a pas de mal, ne vous inquiétez pas, répondit un autre d'entre eux. Nous sommes originaires d'un village un peu plus au sud. Et eux trois ont été faits prisonniers non loin d'ici il y a deux jours.

Ressentant l'impatience de Ben d'en savoir plus, l'un des trois hommes fit un signe de la tête à ses compagnons et prit la parole.

— Eux deux viennent d'un navire qui est à quai dans un port de Hull. Quant à moi, je les ai rencontrés il y a peu. Ils m'ont sauvé la vie alors que j'errais en mer dans un canot de sauvetage.

— Un canot, répéta bêtement Harris, amusé par l'anecdote tel un enfant. On croirait entendre une histoire sortie tout droit d'un film de pirates.

La remarque amusa l'homme ainsi que tout le monde autour du feu.

— J'aurais préféré que ce soit le cas, mais je suis loin d'être un pirate. Je ne suis que l'humble amiral Evans, j'ai opéré à bord d'un navire de guerre qui dérive en pleine mer actuellement... expliqua l'individu avec une pointe d'amertume.

L'information piqua au vif Ben et John, qui se jetèrent un regard immédiatement, comprenant qu'il faisait partie de l'armée.

— C'était qui, ces mecs, au juste ? demanda Ben.

— De foutus chasseurs, reprit l'un des anciens prisonniers.

— Des quoi ? réagit Harris, surpris.

— Attendez, vous n'en avez jamais entendu parler ? l'interrogea à son tour l'officier de la marine.

Voyant qu'Harris restait muet face à la question, comme la majorité des hommes et femmes devant lui, le militaire continua :

— Des chasseurs. Ils chassent ce qu'ils trouvent pour… se nourrir.

— Mais… commença Harris, pas sûr de totalement comprendre, c'est… vous qui étiez en cage.

— Ces gens ne font pas de différence entre les animaux et… nous. On est tout simplement du gibier pour eux.

Lorsque les survivants commencèrent à réaliser dans quelle situation ils avaient failli finir, certains émirent un relent de vomi.

— Vu vos réactions, c'est effectivement la première fois que vous en entendez parler, s'étonna le militaire.

— En effet, personne ne nous a jamais causé de ça dans la zone ! s'écria Harris.

La mention de la zone de quarantaine fit bondir intérieurement Ben, qui aurait voulu lui hurler de la fermer. Bien qu'il lui ait ordonné de changer de vêtements et de n'évoquer leur passé dans l'armée sous aucun prétexte, Harris venait d'introduire bêtement un élément qui amènerait d'autres questions. Ce qui ne tarda pas.

— Vous êtes donc issus d'une zone ! Surprenant que votre chef ne vous en ait pas parlé !

— Il voulait sans doute nous préserver de ce genre d'information, intervint John avant qu'Harris n'en dise plus.

— Et vous étiez dans quelle zone ? interrogea l'amiral, plus curieux que jamais.

— Walla… Wallasey ! prononça difficilement Harris, qui peinait à articuler tant il avait la bouche pleine.

— Étrange, s'étonna le militaire en se grattant le menton, je pensais que cette zone était toujours en fonction. Certains d'entre vous ne seraient pas des déserteurs, par hasard ? reprit-il en plaisantant à moitié. Sur mon navire, les fuyards étaient exécutés.

La remarque fit déglutir Harris, qui se sentit plus concerné que jamais. Voyant Ben se crisper de plus en plus face à une situation qui dérapait de toute part, Katelina intervint :

— Excusez-nous, monsieur, nous venons de vivre l'horreur là-bas. Des infectés se sont introduits par dizaines et nous ont attaqués. Mon… mon époux s'est sacrifié pour nous permettre de nous échapper de l'enfer qu'est devenu ce lieu, poursuivit-elle en faisant mine de sangloter telle une veuve éplorée. Je ne saurais dire si des membres de notre groupe sont des déserteurs. Mais quand bien même ce serait le cas, n'oubliez pas qui vous a sauvé la vie aujourd'hui avant de proférer une quelconque menace !

L'attitude meurtrie de la jeune femme avait produit ce que recherchait Katelina, à savoir les larmes de nombreux survivants, ce qui réveilla la compassion et le tact du marin, qui n'osa plus poser de questions supplémentaires. Elle avait si parfaitement joué sa partition qu'un silence macabre régnait désormais.

Conscient du malaise qu'il venait tout juste de créer, l'amiral reprit la parole avec précaution :

— Je ne voulais pas vous offenser, ma remarque était idiote. Je vous prie de m'excuser. Je suis désolé pour votre perte, madame, ainsi que pour toutes les vôtres. Comme vous l'avez souligné, nous vous devons la vie. Merci pour tout, finit-il solennellement en levant sa tasse en l'air.

Alors que Ben lui demandait une fois de plus comment il en était arrivé là, l'amiral Evans fixa les braises ardentes qui se mouvaient sous ses pieds. Tout comme il y avait quelques jours de ça. La vue des flammes replongea le militaire là où tout avait débuté, face à un brasier qu'il avait lui-même allumé.

Sous les yeux du gradé, les flammes consumaient petit à petit les corps sans vie de ses hommes, ne laissant plus que des os calcinés.

— On a capturé le dernier, monsieur, annonça un soldat.

— Très bien, amenez-le-moi, répondit froidement Evans.

À son arrivée devant son supérieur, le récent prisonnier se mit immédiatement à genoux en dirigeant ses mains liées par des menottes vers Evans.

— Je vous en supplie, monsieur, ne faites pas ça, le doc va trouver une solution, j'en suis sûr !

— Même Blake ne pourra rien faire face à une telle blessure, et vous le savez très bien… Vous n'auriez pas dû fuir… déplora l'officier.

— C'est juste qu'on a pris peur et…

— Et que vous avez laissé vos coéquipiers dans la merde face aux infectés ! Vous et ceux qui vous accompagnaient n'êtes que des lâches ! Alors, arrêtez de vous chercher des excuses ! Vous être fait contaminer à votre tour n'est que justice, vous ne méritez même pas de mourir aussi rapidement, lâcha furieusement Evans.

Tandis que le feu crépitait, l'amiral dégaina son arme et tira une balle dans la tête du prisonnier incriminé. Il laissa à ses hommes le soin de jeter le cadavre dans les flammes pendant qu'il s'en allait retrouver le navire de guerre qui reposait dans la baie, non loin de là.

Une fois qu'il eut regagné son bâtiment, les soldats restés à bord l'accueillirent au garde-à-vous. Conscients de ce qu'il s'était passé un peu plus tôt sur la plage, tous avaient le visage baissé et étaient animés d'une certaine rancœur à peine dissimulée. La décision d'exécuter les déserteurs avait fait débat plus que jamais, et la fatigue accumulée par les marins depuis quelques jours ne faisait qu'accentuer ce sentiment. Les soldats qui avaient accompagné l'officier à terre s'empressèrent de ranger tout le matériel apporté depuis la côte.

Son devoir accompli, mais le cœur lourd, Evans s'acquitta au plus vite du contrôle médical postopération terrestre imposé par le protocole sanitaire. Une fois la visite d'usage effectuée auprès du médecin de bord, l'amiral s'effondra dans son lit tout juste après avoir regagné sa cabine.

La mission qui lui avait été confiée par l'état-major et le général Ward avait été un franc succès, bien qu'entaché par les récents événements. Les caisses d'armes, les fournitures médicales ainsi que les rations de survie récupérées dans le fort, non loin de là, allaient pouvoir être délivrées d'ici quelques semaines. Les troupes britanniques déployées en Europe de l'Est, depuis le début du conflit, attendaient avec impatience ce ravitaillement plus que nécessaire.

La réussite de l'expédition était essentielle pour contribuer à l'effort de guerre, selon Evans, qui n'avait pas lésiné sur les moyens pour mener à bien cette opération. Il avait dépêché un nombre conséquent de soldats et fait apporter une grande quantité de matériel pour s'assurer le bon déroulement de la mission. Les pertes humaines, bien qu'importantes, avaient été jugées acceptables par l'état-major, désireux d'en finir avec cette guerre qui durait depuis cinq longues années désormais.

Une fois à bord, les militaires revenus des terres eurent à remplir les mêmes obligations que l'amiral Evans. À savoir appliquer le protocole puis regagner au plus vite leurs cabines afin de faire leur deuil en silence.

Face à la file interminable devant les locaux du médecin de bord, certains préférèrent courir aux cuisines, reportant donc leur passage chez le docteur. Parmi eux, l'une des soldates les plus aguerries du navire. Bien qu'usée par ces dernières heures, elle se souvenait parfaitement de la nécessité de se présenter à l'examen, mais refroidie par l'attente, elle avait décidé de recharger ses batteries en mangeant un repas chaud avant d'aller se coucher.

La malheureuse était épuisée et le moindre effort lui coûtait une énergie considérable. Plus les minutes défilaient, plus le simple fait de tenir une fourchette paraissait devenir un supplice. L'appétit ne venant pas, la femme d'une quarantaine d'années se résolut à se débarrasser de l'assiette à laquelle elle n'avait presque pas touché.

Au moment de quitter le réfectoire, alors qu'elle s'apprêtait à vider le contenu de son plateau dans la poubelle située devant la sortie, il lui échappa des mains. Le revêtement métallique de ce dernier résonna lourdement lorsqu'il heurta le sol, ce qui stoppa la cohue générale. Après quelques secondes de calme, personne ne s'inquiéta outre mesure et les discussions reprirent de plus belle, sans la moindre suspicion quant à la tempête qui s'annonçait.

Dans les couloirs du navire, la militaire s'efforçait de tenir sur ses jambes, alignant les pas tant bien que mal. Les gouttes de sueur qui perlaient sur son front, très vite accompagnées de vertiges, furent ses seuls compagnons de route au travers de l'interminable dédale froid et lugubre.

Le devoir de se rendre à la simple visite de contrôle s'était transformé en un puissant désir de survie tant le mal la gagnait. Mais tout bascula lorsqu'au détour d'un couloir, elle tomba sur sa cabine. L'obligation et la nécessité de se faire examiner se heurtèrent soudainement au tourment qui n'avait cessé de la consumer à petit feu et qui poussait cette dernière à aller se reposer. Elle ouvrit péniblement la porte de ses appartements et, sans même la refermer, elle s'effondra sur le sol, à deux pas de son lit.

À quelques mètres de là, un mécanicien de bord et une autre soldate s'étaient retrouvés, comme très souvent depuis quelques mois, afin de libérer leurs pulsions charnelles. Au risque de se faire surprendre, ils commencèrent leur affaire à même le recoin d'un couloir. Après avoir passé plus d'une semaine sans pouvoir toucher les courbes enchanteresses de son amante, le technicien était plus bouillant que jamais. Sans crier gare, l'homme déboutonna si violemment le chemisier de sa collègue qu'il en arracha l'un des boutons, qui roula un peu plus loin.

Préférant éviter le moindre soupçon quant à cette relation interdite à bord, la jeune femme se précipita à sa recherche, scrutant les environs à quatre pattes sous les râles du mécanicien, qui n'attendait qu'une chose depuis l'aube.

Lorsqu'elle repéra le bouton, elle s'étonna quelque peu de le trouver coincé dans l'entrebâillement de sa cabine. Initialement libérée de la présence de sa camarade, la soldate fut surprise d'y apercevoir de la lumière. Tandis qu'elle ouvrait un peu plus la porte, la militaire découvrit avec stupeur sa collègue inconsciente gisant sur le sol.

— Va chercher le doc ! Vite ! ordonna-t-elle à son amant, qui l'avait rejointe.

Le mécanicien prit immédiatement ses jambes à son cou en direction de la salle d'examen, à la recherche du médecin de bord.

Le docteur Blake n'avait pas eu de répit depuis le départ du navire, examinant et interrogeant chaque membre de l'équipage envoyé en mission. Alors qu'il s'occupait d'un énième individu, un homme vêtu d'une tenue de technicien fit irruption dans ses locaux. Sans même s'annoncer, il attrapa le médecin par le bras en lui intimant l'ordre de le suivre au plus vite, l'entrainant sans attendre dans le dédale du bateau.

Aussi surpris que le principal concerné, les soldats patientant pour être examinés bondirent de leur siège à leur tour pour les rejoindre, motivés à la fois par la curiosité et l'inquiétude qui commençait à naître en eux.

Lorsqu'ils arrivèrent face à la cabine où les avait conduits le mécanicien, le mal était déjà fait. Chaque personne présente devant le seuil de la porte découvrit l'horreur qui émanait de la chambre. La jeune femme au chemisier déboutonné avait été mutilée en de multiples endroits. Son cadavre baignait dans son propre sang, le visage livide et les yeux grand ouverts en direction du couloir. Au-dessus d'elle se dressait la seconde soldate, ou plutôt la coquille vide qui servait dorénavant d'hôte au parasite dévoreur de chair. Ce dernier avait pris possession de son corps et n'aspirait plus qu'à une seule chose désormais, se répandre.

Malheureusement pour les militaires s'étant rassemblés devant la cabine, leur arrivée n'avait pas été des plus silencieuses. À présent retournée vers eux, l'infectée ne manqua pas de les remarquer au travers de ses yeux recouverts d'un voile blanc. Instinctivement, elle se rua vers eux, avant que l'un des soldats ne tente de la contenir à mains nues.

Plus les secondes défilaient, plus la créature gagnait en force. Elle était emplie d'une rage et d'une faim qui pouvaient se deviner aux claquements incessants de sa mâchoire. Elle arriva à déjouer la vigilance du combattant s'opposant à elle, le mordant tout d'abord à la main, puis à la carotide. Le malheureux lâcha prise aussitôt avant de s'écrouler en se tenant la gorge. Mais il était trop tard pour lui, le liquide écarlate coulait déjà abondamment entre ses doigts alors que ses yeux donnaient l'impression de sortir de leurs orbites. Sa victime à présent face contre terre, l'infectée n'attendit pas une seconde de plus pour se jeter sur une nouvelle proie. Sans équipement adapté, le groupe de résistants ne pouvait espérer se défendre contre une telle créature.

L'un des soldats traversa donc le couloir à grandes enjambées afin de récupérer une hache de secours fixée contre un mur. Une fois qu'il l'eut entre ses mains, il fonça et tenta d'enfoncer l'arme dans le crâne de la monstruosité. Tandis que le coup partait dans sa direction, cette dernière se déplaça pour tenter de l'éviter. Au même instant, une douleur vive perturba le soldat.

Sa cheville avait lancé à son cerveau un intense signal, comme il n'en avait jamais ressenti auparavant. Alors que la hache avait fini sa course dans le buste de l'infectée, le regard du soldat se détourna pour trouver l'origine du mal qui l'avait troublé dans sa manœuvre. Ce qu'il découvrit lui fit froid dans le dos. Tandis qu'elle gisait encore au sol, l'une des victimes de sa monstrueuse adversaire s'était également transformée. Sans même qu'il ait eu le temps de s'en apercevoir, cette dernière avait muté et l'avait attaqué, lui mutilant ainsi la cheville.

La première infectée profita du moment d'inattention du militaire pour se jeter sur lui et le mordre au cou tel un pitbull enragé.

Conscients de ce que serait l'issue du combat face à pareille créature, qui plus est sans véritable arme, le docteur ainsi que le reste des soldats s'écartèrent avant de fuir en arrière.

Les cris émanant du couloir réveillèrent alors la plupart des marins qui sommeillaient lourdement dans les cabines avoisinantes. Tout juste redressé par un sursaut, l'un d'entre eux s'empara de son arme et fonça vers les hurlements de détresse sans même s'habiller.

Lorsqu'il ouvrit la porte, ce dernier découvrit une scène d'horreur à peine descriptible. Du sang tapissait les murs, des morceaux de chair jonchaient le sol et les cadavres s'enchainaient devant lui.

Au même instant, le militaire repéra une collègue de longue date, debout au milieu de ce carnage. D'ordinaire si souriante, cette dernière était à présent l'être démoniaque responsable de toute cette horreur. Après avoir laissé échapper un juron, il pointa son fusil en direction de l'infectée, qui fonça sur lui. Malgré sa vélocité, la créature se heurta à un déluge de balles émanant de l'arme du soldat, qui vida l'intégralité de son chargeur.

La cible fut touchée de toute part, des jambes à la tête en passant par la poitrine. Lorsque le crâne de la monstruosité fut atteint, son corps parsemé d'épaisses veines noires flancha puis s'écroula sur le sol. Tout à coup, le militaire observa quelque chose que peu d'individus sur ce navire pouvaient se vanter d'avoir vu.

Brusquement, le buste de la créature trembla. La seconde d'après, ses membres furent soudainement pris de spasmes et ses os semblèrent craquer. Au même instant, le combattant repéra la balle qui aurait dû abattre la chose. Le projectile s'était figé à l'extérieur de sa boite crânienne. Désormais pourvu d'une densité osseuse sans égale, son cerveau avait résisté à l'impact.

Le militaire comprit non seulement qu'il n'avait pas mis un terme à son existence, mais aussi qu'elle était en train d'évoluer. Dans un gémissement morbide, ses muscles dorsaux se courbèrent. Sa tête bascula brusquement en arrière et ses cheveux coupés court se hérissèrent. La crainte du soldat se confirma à l'instant où elle émit un cri inhumain. Un hurlement si strident qu'il réveilla l'ensemble du navire. La situation prit alors une tout autre tournure.

L'amiral Evans, qui s'était endormi comme une masse, se réveilla lui aussi en sursaut. Un son effroyable l'avait sorti du rêve dans lequel il baignait. La douceur et les fins arômes d'un repas partagé avec sa femme et ses enfants lors d'une chaude après-midi d'été se transformèrent en cris de terreur à l'extérieur de sa cabine.

Les hurlements furent suivis de l'alarme générale, qui se mit à résonner dans tout le navire. Désormais, chacun, où qu'il soit et quoi qu'il puisse faire, savait qu'un grave problème avait touché le vaisseau. Mais peu encore avaient conscience de la réelle ampleur que prenait la situation. Evans se rhabilla machinalement et s'équipa de son fidèle couteau ainsi que de son arme de poing.

Il entrouvrit délicatement la porte de sa cabine et tourna la tête à droite puis à gauche. Seuls les clignotements rouges de l'alarme constituaient une source de lumière au sein des froids et interminables couloirs plongés dans les ténèbres. L'amiral avança d'un pas, puis d'un second. Il était à présent hors de la cabine et se tenait prêt à tout assaut, quel qu'il soit. Le hasard l'amena à tomber nez à nez avec le médecin de bord, Blake Edwards, ainsi qu'avec trois soldats qu'il reconnut difficilement dans l'obscurité ambiante.

— C'est quoi, ce foutoir ? On est attaqués ? les interrogea l'amiral.

— Quelqu'un a embarqué en étant infecté ! hurla le docteur pendant que l'alarme faisait de même.

— Merde ! Ça devait finir par arriver… J'avais demandé aux officiers d'être plus stricts avec l'isolement et le contrôle des troupes. Le relâchement sur ce navire nous a bien rattrapés cette fois !

— On n'a pas le temps pour ça, amiral, intervint Blake. Il faut qu'on confine cette section du bateau, en espérant que quelqu'un fera pareil de l'autre côté. Nous devons impérativement limiter la zone d'exposition, sinon, la totalité du personnel mourra avant qu'on arrive à destination.

— Vous avez raison, doc ! Continuons vers votre laboratoire, un sas de sécurité s'y trouve. On pourra isoler cette partie du navire.

— Et ensuite, monsieur ? demanda l'un des soldats.

— Ensuite, on ira s'équiper à l'armurerie, on montera sur le pont pour prendre ces saloperies à revers et enfin, on condamnera l'aile touchée !

Le groupe dirigé par Evans avança immédiatement dans les couloirs jusqu'à franchir le sas, le sceller, puis accéder à l'arsenal. La première partie du plan fut rapidement exécutée, quelques combattants avaient même intégré les rangs de la résistance de fortune durant le trajet. La seconde partie pouvait désormais débuter avec Evans en chef de file.

Une fois les escaliers menant au pont supérieur gravis, il ouvrit l'épaisse porte métallique repoussée par le vent vers l'extérieur. Le temps était à l'image de la situation à l'intérieur du navire, chaotique.

Plongés dans l'obscurité de la nuit, ils progressèrent avec pour unique lumière les lampes-torches de leurs fusils tout en subissant la violence des bourrasques qui ne cessaient de les secouer. La pluie, mélangée à l'écume, venait percuter les visages grimaçants des soldats. Au loin, des coups de feu résonnaient, ce qui motiva l'amiral à avancer plus rapidement.

Soudain, il vit un infecté vêtu de l'une de leurs tenues s'en prendre à un marin. Cette scène à elle seule le perturba alors qu'il n'avait pas encore participé aux combats. Il tira machinalement afin de sauver son subordonné. Les mains tremblantes, ce dernier hocha la tête en guise de remerciement.

Le soulagement ne fut que de courte durée pour le malheureux, qui fut chargé par un coureur tapi dans l'obscurité jusque-là. Tous deux chutèrent du navire. Dans leur terrible descente, l'un lutta pour sa vie tandis que l'autre essayait à tout prix de le mordre. Comme si la situation n'était pas déjà assez dramatique, une explosion retentit sur le pont inférieur. L'instant d'après, une seconde résonna à l'étage supérieur, où se trouvait le poste de commandement. Aussitôt, l'allure du vaisseau se mit à faiblir pendant que les vagues le frappaient de plus belle.

— Merde ! On a dû perdre la salle des machines ! s'écria Evans.

— Monsieur ! Notre priorité doit rester l'isolement du couloir principal. Si on agit rapidement, on peut peut-être encore éviter la propagation du parasite à l'ensemble du bateau ! La salle des machines et le poste de pilotage peuvent attendre, souligna le docteur.

Le gradé savait que le médecin avait raison, mais la situation le préoccupait tout de même, alors que le groupe continuait d'avancer tout en restant sur ses gardes.

Après avoir croisé la route d'une demi-douzaine d'infectés, l'escouade arriva devant le sas menant au couloir. Ce dernier était obstrué par les corps de trois soldats qu'Evans s'empressa de retirer.

Alors qu'il poussait de toutes ses forces sur la porte pour refermer le sas, quelque chose le bloqua. La strige s'était intercalée et tentait de se frayer un chemin.

Sa force, nettement supérieure à celle d'un homme, eut raison d'Evans, qui fut éjecté au sol. Deux militaires accompagnant l'amiral essayèrent de s'interposer, mais l'un comme l'autre trépassèrent tout aussi vite.

Paniqué et toujours à terre, Evans recula face à la créature qui avançait vers lui. Soudain, il sentit son corps se faire happer en arrière. Blake l'avait tiré vers lui juste à temps, lui permettant de se relever. À présent debout et armé d'un maigre couteau, Evans comprit qu'il n'était pas de taille.

— On... on abandonne la mission ! Fuyez !

Pourchassée par la strige, qui plongea sur l'un d'entre eux, l'unité rebroussa chemin.

La faible tentative de résistance de ce dernier avait permis à ses compagnons d'obtenir quelques précieuses secondes sur leur poursuivante. Evans voulut accéder au pont supérieur, mais un groupe d'infectés les repéra du haut de l'escalier.

Ils étaient cernés à la fois à l'étage et dans leurs dos, une seule option s'offrait donc à eux. Continuer tout droit le plus vite possible pour tenter d'atteindre la cafétéria, où ils pourraient se barricader le temps d'élaborer un nouveau plan. Les militaires exécutèrent deux créatures qui se trouvaient sur leur chemin avant d'arriver au réfectoire. Tandis que Blake et Evans retenaient la porte derrière laquelle s'étaient entassés un grand nombre d'infectés, trois soldats s'employèrent à bloquer l'unique accès à l'aide du mobilier présent dans la salle.

Près d'une heure passa avant que l'escouade n'essaie de quitter l'abri de fortune. Mais après avoir parcouru seulement quelques mètres, ils virent leur tentative se solder par un échec cuisant.

Morts de peur, tous se murèrent dans le silence en espérant qu'un soutien externe les exfiltrerait de là.

Lorsque l'un des membres du petit groupe scruta sa montre, il s'aperçut qu'une dizaine d'heures s'étaient écoulées depuis l'incident. Sans nouvelles de quiconque à bord, ils comprirent simultanément que personne ne viendrait les aider.

Face à la sensation d'être pris au piège, l'un d'entre eux céda et tenta sa chance dans le couloir. Sa lente agonie s'entendit au travers de la porte barricadée après qu'il se fit attraper par les infectés.

S'ensuivit un interminable débat sur la suite des événements. Certes, de la nourriture était présente en quantité, mais demeurer ici n'était pas viable à long terme. Evans proposa d'attendre quelques heures de plus, mais l'angoisse transforma les heures en jours. Face à l'absence de secours et à l'insupportable enfermement, l'amiral craqua et opta pour une solution drastique, fuir seul.

En laissant le reste du groupe, qui l'aurait ralenti, Evans savait qu'il augmentait ses probabilités d'arriver indemne sur le pont supérieur. De là, il estimait avoir une chance de mettre la main sur un canot de sauvetage afin d'aller chercher de l'aide au fort, où il avait été envoyé en mission. La tâche s'avérerait ardue tant la distance à parcourir était longue et la mer agitée. Mais il considérait que cette option était désormais leur unique espoir de survie.

Après s'être équipé d'un sac à dos et muni de provisions, Evans s'élança, couteau en main, sous les regards admiratifs des quelques membres restés dans le réfectoire. Évitant la mort de justesse par deux fois, il atteignit le pont supérieur avec succès puis mit son plan à exécution.

Après des jours d'errance en mer, Evans fut réveillé par les cris d'hommes au loin. Il sortit la tête de l'abri du canot et découvrit ce qu'il recherchait depuis tant de temps, l'espoir.

Il n'avait pas revêtu la forme à laquelle il s'attendait. Loin d'avoir trouvé la terre ferme, il aperçut face à lui trois navires à voiles. Longs d'une trentaine de mètres et d'une hauteur identique pour le premier comme le second, ils étaient munis de trois mâts et étaient portés par la force du vent. Une fois secouru, l'amiral s'écroula de fatigue avant de raconter son histoire.

La même histoire qu'il avait tout juste fini de narrer aux survivants de Wallasey, qui l'écoutaient avec passion devant les flammes ardentes du bucher qui crépitait face à lui.

CHAPITRE 6

VALDIMAR VERVATOV

Alors qu'il venait tout juste de finir la première partie de son histoire, l'officier Evans fut interrompu par Sandro et sa sœur. Affectée par de fortes quintes de toux, cette dernière inquiéta l'ensemble des survivants, si bien qu'Elizabeth accourut pour lui porter secours. À de nombreuses reprises, Cathy avait ressenti des difficultés à respirer, mais jamais un événement de ce genre ne l'avait frappée aussi fort que celui-ci.

Une fois le mal atténué, Elizabeth rejoignit John et lui confia à voix basse :

— Il faut qu'on lui trouve des médicaments pour son asthme, et vite. Sa situation me préoccupait bien avant qu'on soit… dans la nature, mais les crises s'accentuent.

— On fera le nécessaire, lui répondit John tout en jetant un œil attentif à la jeune fille.

— Et ensuite, amiral, les coupa Ben, comment vous vous êtes retrouvés là ?

— Ensuite… poursuivit Evans, une fois mon histoire racontée à mes bienfaiteurs, ils m'ont offert leurs services afin que je reprenne possession du navire, en échange d'une partie du matériel à bord. Marché que j'ai accepté. Mais d'après le capitaine, il était indispensable d'entreprendre des travaux de maintenance sur son bâtiment, ainsi que de faire le plein de provisions avant d'entamer pareille mission. Ce que nous avons fait en accostant à Hull. Dans le but d'accomplir ma part, je me suis proposé d'aller avec quelques hommes dans les terres pour récupérer des vivres et chasser du gibier.

— Et c'est vous qui avez fini chassé, visiblement… nota Ben.

— Tout à fait.

Evans observa attentivement les survivants, puis son regard s'arrêta sur la jeune fille prise d'une nouvelle quinte de toux et soudain, une idée lui vint en tête.

— Écoutez, je vous ai vu à l'œuvre. Certains d'entre vous ont l'habitude de se retrouver confrontés à ces choses. Je ne sais pas ce que vous comptiez faire ni où vous pensiez aller, mais si vous nous aidez à retourner sains et saufs à Hull, je suis persuadé que le capitaine vous sera reconnaissant de lui avoir ramené ses hommes. Peut-être acceptera-t-il de vous déposer quelque part sur notre chemin.

L'offre fit immédiatement relever la tête à John, qui jusque-là était penché vers le feu, en pleine réflexion. Evans nota ce détail avec attention alors qu'une tout autre idée lui traversait l'esprit. Mais comme son père avait tendance à le lui répéter par le passé, chaque chose en son temps.

— On y songera, merci pour la proposition, répondit John avant même que Ben ne puisse ouvrir la bouche.

Après avoir donné sa réponse, John se releva puis donna une tape sur l'épaule de son ami avant de s'adresser à lui.

— On va faire un tour pour surveiller le périmètre, Ben ?

Ce dernier comprit aussitôt pourquoi John lui avait suggéré cela et le suivit un peu plus loin avant de dégainer en premier.

— Je sais parfaitement ce que t'es en train de faire, Jo, et je ne comprends même pas comment tu peux y songer un seul instant.

— Moi, ce que je ne comprends pas, c'est que tu ne puisses pas envisager cette option ! C'est l'occasion rêvée de voyager de manière sûre jusqu'à notre destination. Ça ne nous coûtera rien, mis à part de les protéger le temps d'une journée.

Ben garda le silence, reconnaissant que John n'avait pas tort sur ce point. Se déplacer en mer leur éviterait bon nombre de dangers.

— On ne les connait même pas, c'est peut-être un piège, argumenta-t-il.

— Mais peut-être pas, justement !

— C'est un militaire, Jo ! Un foutu militaire. On ne peut pas lui faire confiance. S'il apprend que…

— Il n'apprendra rien du tout, le coupa John. Dès qu'on sera là-bas, on l'évitera au maximum et on fera en sorte de débarquer avant d'approcher trop près de son navire, ça te convient ?

— Tu me les brises, putain. Très bien, on les accompagne jusqu'à Hull. Mais on les tient à l'œil tout le long du trajet, et à la moindre embrouille, on les bute tous, c'est clair ?

— Marché conclu ! Allez, viens, on continue de marcher un peu, ça nous fera du bien !

Soulagé d'avoir convaincu Ben, du moins en partie, John poursuivit la surveillance avec lui avant de rejoindre les autres près du feu, espérant se reposer quelques heures avant leur départ.

Après un repos bien mérité, le soleil se leva et les survivants firent de même.

Une fois qu'ils eurent rassemblé leurs maigres affaires, les conversations allaient bon train au sein de la communauté. Tous se demandaient quelle serait la suite. Qui prendrait ou non la route avec ce fameux militaire qui leur avait tenu compagnie la nuit précédente. Et surtout, si la situation n'allait pas empirer, pour ceux qui le rejoindraient.

Certains envisageaient de quitter le groupe et de tenter leur chance par leurs propres moyens. John ne put que constater le doute qui s'immisçait dans les esprits de chacun et préféra intervenir avant que Ben ne le fasse de façon plus… brutale.

— Je sais ce que vous pensez ! Je ressens la même chose ! Ces derniers jours n'ont pas été faciles, et pour être honnête avec vous, je n'ai aucune idée de ce qui nous attend. Moi aussi, j'ai peur. Peur pour ma famille, peur pour vous, peur de ce qui nous guette à chaque instant depuis que nous avons quitté la zone. Mais une occasion de voyager en sécurité s'offre à nous. La nuit dernière, nous en avons longuement discuté, avec ma femme, et nous avons convenu, l'un comme l'autre, qu'il était préférable de suivre l'amiral Evans et les hommes qui l'accompagnent. Nous prendrons la mer, et une fois que nous serons plus au nord du pays, nous débarquerons afin de nous construire une nouvelle vie. Ceux qui veulent nous rejoindre sont les bienvenus, quant à ceux qui estiment ce chemin-là trop dangereux, ils peuvent partir. Comme depuis notre départ de Wallasey, personne n'est obligé à rien et ne le sera jamais. Faites ce qui vous semble juste pour vous et les vôtres. Quelle que soit votre décision, je la comprendrai et la respecterai. Pour ceux qui désirent nous suivre, nous levons le camp d'ici une trentaine de minutes, soyez prêts.

L'amiral Evans ne cacha pas sa joie d'entendre cela. Non content de s'être organisé une escorte, il allait bientôt pouvoir entamer la deuxième partie de son plan.

Ben, lui, s'abstenait de tout commentaire. Il rangea ses affaires en silence, conscient que cette idée était sans doute la plus sage, tout en gardant un œil sur le militaire.

Katelina, quant à elle, avait observé par deux fois John s'exprimer face à une foule s'étant amassée devant lui, et par deux fois elle en avait tiré la même conclusion. Des deux hommes qui dirigeaient cette communauté, c'était John, le véritable leader. Celui que les gens écoutaient avec attention. Il représentait l'être auquel tout le monde pouvait s'identifier, le père de famille soucieux de tous. Ben était plus froid et distant, plus enclin à la violence et aux ordres.

Ce jour-là, personne ne quitta le groupe de survivants, grâce aux paroles de John, mais surtout en raison de la peur de se retrouver isolés au milieu de nulle part.

Certains d'entre eux eurent du mal à se mettre en route, notamment le petit Danny ainsi que Sandro. Tous deux étaient à présent estropiés et devaient donc être aidés pour se déplacer. Bon nombre s'étaient proposés pour porter Sandro sur un brancard. Quant à Danny, seuls ses hommes se relayèrent sous l'impulsion de ses ordres.

Bien que Selby soit parsemée d'infectés, ces derniers furent très vite éliminés par le groupe, et la traversée de la ville s'avéra être une aubaine. Plusieurs maisons furent fouillées de fond en comble durant l'étape et bon nombre de ressources furent collectées. Enfin, cerise sur le gâteau, l'un des survivants eut l'idée de récupérer deux caddies d'un supermarché afin de transporter les deux mutilés et d'ainsi soulager les porteurs. Tandis que Sandro s'amusait de la situation, Danny, lui, se sentit encore plus humilié et pesta le restant du trajet.

Ralentis par leur nombre, leur état de santé et leur condition physique, les voyageurs mirent cinq jours à atteindre la ville de Hull à pied. Ils rencontrèrent au passage plusieurs hameaux désolés où se cachaient là aussi infectés et ressources. Mais parmi les quelques trouvailles, aucune d'entre elles ne permettait de soigner le mal qui rongeait Cathy, la sœur de Sandro.

Après avoir traversé difficilement les premiers quartiers de la ville, Evans et les hommes qui l'accompagnaient guidèrent le groupe en longeant le canal conduisant jusqu'au port, où les attendait le reste de leur équipage.

À leur arrivée, l'accueil des marins fut des plus froids. Ne repérant pas immédiatement Evans ainsi que ses compagnons, les individus présents sur les quais brandirent d'emblée leurs armes. Fusils de chasse, épées, haches et même les outils d'entretien étaient de mise face à une telle menace. Evans traversa la foule afin d'apaiser les hommes qui étaient prêts à en découdre.

Pendant que l'amiral s'entretenait avec les différents responsables des navires, John fut émerveillé face au spectacle qui s'offrait à lui, au point d'en oublier les gens qui l'accompagnaient.

De toute sa vie, il n'avait jamais approché de pareils bateaux. Véritables forces des mers, ces vaisseaux imposaient l'admiration. Deux d'entre eux reposaient à quai un peu plus loin. Ils étaient aussi noirs que le charbon l'un comme l'autre, et John estima leur longueur aux alentours d'une trentaine de mètres pour le premier et d'une cinquantaine pour le second. Le troisième navire, le plus beau selon lui, était à quelques mètres seulement. Accompagné de son plus jeune garçon, il s'en approcha lentement, laissant ses autres enfants auprès de leur mère. Tous deux contemplèrent ainsi la merveille face à eux. À cet instant, personne n'aurait su distinguer qui des deux avait des yeux de gamin.

Le gréement ne mouillait pas dans la mer ni même dans le canal, il reposait dans une cale sèche d'où avait été retirée l'eau qu'elle contenait au préalable. John vit cinq hommes en contrebas qui semblaient s'occuper de l'entretien du bâtiment. Il était long de près de trente-cinq mètres et avait une hauteur équivalente. John paraissait minuscule à côté.

Il approcha des flancs du navire, observant chacune de ses courbes et scrutant chaque détail, des moulures incrustées jusqu'à la proue, qui représentait un buste de lion arborant une couronne sur son crâne. Des sculptures de sirènes étaient disposées de chaque côté de ce dernier. L'intégralité du vaisseau était faite d'un bois d'une couleur très prononcée, tirant presque sur le noir. Une longue bande dorée avait été peinte d'un bout à l'autre de la coque. Celle-ci contrastait particulièrement avec la teinte d'origine du gréement. Chaque sabord, d'où sortait la bouche des canons vers l'extérieur, était entouré d'une couronne. Enfin, l'arrière du bâtiment était décoré d'une fresque sculptée surmontée par trois lanternes.

Né dans la zone de quarantaine et désormais âgé de cinq ans, Jake n'avait jamais pu voir pareil spectacle. Comme hypnotisé par ce géant des mers, il tira son père vers la passerelle permettant de se rendre sur le pont principal. Ce dernier s'abandonna à l'attrait de la découverte sans même s'en rendre compte. C'est ainsi que John foula des pieds le plancher humide, sous les yeux observateurs des marins entretenant jusque-là la partie interne du navire.

Il avança tout en laissant glisser sa main sur le garde-corps sans que personne s'y oppose. Une fois les escaliers menant au pont supérieur franchis, John aperçut le gouvernail servant à manœuvrer cet incroyable vaisseau. Des hommes sur les quais à ceux travaillant perchés sur les mâts, tout le monde le scrutait en silence. L'attitude de John avait fait taire les débats entre les commandants des trois bateaux ainsi que l'officier Evans. L'un d'entre eux emprunta alors le même chemin que John et le rejoignit.

— Visiblement, mon navire vous plaît ! plaisanta le capitaine, un sourire se découvrant au milieu de son épaisse barbe grise.

— Je… heu… Pardonnez-moi, je n'avais pas l'intention de…

— Du calme, il n'y a pas de mal ! Cela fait quinze longues années que je dirige ce navire, et je n'avais jamais vu quelqu'un y pénétrer avec tant de respect et de passion. Donc ne vous excusez pas, lui dit-il avec un clin d'œil.

John ne savait plus quoi dire devant l'homme à l'épaisse barbe et aux cheveux poivre et sel. Son apparence de baroudeur des mers dégageait une telle aura qu'il aurait aimé en connaitre plus sur lui immédiatement. Mais John comprit que cela devrait attendre encore un peu lorsqu'il aperçut du coin de l'œil l'amiral Evans entouré d'autres individus, dont Ben.

Accompagné du commandant, John décida alors de les rejoindre.

— Voilà l'homme dont je vous parlais ! annonça Evans à son arrivée. John, je vous présente Fernando Aguilar, capitaine du galion *Perla Lucia*, George Stamm, capitaine du *Black Thorn*, et enfin le capitaine Valdimar Vervatov, capitaine du *Constantina*, navire que vous avez déjà eu la chance de visiter, visiblement.

Aussitôt présenté, John observa les deux nouveaux marins lui faisant face. Le premier, Fernando Aguilar, était d'origine hispanique comme son nom le laissait sous-entendre. Il portait une longue veste en cuir recouvrant une chemise entrouverte. Il arborait un visage parfaitement rasé tandis que ses sourcils étaient à l'image de ses cheveux, épais et d'un noir prononcé. Les rides marquées autour de ses yeux, tout autant que ses cernes, étaient le témoin des nombreuses heures qu'il avait passées à veiller plutôt qu'à dormir. Son apparence athlétique et son teint mat laissaient penser qu'il avait passé sa vie à manier le cordage à bord de son navire. Mais le trait physique qui le caractérisait le plus était sans nul doute son regard. Insondable et profond, il donnait une impression de sévérité sans pareille. Ce dernier en avait conscience et l'utilisait à la perfection pour toiser John d'un air supérieur depuis son arrivée.

Le second, George Stamm, avait le crâne rasé ainsi qu'une épaisse moustache grise, et malgré son âge avancé, il était doté d'une musculature à en faire pâlir plus d'un. Ses bras étaient recouverts de tatouages et il ne pouvait s'empêcher de fumer des cigarettes roulées avec du vieux tabac.

— Malgré la réticence du capitaine Aguilar et en remerciement pour avoir ramené leurs hommes, les capitaines Vervatov et Stamm ont accepté de vous transporter au lieu de votre choix, John. À condition qu'il se trouve sur notre trajet, comme convenu.

La nouvelle soulagea John, qui craignait déjà la réaction qu'aurait eue Ben dans le cas contraire.

— Très bien, alors, inutile de tergiverser, partons immédiatement, lança Ben aussitôt.

— Je comprends que notre proposition ne vous enchante guère, mais laissez-moi au moins la présenter à votre ami, suggéra l'amiral.

— Quelle proposition ? demanda John.

— Comme vous le savez, le but de notre expédition est d'atteindre mon bâtiment, actuellement en train de dériver. Peu d'hommes à bord des trois navires ont votre expérience du combat face à ces créatures, et votre aide nous serait précieuse. Bon nombre d'armes, de rations de survie ainsi que de médicaments y sont stockés. Si nous arrivons à le récupérer, je pourrai envoyer un SOS et ainsi rapatrier une partie de la cargaison à bon port. L'autre part sera divisée équitablement entre vous et les équipages.

— Je suis désolé, mais je ne peux pas accepter votre proposition, répondit John. Nous avons fait courir déjà bien assez de risques à notre groupe, et je ne peux pas décider pour eux d'une telle chose.

Déçu de la réponse de John, l'amiral ne lâcha pas l'affaire pour autant. Il n'avait pas encore joué sa carte maitresse.

— Je comprends, John… Le risque est grand. Mais songez à votre communauté. Vous êtes en manque de tout. Armes, nourriture et surtout médicaments… Tout comme vous, je n'ai pu voir qu'avec impuissance l'état dans lequel se trouve la petite qui n'a eu de cesse de tousser toute la nuit. Sans parler des deux estropiés, ne pensez-vous pas qu'ils méritent des soins adaptés ? En nous accompagnant sur ce navire, vous auriez la possibilité de les aider !

Les paroles d'Evans eurent l'effet d'un coup de poignard dans le thorax de John, qui se retourna aussitôt et observa Sandro et sa sœur, qui peinait à respirer correctement. Voyant son ami perturbé par la situation, Ben l'attrapa par le bras et l'emmena quelques mètres plus loin.

— C'est de la folie ! On ne peut pas accepter un truc pareil, ce sera un véritable coupe-gorge. Je sais que tu souhaites aider Sandro et la petite, mais approuver une expédition de la sorte, ce serait mettre tout le monde en danger. À ton avis, qu'est-ce qu'il leur arrivera si on meurt dans ce foutu navire ?

John savait que Ben avait raison. Rien ne garantissait le succès de la mission ni même le sort des survivants, quelle qu'en soit l'issue. Il revint alors vers les capitaines ainsi que l'officier, qui les attendaient patiemment.

— Pour le bien des membres de notre groupe, on ne peut se permettre d'accepter votre proposition pour l'instant, annonça John devant les quatre hommes. Honorez votre parole, conduisez-nous en lieu sûr. Le moment venu, nous changerons peut-être d'avis. Laissez-nous simplement le temps de la réflexion.

Ne pas accepter ni refuser, la manœuvre était risquée, mais John avait besoin de gagner du temps pour tempérer les actions et réactions de chacun.

Il fallut trois jours aux marins présents sur les quais de Hull pour finir la réfection du navire.

Toujours contre l'idée de se rendre sur le bâtiment militaire sous les ordres de l'amiral Evans, Ben constitua un petit groupe d'hommes affecté à la surveillance des docks. Il chargea un second de chasser ou de fouiller les habitations aux alentours.

John participa activement à l'entretien du bateau du capitaine Vervatov. Cette activité passionna également ses enfants, qui l'accompagnaient un nombre incalculable d'heures. Aussi loin qu'il puisse s'en souvenir, il lui semblait n'avoir jamais passé autant de temps avec eux, et cela lui fit un bien fou.

Les journées s'enchainaient et la sueur n'en finissait plus de couler sur les fronts des travailleurs. Les enfants, eux, riaient à gorge déployée en s'imaginant être des pirates, sous le regard enjoué de leurs parents. John ne les avait jamais vus si heureux. Seules les alertes des hommes affectés à la surveillance les ramenaient tous à la dure réalité que représentait le monde désormais.

Au matin du quatrième jour, les préparatifs étaient achevés. Le bâtiment était fin prêt. Alors que les marins entamaient la dernière étape avant le grand départ, le capitaine Vervatov s'approcha de John et de sa fille, Gaïa.

— Maintenant que le carénage du navire est fini, nous allons pouvoir prendre la mer. Vous êtes prêts ?

Tous deux observèrent avec émerveillement le monstre de bois reposant dans la cale sèche qui se remplissait tout doucement d'eau.

— Plus que jamais ! répondit fermement John.

Une fois les portes du compartiment complètement retirées et le bateau mis à flot, l'équipage commença à monter à bord. Les survivants de Wallasey furent alors répartis entre les vaisseaux des capitaines Vervatov et Stamm. Ben et John attendirent que chaque réfugié puisse prendre place avant d'avancer. Ce faisant, ils croisèrent le petit Danny, qui progressait difficilement à l'aide de béquilles récupérées la veille par les hommes de Ben dans une ancienne clinique abandonnée.

— Il n'y a pas moyen que je monte là-dedans, Barnes ! hurla-t-il devant le ponton menant au navire.

L'évocation à voix haute de son nom de famille fit enrager Ben, qui s'approcha à quelques centimètres de son interlocuteur.

— C'est ça ou rester ici et laisser les infectés dévorer ta sale carcasse, mon vieux. Et une dernière chose, ne répète plus jamais mon nom, sinon, je te coupe la deuxième, répliqua aussitôt Ben avec une expression menaçante.

La réaction de l'ancien militaire froissa Danny, qui lui jeta un regard noir avant de murmurer :

— Je te fiche mon billet que tu crèveras avant moi, foutu connard.

Ben, qui l'avait entendu, l'attrapa par le col de sa veste et plaqua son front contre le sien avant de lui répondre :

— Répète pour voir ?

— Rien, rien, j'ai rien dit, marmonna Danny avant de monter dans le navire tout en replaçant son manteau.

La scène n'échappa pas aux yeux observateurs et aux oreilles curieuses de l'amiral Evans. Ce dernier avait jugé bon de surveiller les deux amis tout en prétextant aider les marins sur les quais. Au milieu de ce tumulte, un mot avait retenu son attention. Un mot prononcé avec une intonation plus élevée que les autres, ou plutôt un nom, celui de Barnes.

Bien qu'anodin, ce nom avait résonné dans l'esprit de l'officier. Sans être sûr de l'endroit ni même de la situation, il avait la nette impression de l'avoir déjà entendu quelque part.

Mais alors qu'il pensait avoir été des plus furtifs pendant sa surveillance des deux hommes, un élément avait échappé à sa vigilance. Un élément nommé Katelina, qui avait su se montrer encore plus discrète, comme à son habitude. Pendant que tout le monde s'activait sur les quais, personne n'avait prêté attention à sa présence. Si bien que la jeune femme était passée inaperçue et avait observé tout ce qui se déroulait devant elle avec grand intérêt. D'un regard aussi concentré que celui de l'amiral, elle avait relevé la brouille entre Ben et le petit Danny. Mais également l'attitude du militaire, qui n'avait cessé d'épier les moindres faits et gestes de son ancien sauveur, Benjamin Barnes.

Le navire quitta lentement la cale sèche, puis le port et enfin, s'en alla vers le large, talonné de près par les deux autres gréements.

De sa vie entière, John n'avait jamais voyagé en mer. La sensation était étrange, mais loin d'être désagréable. Il pouvait ressentir le bateau bouger sous la puissance des vagues le fouettant et le secouant pendant que la brise lui caressait le visage. Bientôt, le cri des mouettes chassant en pleine mer s'ajouta au déferlement de la houle contre la coque. Enfin, les hurlements des marins vinrent compléter cette mélodie si particulière. Les hommes s'affairaient à hisser les voiles sous les ordres du capitaine, qui avait le sourire aux lèvres et une main sur la barre, non mécontent de quitter la terre ferme.

Tandis que John observait avec attention et admiration le spectacle de cordes et de toiles qui s'offrait à lui, Ben, lui, était encore plus concentré. Non pas sur la manœuvre qui s'effectuait, mais plutôt sur l'amiral, qui avait le regard fixé sur le rivage qui s'éloignait.

Katelina, comme à son habitude, avait des yeux partout. Aussi bien sur les marins que sur les survivants qu'elle avait suivis jusque-là. C'est alors qu'elle remarqua l'attitude de Ben. La jeune femme s'avança vers lui, ses longs cheveux noirs portés par le vent et le corps balloté par le remous dcs vagucs.

— Voyager en mer ne m'a jamais réussi. Et vous, lieutenant ? lui souffla-t-elle.

L'attention de Ben se dirigea brusquement vers cette dernière avant qu'il ne lui saisisse brutalement le bras.

— Ne m'appelez plus comme ça, et ne parlez jamais de la manière dont on s'est connus, c'est clair ? siffla Ben afin que personne ne le surprenne.

Katelina le regarda simplement droit dans les yeux avant de hocher la tête. L'attitude de Ben n'avait fait que confirmer ce qu'elle soupçonnait déjà. Il n'avait fait état de son passé auprès de personne à bord. Seuls ses proches devaient être au courant. Ainsi que le jeune soldat Harris, présent la nuit de leur rencontre et qui n'avait eu de cesse d'accepter le moindre de ses ordres sans broncher.

Soudain, une idée traversa son esprit. Elle s'approcha un peu plus de Ben, collant son bras contre le sien. Malgré le contact physique qui les fit tous deux frissonner, ce dernier ne lâcha pas du regard l'amiral, à quelques mètres de là. Seule la voix de Katelina susurrant au creux de son oreille vint perturber son attention :

— Visiblement, sa présence vous dérange. J'imagine qu'il pourrait être amené à poser certaines… questions que vous ne désirez pas entendre.

Ben ne répondit pas, mais le silence qui s'installa fut bien assez révélateur pour la jeune femme, qui s'immisça un peu plus dans ses pensées.

— Vu ce qu'il a raconté, on ne peut pas dire qu'il aime les déserteurs. Je suppose que son retour à bord de ce fameux navire militaire pourrait mettre en péril votre anonymat et vos vies, à vous et à votre famille… Du moins, s'il avait accès à votre nom, ainsi qu'à d'éventuels dossiers vous concernant.

La remarque fit bondir Ben, qui l'agrippa puis la traina à l'intérieur de la cale. Une fois à l'abri des regards, il plaqua Katelina contre la coque et serra sa main autour de sa gorge. Malgré son attirance pour elle, Ben était prêt à mettre fin à ses jours à cet instant précis afin de préserver sa famille. Alors qu'elle s'étouffait peu à peu, Katelina parvint tout de même à glisser quelques mots, bien que sa trachée la brule.

— Du… calme… Ben, je ne suis pas votre ennemie…

Ces quelques mots firent diminuer la tension sur son cou, et elle put continuer.

— Vous y rendre pourrait vous mettre en danger, mais d'une manière ou d'une autre, ils iront sur ce navire, avec ou sans vous.

— Et qu'est-ce que vous proposez, Ka-te-li-na ? prononça-t-il froidement.

— Participez à l'expédition, et une fois à l'abri des regards, éliminez-le. Comme vous l'auriez fait avec moi ici, répondit la jeune femme.

L'échange ne dura que quelques secondes, mais leurs regards à tous les deux étaient plongés l'un dans l'autre, comme si le temps n'avait plus d'emprise. Cet instant hors du commun, aussi déroutant soit-il, prit fin lorsqu'elle vint lui souffler doucement à l'oreille :

— Après tout, vous l'avez déjà fait.

Ben relâcha définitivement la pression sur son cou, et alors qu'il s'apprêtait à regagner l'extérieur du navire, il s'arrêta sur le seuil de la porte.

— J'y songerai, merci.

Alors qu'elle se massait la gorge pour soulager sa douleur, Katelina comprit que Ben était prêt à tout pour protéger son secret. Prêt à la tuer, prêt à tuer un militaire, prêt à faire ce qu'il faudrait. Cela lui marqua bien plus l'esprit que le corps.

L'ancien soldat était donc déterminé à cacher son passé, mais pourquoi ? Elle repensa alors à son défunt mari, le colonel William Stephens. Pourquoi n'avait-il pas accepté d'en finir avec lui et son beau-frère quand il en avait eu l'occasion, comme elle l'avait suggéré et même amorcé ? Katelina en conclut que les deux hommes devaient dissimuler quelque chose de terrible. Après tout, William avait couru beaucoup de risques afin de se débarrasser d'eux vivants.

À présent, la ténébreuse jeune femme ne désirait que deux choses, savoir de quoi il retournait et récupérer ce qui lui avait été pris.

CHAPITRE 7

VOILE VERS DE NOUVEAUX HORIZONS

Voilà maintenant deux heures que l'équipage avait quitté le port de Hull et gagné le large. C'est alors que les premiers symptômes du mal de mer apparurent, au détriment des réfugiés à bord. John n'était pas en reste. Tandis que sa fille le soutenait en se tenant auprès de lui, ses deux fils, eux, prenaient un malin plaisir à le taquiner. Le brave homme, qui jusque-là s'était montré enthousiaste à l'idée de se trouver ici, commença à s'interroger, remettant en doute son choix de voyager ainsi.

Le bateau tanguait au rythme incessant des vagues qui le frappaient. Même le capitaine, aussi expérimenté soit-il, se laissa surprendre à quelques reprises par les mouvements du navire. Alors que les haut-le-cœur se faisaient ressentir, les frayeurs remontèrent à la surface elles aussi. Plusieurs nouveaux passagers se plaignirent, implorant le commandant de les débarquer au plus vite. John, quant à lui, demeura silencieux. Il préférait subir et accepter son sort comme il l'avait toujours fait, tout en se disant que le mal finirait par s'estomper. À ses yeux, la patience était la clef.

Maudite patience, pensa-t-il.

Il travailla cette dernière pendant près de deux heures supplémentaires avant de se relever de sa position. Ses jambes étaient tremblantes et son ventre ainsi que son crâne semblaient remuer dans tous les sens, l'implorant chacun que tout s'arrête au plus vite. Accompagné de sa fille, il errait telle une âme en peine sur le pont, qui s'était vidé de sa population.

Les passagers, alors réfugiés dans les parties inférieures du navire, aperçurent John descendre les escaliers qui menaient à la cale sous l'œil attentif du capitaine, qui l'observait tout en barrant le vaisseau. Une fois à l'intérieur, il retrouva Elizabeth, qui était vêtue d'un tablier. Elle affichait un fabuleux sourire qui rendit automatiquement à John le sien. La jeune femme aidait avec entrain le chef cuisinier du bateau après avoir examiné Sandro puis Danny.

Toujours aussi éprouvé, John s'écroula à la table où avait l'habitude de se restaurer l'équipage. La tête entre ses bras, et après quelques minutes de souffrance supplémentaire entrecoupées de gestes tendres de sa compagne, John reçut des mains du cuistot une assiette fumante. Composé de riz mélangé à des haricots en sauce tout droit sortis d'une boite de conserve, le mets n'était en aucune manière raffiné, mais par les temps qui couraient, c'était la seule chose disponible.

— Tenez ! Ce n'est pas grand-chose, mais ça vous fera du bien, lui annonça chaleureusement le chef. Mais pas un mot ! L'heure du souper ne sonne que lorsque la cloche chante.

John vit alors, au-dessus de sa tête, l'instrument en or servant à indiquer l'heure des repas. Ce dernier avait également pour fonction de signaler les changements de quart aux marins qui se relayaient afin d'effectuer les manœuvres nécessaires pour maintenir le navire dans de bonnes conditions de navigation.

L'assiette fumait devant ses yeux, mais John ne ressentit aucune envie de manger, bien au contraire. Pourtant, il se força à la manière d'un enfant en bas âge. Les premières bouchées furent des plus pénibles, mais peu à peu, l'effet escompté se produisit, et le malade reprit des forces. Une fois son plat terminé et alors que le navire subissait toujours les assauts violents des vagues, le père de famille voulut sortir à nouveau prendre l'air. Il ne lui fallut que quelques secondes pour réaliser la terrible erreur qu'il venait de commettre. Le repas tout juste ingéré remonta dès que John grimpa les escaliers. À présent sur le pont, John s'avachit de tout son être contre la main courante du vaisseau et relâcha sa maigre pitance par-dessus bord. Tiraillé par les violents reflux gastriques émanant de ses entrailles, ce dernier dut subir les rires des quelques membres de l'équipage qui se trouvaient là.

Alors qu'il souffrait en silence, le *Perla Lucia* apparut soudainement à sa hauteur. À quelques mètres seulement de lui, le capitaine Aguilar toisait John.

— Encore un zonard qui ne retient pas ses tripes ! Les moins-que-rien dans ton genre n'ont rien à faire parmi nous, lança-t-il, armé d'un sourire narquois.

— Un zonard ? réagit John en luttant pour ne pas s'effondrer.

— C'est comme ça que lui et ses hommes appellent les habitants des zones de quarantaine, lui répondit le capitaine Vervatov tout en tapant sur son épaule.

Après avoir rendu tout ce qu'il pouvait et subi les provocations d'Aguilar, le père de famille rejoignit le pont supérieur. Alors qu'il n'était qu'à deux mètres du commandant, qui barrait encore et toujours le navire, John s'effondra sur le sol humidifié par la pluie et l'écume.

— Ne pensez plus à rien, laissez-vous porter, et ça ira mieux, lui dit-il calmement.

John s'allongea, le corps lourd et l'esprit embrumé. Après seulement quelques minutes de quiétude, ce dernier s'endormit sous le chant des vagues.

Lorsque John émergea, le calme était revenu sur le navire. La première chose qu'il vit fut le ciel. À présent recouvert de son épais manteau noir, il était parsemé d'étoiles brillant comme nulle part ailleurs. Le père de famille se releva péniblement et vit la plupart des réfugiés à l'air libre. Les corps de ces derniers étaient penchés sur le bastingage, tandis que leurs yeux étaient rivés sur la mer, qui scintillait tout autant que le ciel. John s'approcha du bord à son tour et fut très vite rejoint par Gaïa. Un sourire s'étira d'un bout à l'autre de son visage, laissant transparaitre toute la joie qui l'habitait sans même qu'elle ait eu à dire le moindre mot.

— Regarde, dans l'eau, là ! dit-elle en pointant du doigt les vagues.

John vit soudain une gigantesque trainée fluorescente entourant le navire. Celle-ci s'intensifiait lorsque la houle se fracassait contre la coque. Ces étranges lueurs bleues le fascinèrent, mais le spectacle n'en était qu'à ses débuts. Tout à coup, une forme apparut en surface et fonça à toute allure de l'arrière du vaisseau jusqu'à la proue, passant sous les yeux du père et de sa fille. La silhouette fut aussitôt suivie par une deuxième, puis une troisième. Gaïa était bouche bée. Daemon, Jake et Elizabeth arrivèrent alors à côté d'eux et observèrent eux aussi la curieuse animation.

— Les dauphins se sont mis en chasse, visiblement, déclara le capitaine, qui s'était approché de la famille tout en se tenant à une corde rattachée au mât.

— En chasse ? demanda Gaïa d'un air étonné.

— C'est du plancton bioluminescent que tu vois dans la mer, et les dauphins en raffolent. Profitez du spectacle, ça ne nous arrive pas souvent de pouvoir observer ça aussi longtemps.

Les enfants couraient le long du garde-corps dès qu'ils avaient la chance d'apercevoir l'une des créatures aquatiques en mouvement. John profita de ce moment féerique pour prendre tendrement sa femme dans ses bras sous le regard attentif de Katelina, qui se tenait un peu plus loin.

Une trentaine de minutes s'étaient écoulées, et plus aucun signe ni des dauphins ni du plancton n'était visible à présent. La plupart des réfugiés avaient regagné l'intérieur du navire pour se mettre au chaud. En tant que famille, Elizabeth et les enfants avaient eu la chance de se voir octroyer trois couchettes. A contrario d'autres, qui devaient se reposer dans des hamacs de fortune installés dans la cale, au milieu des stocks de nourriture et d'armes. John, qui avait dormi pendant plusieurs heures, n'avait pas sommeil. Le calme et l'air frais de l'extérieur le convainquirent de rester aux côtés du commandant, qui lui montra tout d'abord comment barrer et quel cap maintenir.

Après de longues minutes passées à côté de lui, John se demanda pourquoi un homme doté d'une stature et d'une expérience pareilles n'avait toujours pas formulé la moindre question les concernant, lui et la communauté.

— Dites, capitaine Vervatov, pourquoi nous avoir recueillis si facilement ? Et pourquoi ne pas vous être renseigné davantage sur notre groupe, ou même sur moi ?

— Tout comme l'amiral Evans, j'ai jugé qu'un peu de renfort pour prendre d'assaut ce bâtiment de guerre ne serait pas de trop. Contrairement à vous, mes hommes n'ont pas l'habitude de se confronter à ces choses. Et pour être franc, quand je vous ai vus monter sur mon navire avec ce regard admiratif, tandis que tout le monde était occupé à négocier et à se quereller, je me suis retrouvé en vous. Je me suis revu durant mes jeunes années, lorsque je naviguais pour la première fois.

John demeura silencieux devant ce que venait de lui dire le capitaine, avant que ce dernier ne reprenne :

— Quant à qui vous êtes, je m'en fiche, dit-il avec un léger sourire. Seuls les actes que vous accomplirez à présent compteront et me permettront d'émettre un avis à votre sujet. Mais si je devais dire quelque chose à votre propos, ce serait que votre manière de rester à l'écart des autres ainsi que votre tendance à fixer l'horizon ne s'expliquent que d'une façon. Un profond besoin de liberté émane de vous. Je ne sais pas quels malheurs vous ont tourmenté ni même ce qui pourrait encore vous affecter, mais je pense reconnaitre un homme blessé quand j'en vois un.

La vérité de ces quelques mots frappa John en plein cœur, et une fois de plus, il se mura dans le silence. L'obscurité entourant le vaisseau n'était rien en comparaison de la noirceur qui enveloppait son esprit. Remarquant qu'il était perdu dans ses pensées, le commandant tenta de briser la glace :

— Maintenant que la mer s'est calmée et que vous connaissez les bases pour barrer le navire, je vais vous laisser continuer. Il est grand temps que mon vieux corps se repose avant la journée de demain. Au moindre souci, appelez l'un des marins. Bonne nuit, matelot.

— Bonne nuit capitaine, répondit John.

Après avoir tenu le cap une grande partie de la nuit, John fut remplacé par l'un des marins et regagna sa couchette. Au petit matin, la cloche annonçant le briefing du matin sonna. Sans comprendre ce qu'il se passait, le père de famille ainsi que les autres survivants présents dans le navire virent les membres de l'équipage se vêtir au plus vite.

Ne voulant pas créer de distinction entre eux, John s'exécuta lui aussi, et bientôt, tous les réfugiés firent de même sous son impulsion. Ils coururent ensuite jusqu'au pont, où le commandant les attendait déjà. John fut le premier à y arriver, sous le regard du capitaine, qui hocha la tête dans sa direction comme pour le remercier d'avoir réalisé cet effort qui allait lier les deux groupes.

Une fois tout le monde face à lui, ce dernier prit la parole et annonça les diverses tâches qu'allaient se répartir les membres de l'équipage. Enfin, il indiqua le cap qu'allait suivre le navire.

Les heures défilèrent, et John profita du temps clément qui s'offrait à lui pour rester au contact des marins. Après les avoir observés attentivement, il prit part, lui aussi, à la vie à bord.

Il commença par nettoyer le pont comme le faisait l'une des femmes à bord du géant de bois. À l'aide de sa brosse, il frotta allègrement le plancher au même rythme que cette dernière. Une fois la tâche harassante finie, John ne tarda pas à aider un autre marin qui s'était attelé à resserrer les nœuds des cordes reliant les voiles.

Ben, quant à lui, le regardait avec une certaine incompréhension. Le voir se démener ainsi le dépassait.

Pourquoi se donner tant de mal alors que cette situation n'est que provisoire ? pensa-t-il.

Lorsque la cloche annonçant le déjeuner sonna, cette interrogation disparut tout aussi vite qu'elle était venue. L'équipage courut dans tous les sens, telles des fourmis, afin de rejoindre le réfectoire.

Après avoir retrouvé des forces, John sortit prendre l'air accompagné de ses enfants. Ces derniers contemplaient la mer depuis le pont supérieur, espérant secrètement revoir des dauphins. John, lui, avait quitté cette vaste étendue d'eau depuis bien longtemps pour diriger son regard vers l'impressionnant mât principal. Tandis que ses voiles étaient entièrement déployées et bombées par le vent soufflant dans son dos, l'immense tronc d'une trentaine de mètres lui faisait face. C'est alors que la jeune femme qu'il avait aidée plus tôt le rejoignit.

— Vous comptez l'admirer toute la journée, ou vous préférez vous équiper et y monter ? dit-elle, pleine d'assurance.

— Y monter ? répondit John avec d'énormes yeux. Vous êtes folle, jamais je ne…

— Allez ! Allez ! le coupa-t-elle. Remuez-vous et suivez-moi !

La jeune femme, âgée d'une vingtaine d'années tout au plus, descendit du pont supérieur et ouvrit une grosse malle d'où elle sortit deux baudriers munis de mousquetons. Sans prévenir, elle plaqua l'un des deux contre le torse de John, puis s'équipa tout aussi vite du sien, sous les traits médusés de John, qui ne savait que faire. Les yeux de ce dernier passèrent du mât qui grimpait vers le ciel à son harnais, qui tremblait entre ses mains. Alors que l'hésitation le gagnait, elle lui lança, pleine d'assurance :

— Bon ! C'est pour aujourd'hui ou pour demain ?

Sur ces quelques mots, elle le quitta et commença l'ascension du hauban. La jeune femme donnait l'impression d'être un félin, tant elle était rapide pour escalader l'épaisse toilc d'araignée faite de cordes reliant la coque et le mât. La scène dérouta la plupart des marins, qui ne possédaient pas le quart de son agilité. Alors qu'il l'observait progresser, John fut approché par Ben, qui le toisa.

— Ne compte pas sur moi pour aller te chercher dans la mer si tu tombes, vieux, plaisanta-t-il.

La remarque amusa John, qui n'avait pas aperçu son ami sourire depuis leur départ de la zone de quarantaine. Le voir sortir de sa carapace lui fit le plus grand bien. Soudain, Daemon, Jake et Gaïa les rejoignirent et tous trois eurent la même réaction enthousiaste en découvrant la jeune femme sur le mât principal. Il n'en fallut pas plus à John pour être définitivement motivé. Il enfila le harnais, puis entama lui aussi l'ascension du hauban, sous les yeux étonnés des survivants, qui s'étaient rassemblés sur le pont.

Ses pas étaient lourds et peu sûrs, et il sentit les cordes s'agiter sous son poids, mais il continua de grimper coûte que coûte. À quelques reprises, son regard se déroba et il découvrit, malgré lui, la distance qui le séparait du sol, un peu plus importante à chaque fois. Un immense sentiment de vide et de vertige le gagna, mais désormais, il ne pouvait plus reculer. Il fallait avancer, comme toujours dans sa vie.

— Allez ! Vous êtes bientôt au bout ! l'encouragea la jeune femme, qui l'attendait patiemment sur la hune.

Les derniers mètres d'escalade qu'il restait à John pour rejoindre sa guide du jour furent les plus difficiles. Il attaqua la partie la plus verticale qui soit, et son baudrier allait à présent lui être utile. Il grimpa, prise après prise, sous les conseils avisés qui lui étaient prodigués, tout en se sécurisant à l'aide de l'un des mousquetons de son harnais. Mais alors qu'il n'était plus qu'à un mètre de la hune, son regard se perdit une fois de plus en contrebas. Il y vit soudainement ses enfants, qui le fixaient avec peur.

Ils étaient à la fois si bas et si loin… Tout à coup, l'estomac de John se noua. Ses bras se mirent à trembler sous l'effet du vertige, et l'utilisation du mousqueton devint alors une tâche des plus complexes à réaliser. Tandis qu'il était gagné par l'angoisse, son pied tâtonna puis se déroba dans le vide. L'instant suivant, son corps perdit tout repère et chuta.

Après être tombé de près de deux mètres sous la stupeur des spectateurs, John parvint à se saisir in extremis d'une des cordes. La foule avait la respiration coupée, et ses enfants étaient bouche bée.

À cet instant, tout lui parut flou. Pris de panique, John tenta de se rattraper avec son autre main. À présent, il ne pensait plus du tout à ce qu'il se passait en dessous de lui, mais plutôt à éviter de chuter davantage. John empoigna les cordes puis reposa ses pieds sur ces derniers avant de souffler allègrement, tout en se maudissant d'avoir été si maladroit.

Rassuré, il hocha la tête en direction de la jeune femme. Morte d'inquiétude, elle s'était allongée sur la plateforme pour lui tendre la main. Enfin, il fit signe à la foule agglutinée en contrebas. Avant d'entreprendre la fin de son ascension, il tourna son regard vers l'horizon. Sans même qu'il s'en rende compte, ce court instant allait changer le cours de sa vie, ainsi que celui de tous les gens à bord.

John s'empressa de rejoindre la jeune femme, qui l'attendait sur la plateforme, toujours aussi paniquée par ce qu'il venait de se passer. Dès qu'il fut face à elle et sans même lui adresser le moindre mot pour la rassurer, il attrapa les jumelles accrochées à son harnais. John scruta l'horizon jusqu'à trouver ce qu'il lui semblait avoir aperçu.

Au travers des épais verres, il découvrit au loin une bâtisse qui se dressait fièrement sur le littoral. Les immenses et longs remparts qui l'entouraient étaient construits avec d'imposants blocs de pierre qui lui conféraient une aura indestructible. John comprit aussitôt l'occasion qui s'offrait à eux. Il rangea les jumelles puis se mit à redescendre, sous les yeux médusés de la jeune femme, perdue face à la situation.

— Mais… qu'est-ce qu'il vous prend ?

— Pas le temps de vous expliquer ! répondit John en se précipitant sur le cordage avec une vitesse et un sang-froid contrastant avec les événements s'étant déroulés quelques minutes auparavant.

— T'es complètement fou, ma parole ! s'écria Ben à son approche. On a bien cru que t'allais y rester !

Le malheureux n'eut pas l'occasion de se justifier, car une charge soudaine le bouscula. Réconfortés de le voir à présent sur le pont, sain et sauf, ses enfants avaient accouru vers lui sans même qu'il s'en rende compte.

— Du calme, je n'ai rien.

Alors que John les rassurait du mieux qu'il pouvait, Elizabeth le scrutait d'un air réprobateur, mais soulagé. Ce que ne manqua pas de remarquer son conjoint, toujours en proie à l'assaut des siens.

— Qu'est-ce qui t'a fait redescendre aussi vite ? le questionna Ben.

John lui tendit les jumelles puis lança :

— Regarde au loin et dis-moi ce que tu vois.

Piqué par la curiosité, Ben n'hésita pas une seconde avant de s'en saisir. Il observa avec calme l'étendue d'eau jusqu'à trouver ce que John désirait tant lui montrer.

— C'est un…

— Un château ! s'époumona John sans laisser le temps à Ben de finir sa phrase.

— Qu'est-ce que tu comptes…

— Capitaine ! le coupa à nouveau John. Est-ce qu'on pourrait se rapprocher de la côte ?

Tout comme la foule qui s'était rassemblée sur le pont, ce dernier avait assisté à la scène et était pour le moins dubitatif face à l'attitude du père de famille, allant jusqu'à se demander s'il ne s'était pas cogné la tête. Le vieux marin s'avança alors vers les deux hommes, accompagné d'Evans.

— Quel diable vous habite pour vous agiter autant ? l'interrogea-t-il.

— Est-ce qu'on pourrait se rapprocher de la côte, s'il vous plait ? J'ai vu quelque chose.

Le capitaine jeta un rapide coup d'œil à l'amiral avant de lui répondre :

— Hélas ! je crains que le détour nous fasse perdre un temps considérable.

Evans comprit alors qu'il avait une carte à jouer pour s'attirer la sympathie des deux hommes et ainsi augmenter ses chances de gagner leur aide durant les prochaines heures. Arborant un sourire de façade, il reprit la parole :

— Ne vous inquiétez pas, capitaine, nous ne sommes pas à quelques heures près. Ces hommes nous ont sauvé la vie, on leur doit bien ça, après tout !

Soulagé par la réaction du militaire, John tourna un regard déterminé vers l'horizon. Ben se tenait à ses côtés, perplexe quant à la suite des événements.

Alors que la flotte approchait de la côte, les contours du rivage se dessinaient peu à peu. La structure du château, jusque-là quasi invisible à l'œil nu, se laissait elle aussi découvrir par les occupants des navires faisant voile ensemble.

Plus la distance se réduisait, plus ils étaient subjugués par le merveilleux paysage qui s'offrait à eux. Véritable carte postale, le lieu semblait irréel. Une longue bande de sable parcourait la côte, devant un fort niché dans une crête rocheuse de près de trois cents mètres de long. L'édifice surplombait les environs, composés de dunes recouvertes d'une épaisse végétation.

Au loin, des pâturages ainsi que des champs se dessinaient à perte de vue. Au travers de ses jumelles, John n'en perdit pas une miette, tout en s'adressant à Ben à voix basse :

— C'est là.

— Là que quoi ? demanda l'ancien militaire.

— Là qu'on pourra vivre en paix ! Loin de l'armée, des infectés, de la haine et de la misère !

— Jo… on ne sait rien de cet endroit… Ne place pas trop d'espoirs dedans pour le moment… répondit Ben à contrecœur.

Ces quelques mots auraient pu briser le moral de John et le ramener à la dure réalité qui était la leur à présent, mais il n'en fut rien. Il dévora du regard les environs, s'imaginant déjà parcourir avec ses enfants cette contrée calme et paisible.

C'est là qu'il les vit. Regroupés par dizaines et semblant dominer cette région. John tendit dès lors ses jumelles à son ami avant de lui répondre, le visage crispé :

— T'avais raison… On n'est pas tout seuls…

— Ce sont des…

— Des moutons, sombre idiot ! s'écria John, hilare face à la situation. Les seules bêtes dangereuses ici, ce sont des moutons, alors arrête de t'inquiéter !

Ben, lui aussi amusé, toucha soudainement son ventre, qui grogna allègrement.

— Ça me donne faim, ces conneries. Ça fait des lustres que je n'ai pas mangé quelque chose de consistant !

Tous deux se mirent à rire sans plus pouvoir s'interrompre. Jusqu'à ce que John reprenne :

— C'est ici qu'on doit être ! C'est un coin tranquille, et à part les moutons, il n'y a pas âme qui vive. Ce fort pourrait tous nous abriter définitivement. C'est une aubaine qu'on soit passés par là ! On doit tenter notre chance, Ben !

Les deux hommes se regardèrent, et sans en dire plus, ils se comprirent immédiatement. La décision était prise !

— Capi… prononça John sans pouvoir finir, interrompu par la pire chose possible.

L'espoir que les deux amis venaient tout juste de se créer s'était brisé en moins de quelques secondes sous le cri strident qui avait retenti au cœur du château. Alors que la plupart des survivants avaient eux aussi songé à l'éventualité de débarquer ici, la réalité les avait à nouveau frappés de plein fouet.

Même ce lieu semblant isolé de tout et protégé du monde avait été gangrené par le parasite qui rongeait cette sombre époque…

Le désarroi pouvait se lire sur les visages, à bord des différents navires. Sentant le moral des troupes diminuer plus que jamais, le capitaine préféra couper l'herbe sous le pied du mal qui gagnait les cœurs des hommes, des femmes et des enfants. Il hurla :

— Assez perdu de temps ici ! On barre à tribord toute ! Cap sur le bâtiment de l'amiral Evans, des tonnes de provisions nous y attendent, et je ne sais pas vous, mais moi, je crève de faim ! Alors, magnez-vous le cul et déployez-moi ces voiles !

Alors que les marins s'affairaient, John resta stoïque, les mains agrippées au bastingage. Il observait le rivage s'éloigner peu à peu, tout comme son envie d'y mener l'existence paisible dont il avait toujours rêvé.

Pourquoi moi ? songea-t-il.

Pourquoi était-il frappé sans cesse par les désillusions ? Pourquoi la vie lui rappelait-elle sans relâche que le bonheur ne lui était pas permis ? Pourquoi devait-il subir une telle injustice, et ce depuis sa naissance ? Pourquoi… lui ?

Plus la rage lui nouait l'estomac, plus ses mains serraient le garde-corps. Seule la présence de sa femme et de ses enfants calma la noirceur qui s'éveillait en lui en ces rares moments de désespoir. Mais ne pas pouvoir leur offrir un abri définitif l'inquiétait. Au fond de lui, il le savait et se l'était juré plus d'une fois, s'il leur arrivait malheur, il serait capable de bruler le monde.

CHAPITRE 8

DÉRIVE

Plusieurs heures s'étaient écoulées depuis le détour effectué. À l'approche du bâtiment militaire à la dérive, le stress commençait à se faire ressentir dans les organismes.

Équipés de sacs à dos et d'armes en tout genre, les volontaires s'étaient rassemblés sur le pont, prêts à se lancer à l'abordage de ce vaisseau fantôme d'où n'émanait pas le moindre bruit.

L'amiral Evans s'avança à la vue de tous afin de délivrer ses dernières directives. Un talkie-walkie allumé et accroché à sa ceinture lui servait à transmettre ses consignes à celles et ceux qui étaient montés sur les autres navires.

— Tout d'abord, je voudrais vous remercier de m'avoir sauvé la vie et, à présent, de mettre la vôtre en danger. Cette mission est capitale, et trois objectifs nous attendent. Le premier sera d'atteindre la passerelle de navigation afin d'y diffuser un appel de détresse à la base militaire la plus proche. Le second consistera à secourir les rescapés s'étant retranchés dans le réfectoire du navire. Enfin, le troisième, et non des moindres, sera de nettoyer le bâtiment de chaque infecté s'y trouvant.

Ben l'observait donner ses consignes en ne pouvant s'empêcher de songer aux conséquences qu'allaient entrainer ce signal et la venue de nouveaux soldats. Un piège allait peut-être bientôt se refermer sur eux, et cette fois, ils seraient coincés en mer sans aucun moyen de s'enfuir. Il lui fallait intervenir avant qu'il ne soit trop tard. À présent, sa décision était prise, et personne n'y changerait plus rien. Il s'avança d'un pas déterminé au sein des volontaires sous le regard médusé de John, resté à l'arrière avec les rescapés de Wallasey.

Ce choix, bien qu'inattendu, enthousiasma l'amiral, qui ne put se retenir de sourire, sachant pertinemment ce qui allait se passer. Il ne fallut que quelques secondes pour qu'il en ait la confirmation. Un second individu s'ajouta dans le rang. Le jeune ex-soldat Harris, qui se figea à côté de Ben.

— Je n'allais quand même pas vous laisser tout seul, capitaine, murmura Harris.

— Arrête de m'appeler comme ça, crétin, répliqua Ben.

Eh merde ! songea John.

Contraint par l'action de Ben, ce dernier n'eut le temps ni de réfléchir ni même d'expliquer sa décision à Elizabeth avant de rallier à son tour les deux hommes.

Peu le connaissaient, mais tous l'appréciaient et l'estimaient. C'est donc naturellement que le choix de John insuffla un sentiment de courage à une dizaine d'autres rescapés, qui les rejoignirent. Face à la vague d'hommes et de femmes l'ayant suivi, John s'en voulut d'avoir agi en fonction de Ben et d'ainsi risquer leurs vies.

Evans savourait intérieurement ce qui était en train de se passer. Plus le nombre de volontaires croissait, plus ses chances de reconquérir le navire militaire augmentaient. Il reprit alors :

— Merci à nos nouveaux amis, qui ont décidé de nous aider. Soyez sûrs que votre choix ne sera pas oublié le moment venu !

Dans les minutes qui suivirent, l'amiral sépara les volontaires en trois groupes distincts afin que ces derniers remplissent les trois objectifs fixés. Ben et John furent désignés pour accompagner Evans. Harris, quant à lui, rejoignit l'équipe chargée de libérer les survivants coincés dans le réfectoire.

Alors que l'après-midi touchait à sa fin et qu'un épais brouillard recouvrait les environs, le commando foula le pont d'envol du bâtiment militaire. Les trois escouades avancèrent silencieusement, tant que l'entièreté du navire semblait inoccupée. Il ne leur fallut que quelques secondes pour arriver à la trappe donnant sur le local de stockage des réserves. Un contingent d'hommes resta sur place afin de sécuriser les lieux, pendant qu'un autre acheminait les marchandises qui devaient revenir aux différentes parties, comme cela avait été ordonné par Evans.

— Et maintenant ? murmura Ben à l'intention d'Evans.

— Maintenant, on va en direction de la salle des machines.

— Pour quoi faire ? On ferait mieux de s'emparer des vivres et de se barrer d'ici, tant que tout le monde est entier, tenta désespérément Ben.

— Négatif, nous devons démarrer le générateur de secours si nous voulons utiliser les appareils de communication ! insista l'officier Evans tout en prenant la tête du convoi.

Il ne fallut que peu de temps à l'escouade pour arriver devant la porte donnant accès aux profondeurs du navire. Bien qu'il s'efforce de le cacher aux yeux de tous, Evans était empli de stress. L'idée de découvrir ce qui les attendait en bas le terrifiait. Tandis que sa main tremblotante reposait sur la poignée, son regard, lui, était perdu dans le vide. Ben en profita une ultime fois :

— Il n'est pas trop tard pour faire demi-tour, amiral ! On a tout ce qu'il nous faut !

— Non… Non ! Je… je dois mener à bien cette mission, c'est à moi qu'on l'a confiée, et je… bégaya-t-il avant d'abaisser la poignée et de pousser la porte fermement.

Le grincement de cette dernière, unique son perceptible au cœur de la grisaille qui entourait le navire, glaça le sang de chaque homme et femme se trouvant sur le pont. Pas une lumière n'émanait du bas de l'escalier, seule l'obscurité dominait. Evans ouvrit la marche une fois de plus, éclairé par le faisceau de la lampe-torche fixée sur son fusil. Les uns et les autres ne tardèrent pas à l'imiter, afin de se guider au milieu de cette noirceur.

À leur grande surprise, les premiers mètres parcourus dans le couloir furent des plus calmes. Il ne semblait tout simplement pas y avoir âme qui vive.

Evans avançait pas à pas, à la manière d'un félin, mais il n'agissait pas en chasseur, bien au contraire. Ici, il avait l'impression d'être la proie. Le soldat ne le savait pas encore, mais très bientôt, les réponses à ses questions allaient se présenter sous ses yeux.

Alors que les membres de l'escouade venaient de bifurquer à une intersection dans ce gigantesque labyrinthe qu'était ce navire, ils tombèrent face à une dizaine de cadavres. La plupart gisaient sur le sol, mais d'autres avaient le dos plaqué contre les parois du couloir, comme s'ils s'étaient tout simplement assis, les bras ballants. Ils semblaient endormis, et pourtant, ils étaient morts de l'infection, cela ne faisait aucun doute. Imprégnées d'une couleur noire semblable à du pétrole, les veines parcourant leurs corps ne pouvaient mentir.

— Je me demande depuis combien de temps ils sont mo... s'étonna l'un des hommes avant d'être coupé par l'amiral Evans, qui posa sa main sur sa bouche.

— Stop, ne bougez plus, et pas un bruit de plus, murmura-t-il.

— Quoi ? s'inquiéta Ben.

— Ils ne sont pas... morts, ils hibernent !

— Comment ça, ils hibernent ? s'étrangla l'ancien militaire.

Evans recula et somma ses troupes de faire de même. Personne n'osa remettre en question cet ordre face à la menace.

Alors qu'ils s'étaient éloignés et que le danger était moindre, Ben reprit son interrogatoire :

— Comment ça, ils hibernent ? C'est quoi ce délire encore ?

— Vous n'en avez jamais vu dans cet état ? s'étonna Evans. Ce n'est pas courant, mais par moments, quand elles sont dans un environnement clos et à l'abri de la lumière, ces... choses s'arrêtent de bouger et se laissent dépérir. Du moins jusqu'à ce qu'un malheureux tombe nez à nez avec eux. Si ce n'est pas le cas, elles se laissent décomposer pour se transformer en un genre de spore qui empoisonne l'air présent. En général, on en trouve dans les tunnels, les sous-sols d'immeubles et... ici, visiblement.

— On pourrait leur tirer dessus et passer, proposa l'un des marins participant à l'expédition.

— Le bruit des détonations réveillerait d'autres infectés en hibernation, ou rameuteraient ceux qui se baladent encore à bord. Évitons de prendre des risques inutiles. Il y a un autre chemin par là.

Tandis qu'Evans dirigeait le groupe d'un pas décidé, John remarqua le changement d'état progressif du militaire. Avant d'avancer plus longtemps dans l'inconnu, il préféra s'assurer d'être en possession de toutes les informations. Il rejoignit alors le gradé en tête de marche et lui chuchota :

— Vous êtes bien sûr de nous avoir tout dit, là ?

— Oui oui… ne vous en faites pas, c'est juste que…

— Juste que quoi ? le coupa John, sentant l'inquiétude dans les paroles de l'officier.

— Quand des groupes d'infectés hibernent, il arrive que certains mutent. C'est rare, mais cela peut se produire. J'espère que ce n'est pas le cas, sinon, priez pour ne pas avoir affaire à ce genre de… menace.

— De quelle menace parle-t-on ?

— De celle qui ferait passer les coureurs et les striges pour des créatures de seconde zone.

La remarque frappa John de plein fouet, lui qui croyait avoir tout vu jusque-là. Mais après tout, il avait déjà aperçu un infecté agir de façon étrange peu avant son départ de Wallasey.

Pourquoi n'existerait-il pas d'autres formes d'évolution ? En fin de compte, nous ne savons pas grand-chose d'eux… songea-t-il.

Malgré l'absence de danger direct, les minutes d'angoisse défilaient au cœur du bâtiment militaire. Evans guida la troupe vers le second niveau, dans l'espoir d'atteindre la salle du générateur de secours et d'ainsi pouvoir enfin rétablir le courant à bord.

À leur arrivée dans le local, Ben ne voulut pas se faire surprendre davantage. Il prit alors les devants et frappa fermement contre la porte d'entrée afin d'attirer ce qui pouvait se trouver à l'intérieur de la pièce. Mais il n'y eut rien, une fois de plus.

Rassuré, Evans en profita pour démarrer l'un des générateurs. L'ensemble des couloirs du navire s'éclairèrent subitement. Après avoir pu accéder aux stocks, Evans sentit cette nouvelle victoire décupler sa motivation. À présent, il ne lui restait plus qu'à passer un simple coup de fil !

Plein d'entrain, il pivota vers Ben et John, mais son sang ne fit qu'un tour lorsqu'il vit ce qui était dissimulé dans la pénombre jusqu'alors. Face à son changement d'attitude aussi flagrant qu'inquiétant, Ben comprit immédiatement que quelque chose n'allait pas. Il dégaina sa machette et tournoya brusquement pour frapper ce qui se dressait dans leur dos, mais son geste fut stoppé net.

Il découvrit avec dégout un corps en lambeaux ayant à moitié traversé le plafond. Son visage était tellement lacéré qu'il serait dorénavant impossible pour quiconque ayant connu cette personne de déterminer de qui il s'agissait. Plus horrible encore, l'un de ses bras avait été arraché et gisait dans une mare de sang, en dessous de son cadavre. Une fois de plus, ce lieu maudit leur envoyait un avertissement clair quant à leur avenir s'ils s'éternisaient ici.

L'un des jeunes marins les ayant accompagnés ne put se retenir de vomir avant que Ben ne prenne la parole :

— On ferait mieux de quitter ce foutu navire !

— Non ! répondit fermement Evans. Pas si près du but, il ne nous reste plus qu'à…

L'amiral n'eut pas le temps de finir sa phrase, car un grondement s'éleva dans les airs, suivi d'un fracas au loin. Alors que certains pensaient que le bateau avait heurté quelque chose, d'autres plaisantaient en comparant ce bruit à celui d'un ogre ou d'un troll. Mais la remarque ne fit pas esquisser le moindre sourire au militaire. Bien au contraire.

Voyant son visage se raidir, John comprit immédiatement.

— C'en est une ? L'une de ces menaces ?

— De quelle menace tu parles ? intervint Ben.

— D'une chose encore plus dangereuse que ce que vous connaissiez jusqu'alors ! Alors, dépêchons-nous tant qu'*il* n'est pas encore là !

Evans s'empressa de quitter le local en direction du pont supérieur tandis qu'un nouveau râle résonnait au loin. Les hommes avancèrent à vive allure dans les couloirs du vaisseau, jusqu'à atteindre une intersection où s'arrêta net l'amiral.

— Continuez tout droit ! Vous tomberez sur le réfectoire et ses occupants. Libérez-les, puis retournez au navire du capitaine Vervatov !

— Et vous ? demanda John.

— Je prends un raccourci en direction du poste de liaison.

— Je viens avec vous alors ! Il vaut mieux ne pas être seul ici, s'interposa Ben.

Le militaire hocha la tête avec un air reconnaissant avant de lui répondre :

— Merci pour votre aide. Allez, ne tardons pas !

Les deux hommes se séparèrent ainsi du reste du groupe, qui s'en alla libérer les derniers survivants du navire.

Après avoir arpenté deux nouveaux couloirs, puis gravi une échelle, Ben et l'amiral Evans arrivèrent enfin dans la salle de liaison.

À peine eut-il le temps de franchir la trappe d'accès qu'Evans fonça sur les ordinateurs de bord tandis que Ben refermait l'écoutille donnant sur l'étage inférieur. Ce faisant, ce dernier repensa à Katelina et à ce qu'elle lui avait suggéré à demi-mot : en finir avec le militaire. L'esprit égaré, Ben relâcha lourdement le panneau en acier, qui se fracassa contre son socle. Le bruit résonna dans toute la pièce ainsi qu'en contrebas.

Tandis que l'amiral était en train de pianoter à toute vitesse sur le clavier d'un ordinateur, Ben, lui, découvrait l'endroit. Il se déplaçait silencieusement entre la rangée de machines et les parois vitrées de la salle donnant sur l'extérieur. Il comprit alors qu'en plus d'être le lieu servant à transmettre les communications, il s'agissait également du poste de navigation. Il ne put s'empêcher de surveiller l'officier du regard, mais finit par le détourner pour regarder au-dehors.

Evans, lui, était plongé dans son écran comme si plus rien d'autre n'avait d'importance. Face à lui, un dossier militaire, celui du capitaine Benjamin Barnes.

Jusque-là, cela n'avait été que des soupçons, mais plusieurs faits notables avaient retenu l'attention d'Evans. Tout d'abord, l'évocation du nom de famille de Ben par cet estropié aux allures de caïd, ce qui lui avait valu une étrange réaction. Puis cette façon si singulière qu'avait Ben de donner des ordres, comme s'il l'avait souvent fait. Enfin, sa posture, ses gestes, sa manière de se déplacer face aux dangers, autant d'indicateurs clairs qu'avait relevés l'amiral au cours de la dernière heure. Ce dernier en avait conclu qu'un passé lié à l'armée était évident.

Une fois qu'il était entré dans la salle de communication, une forte intuition avait dicté à Evans de le vérifier, ne serait-ce que pour lever le doute. Ce qu'il avait fait d'emblée lorsqu'il avait pu accéder à son ordinateur, qui contenait les registres militaires.

Juste pour être sûr, s'était-il répété tout en pianotant.

Et à présent, il en avait la confirmation.

— Traître ! lâcha l'amiral comme une bombe. Vous êtes un déserteur doublé d'un lâche !

Ben comprit aussitôt que le mal était fait et que plus rien ne le ramènerait en arrière désormais. Il reporta son regard vers l'extérieur et découvrit que la brume les ayant accueillis commençait peu à peu à se dissiper. Celle-ci laissait place à une fine pluie venant s'écraser sur le pont principal situé quelques mètres plus bas. De là où il était, Ben avait une vue imprenable sur l'environnement qui lui faisait face. Soudain, il remarqua au loin des silhouettes qui se mouvaient. La présence de l'amiral devint secondaire. Il n'en avait pas encore le cœur net, mais la paire de jumelles couchée sur le bureau allait bientôt lui confirmer ses inquiétudes.

Six coureurs se précipitaient dans leur direction.

Mais comment ont-ils… ? s'interrogea Ben avant de songer au fracas de la trappe, il y avait quelques secondes de ça.

Mais quel idiot ! se morigéna l'ancien militaire.

— Faut qu'on bouge de là ! Et vite ! ordonna-t-il.

— Quand est-ce que vous allez comprendre qu'on ne partira d'ici que lorsque mes supérieurs seront au cour…

— Vous pensez encore avoir le temps de les prévenir ? le coupa Ben en pointant du doigt les infectés qui se déplaçaient à toute allure.

— Eh merde ! Attrapez ça, cria l'amiral en lui jetant une arme de poing. On doit tenir cette position coûte que coûte !

— Vous êtes vraiment borné, merde !

Le militaire ne prit pas la peine de lui répondre. À vrai dire, lui aussi était agacé du comportement de Ben, mais il avait besoin de lui. Seul, il ne pourrait faire face à la menace qui arrivait.

Il se plaça donc entre la porte d'entrée et l'escalier menant au pont inférieur, unique chemin possible pour les infectés. Pendant qu'ils commençaient à gravir les marches métalliques, Evans fit feu. Bien qu'il en ait touché un très rapidement, il fut tout aussi gêné par la pluie battante que les mouvements imprévisibles de ces choses, qui étaient à présent bien plus que six. C'est alors qu'il remarqua quelque chose, ou plutôt… l'absence de quelque chose. Celle d'un tireur supplémentaire, censé l'épauler.

Evans tourna la tête et vit Ben, l'air ailleurs et le corps pétrifié sur place.

— Mais qu'est-ce que vous foutez ? Bon Dieu ! fulmina-t-il.

Ben reprit peu à peu ses esprits. Il découvrit le soldat sur le seuil de la porte, en train de faire feu, mais aucun son ne parvenait à ses oreilles.

Seul un murmure faisait écho au creux de ses tympans. Celui de Katelina lui répétant : « Après tout, vous l'avez déjà fait. »

Peut-être était-ce l'hésitation qui l'avait empêché d'agir. Il le savait, franchir à nouveau ce cap l'éloignerait un peu plus de son humanité. Ou peut-être était-ce simplement l'absence d'une réelle occasion. Quoi qu'il en soit, cela avait préservé jusque-là l'amiral. Mais en fouillant dans son passé, il avait outrepassé une limite, et cette fois, il n'y couperait pas.

Ben dégaina subitement son arme et tira une balle dans chaque mollet du militaire. Sans une once de pitié. Ce dernier s'écroula sous le foudroiement des projectiles. La paume des mains plaquée contre le sol, il ne put que jeter un regard d'incompréhension à son traître de compagnon, qui le poussa en dehors de la pièce à l'aide de la semelle de sa botte, comme s'il s'agissait d'un vulgaire déchet.

Ben referma alors la porte et observa le militaire assailli par les infectés. Même s'il réussit, à l'aide de son fusil, à emporter avec lui quelques-unes de ces choses, la lutte pour sa survie ne dura que quelques secondes. C'est ainsi que l'amiral Evans se fit déchiqueter de toute part, à bord du navire qu'il avait tenté de récupérer désespérément.

Son corps gisait contre la porte de la salle, enseveli sous ceux d'une dizaine d'infectés, pendant que d'autres affluaient devant les parois vitrées. Ben, quant à lui, demeura figé face à eux, avec pour seul soutien la voix de Katelina qui lui susurra : « Il devait mourir. »

Ben répéta ces quelques mots à voix haute, comme pour se convaincre de la nécessité de son acte.

Pendant ce temps, John et ses compagnons du navire étaient arrivés devant le réfectoire. Ils avaient longuement insisté face aux épaisses parois de la porte, et Blake Edwards leur avait finalement ouvert. Ce dernier n'était nul autre que l'unique survivant du mess et le seul connu jusqu'alors à bord du bâtiment.

Après un accueil des plus glacials et méfiants, le médecin de bord avait écouté attentivement le récit de John, qui lui avait expliqué comment et pourquoi ils étaient venus sur ce navire.

Devant la menace que représentaient les cris et grognements qui commençaient à se faire entendre au loin, la décision de regagner le bateau du capitaine Vervatov avait été prise. John mena le groupe à travers les couloirs, en espérant retrouver le pont supérieur avant de tomber sur des infectés. Mais comme il s'y attendait, l'escouade dut faire face, elle aussi, à un nombre conséquent de créatures.

Ils luttèrent efficacement, et aucune perte ne fut à déplorer jusqu'à ce qu'ils arrivent devant la dernière intersection, d'où jaillissait la lumière du jour. L'un des hommes se précipita aussitôt vers la sortie, comme s'il était enfin libéré de ce labyrinthe. C'est alors qu'une strige l'accueillit.

De son corps rongé par l'infection, elle masqua le faible halo rayonnant et descendit les escaliers, la gueule grande ouverte. Ses crocs s'enfoncèrent brutalement dans la gorge du malheureux, qui était resté pétrifié.

— Merde ! s'époumona John.

Il s'arma alors de sa machette et jaugea son adversaire, qui se tenait à une vingtaine de mètres de là. À sa droite, un second corridor d'où provenaient d'autres grognements se rapprochant.

— On va devoir se battre si on veut sortir ! lança-t-il.

La détermination pouvait se lire dans ses yeux. Mais celle-ci s'effaça subitement, au profit d'une expression bien différente.

Il s'agissait de la stupéfaction de voir la tête de la strige se faire littéralement écraser contre la paroi du couloir, comme s'il s'agissait d'une vulgaire pomme de terre.

Alors que le corps de la créature, inerte, tombait sur le sol, la main qui l'avait saisi se révéla peu à peu. Elle ressemblait à s'y méprendre à celle d'une strige, bien que ses ongles soient moins grands, mais beaucoup plus acérés, à l'image des serres des rapaces. Sa main était disproportionnée et pouvait aisément contenir une tête d'être humain au cœur de sa paume. Le dos de celle-ci ainsi que chacun de ses doigts semblaient recouverts d'un genre de cuirasse. En réalité, sa peau était devenue si rigide qu'elle craquelait par endroits et donnait cette impression.

La silhouette s'approcha de quelques centimètres, et chacun découvrit alors la monstruosité. La carapace présente sur ses mains s'étendait à l'ensemble de son corps et parsemait ainsi certaines zones de ses bras, de son dos et du dessus de son crâne. Son visage, en revanche, ressemblait à ceux des autres infectés. Seuls son aspect physique et la taille de cette aberration différaient. Il devait mesurer un peu plus de deux mètres et avait la carrure d'un bodybuilder.

Soudain, la créature poussa le même râle que celui entendu par l'escouade plus tôt. L'affreux son, qu'aurait pu produire un troll, fit se hérisser les poils de chaque individu se trouvant face à cette chose.

— Un fléau ! hurla Blake, le médecin de bord. Fuyez !

Ce dernier prit ses jambes à son cou en direction du réfectoire. Face à l'attitude du rescapé et à l'inconnu que représentait cet infecté, John somma ses hommes de faire de même.

CHAPITRE 9

LE FLÉAU

— Ben ! Ben, tu me reçois ?

Ces quelques mots distincts au milieu des grésillements de sa radio ramenèrent ce dernier à la réalité. Il n'y avait plus aucun infecté devant les vitres de la salle de communication, face à lui. Il s'approcha alors des carreaux et vit ces êtres ignobles se diriger à nouveau vers les profondeurs du navire.

— Ben ? émit une nouvelle fois le talkie-walkie.

L'ancien militaire reconnut immédiatement la voix de John, à l'autre bout de l'appareil.

— Oui… je suis là, répondit-il, qu'est-ce qu'il y a, Jo ?

— On est coincés dans le réfectoire, un infecté nous a barré la route et on a dû faire demi-tour.

— Vous avez rebroussé chemin pour un seul infecté ? s'étonna Ben.

— Il n'est pas comme… Enfin, on n'en a jamais vu des comme lui, il est… gigantesque.

— On dirait un troll ! hurla au travers du talkie-walkie l'un des occupants du mess.

— Un troll, on aura tout entendu ! J'arrive pour buter ce truc alors.

— Attends, Ben… D'après le médecin de bord, on ne peut le tuer que d'une manière, et nous, on n'a pas le matériel nécessaire ici.

— Et il te faut quoi exactement ?

— Un lance-flamme.

— Répète, Jo, je ne crois pas avoir bien saisi. T'as dit un lance…

— Un lance-flamme, ouais, t'as bien compris !

— Où est-ce que tu veux que je trouve un truc pareil ? répondit Ben avec de gros yeux.

— D'après l'un des marins, il y en a un à bord du navire du capitaine Vervatov ! Il faudrait que tu le cherches et prennes à revers cette saloperie, sinon, on va rester coincés là !

— Quelle mission de merde ! J'y vais, tenez bon !

Ben raccrocha le talkie-walkie et souffla rageusement avant de se diriger vers la porte donnant sur l'extérieur de la pièce. Mais à son grand regret, le corps d'Evans ainsi que ceux des infectés ayant péri avec lui bloquaient cette dernière. Il songea dès lors à la trappe et à l'échelle qui descendait jusqu'aux couloirs, deux étages en dessous. À peine eut-il ouvert l'écoutille qu'une véritable tempête de grognements émanant d'une dizaine de créatures résonna en contrebas.

— Eh merde ! jura-t-il pour lui-même.

Il referma alors le panneau d'acier et comprit qu'il était lui-même pris au piège. Ben ne faisait que retarder l'inévitable tandis que les secondes défilaient. Il savait pertinemment que l'unique solution pour qu'il puisse sortir de là, c'était de contacter les hommes présents sur le navire du capitaine. Mais faire cela reviendrait à dévoiler au grand jour le cadavre de l'amiral Evans, qui gisait à quelques mètres de lui. Ce corps encore tiède allait sans nul doute attirer son lot de questions. Ce dont il se serait bien passé, mais à présent, il était trop tard, John était en danger et il lui fallait agir.

L'ancien militaire saisit son talkie-walkie, bien décidé à quitter ce navire de malheur.

— Capitaine Vervatov ! Capitaine, répéta-t-il, vous me recevez ?

— Oui ! répondit le vieux marin à la voix rauque. Qu'est-ce qu'il y a ? On a entendu une tonne de coups de feu d'ici !

Le temps était venu d'improviser, et comme Ben le savait si bien, rien ne vaut un mensonge entouré par un nuage de vérité.

— J'étais avec l'amiral Evans, on… on est arrivés à rétablir le courant à bord, mais on s'est fait surprendre par des dizaines d'infectés, haleta Ben. Evans… s'est sacrifié pour me sauver la vie.

— Merde ! Et maintenant, où êtes-vous ?

— Pris au piège dans la salle de communication ! Le corps d'Evans ainsi que ceux de plusieurs infectés bloquent l'unique porte permettant de sortir ! Il faudrait que quelqu'un me dégage le passage !

Soudain, le capitaine Aguilar, qui se tenait à côté de lui à ce moment-là, se tourna brusquement vers lui.

— Vous ne comptez tout de même pas risquer la vie d'un de nos hommes pour ces foutus zonards ? Qu'ils crèvent, ce n'est plus notre problème ! Nous avons d'ores et déjà ce que nous sommes venus chercher ! Alors, n'oubliez pas votre promesse, et partons !

Passablement énervé, Vervatov attrapa violemment Aguilar par la chemise avant de répliquer :

— Et toi, n'oublie pas que certains de tes marins sont encore sur ce rafiot ! Et cesse de te comporter comme un égoïste arrogant, ne serait-ce qu'une fois !

Aguilar maugréa en s'éloignant de son vis-à-vis, tandis que ce dernier reprit son appareil de liaison en main.

— Je vous envoie quelqu'un ! transmit-il.

— Attendez, capitaine, dites à celui qui viendra d'emporter le lance-flamme que vous avez en stock, j'en aurai besoin.

Soudain, le visage du commandant vira au violet. Les yeux rivés sur son talkie-walkie et une goutte de sueur lui parcourant la colonne vertébrale, il répondit :

— Pourquoi un tel engin ?

— Jo et vos hommes sont coincés dans le réfectoire... Apparemment, c'est la seule arme capable de tuer la chose qui leur bloque le passage.

— Vous êtes en train de me dire qu'un putain de fléau se balade dans cette carcasse flottante ?

— Je n'en ai pas la moindre idée. John m'a juste parlé d'un infecté gigantesque qui ne crèverait qu'avec l'aide d'un lance-flamme, ajouta Ben alors qu'il faisait les cent pas au milieu de la pièce.

— Bordel de merde... jura le capitaine en se tenant le crâne.

Cela lui faisait mal de l'admettre, mais cette fois, Aguilar avait raison. Expédier un homme dans ces conditions reviendrait à le condamner à mort.

— Je suis désolé, mais pas question que j'envoie qui que ce soit sur ce navire dans ce cas… dit-il aussitôt avec une pointe de regret dans la voix. Vous n'avez pas conscience du danger que cela représente…

— Vous vous foutez de ma gueule ? s'époumona Ben. C'est de votre faute si on en est là ! Alors, bougez-vous le cul !

— Surveille ton langage, petit merdeux ! s'emporta Vervatov une nouvelle fois. Les infectés, c'est une chose, mais ça… c'en est une tout autre, et je n'enverrai pas un de mes gars vers une mort courue d'avance. Navré, mais sur ce coup-là, vous devrez vous démerder !

— Enfoiré ! fulmina Ben, qui coupa sa radio aussitôt.

Elizabeth, qui avait suivi tout l'échange, s'interposa une fois que le commandant eut fini de donner ses ordres à ses hommes.

— Monsieur Vervatov ! Capitaine… S'il vous plait, vous ne pouvez pas les abandonner là. Je vous en supplie, il doit y avoir une solution.

— Une solution ? Une solution, vous me dites, ma petite dame ? Il n'y a aucune solution face à un fléau, c'est la mort assurée. Je n'en ai pas vu beaucoup jusque-là, mais croyez-moi, il vaut mieux ne pas s'en approcher, et ce même avec un fichu lance-flamme.

— Personne ne vous force à y aller ou à y envoyer vos hommes. Donnez-moi l'arme, et j'irai délivrer mon frère ! Il se chargera du reste, ainsi, personne ne sera en danger, proposa l'épouse de John.

— Votre frère, hein ! Je comprends maintenant votre entêtement, foutue bonne femme !

Le capitaine poussa ses subalternes les uns après les autres tout en se dirigeant vers sa cabine, suivi par Elizabeth. Il s'enfonça dans l'habitacle et fouilla à l'intérieur d'une grande malle en bois. Il en sortit un sac contenant deux bombonnes de gaz reliées à un genre de fusil.

— Prenez ça et allez le secourir, mais qu'on soit bien d'accord, je n'enverrai personne pour vous sauver.

Il lui tendit l'arme avant d'ajouter :

— C'est clair ?

— Très clair, répondit-elle un air reconnaissant.

L'épouse de John s'avança sur le pont. Chaque individu la regardait avec un mélange d'admiration et d'incompréhension. Elizabeth s'approcha alors de sa fille, Gaïa.

— Je vais chercher ton oncle, surveille tes frères pendant ce temps. Je ne serai pas longue, promis.

Bien qu'inquiète, cette dernière hocha la tête, consciente du danger et des responsabilités auxquels elle devrait faire face désormais.

Tandis qu'Elizabeth s'apprêtait à quitter le navire, celle-ci fut soudainement stoppée. Son bras avait été retenu juste avant son départ. La surprise fut totale lorsqu'elle vit qui avait fait cela. Face à elle se dressait une femme sensiblement du même âge qu'elle, à l'apparence soignée et qui, depuis leur fuite de Wallasey, n'avait l'habitude d'adresser la parole qu'à une seule personne : son frère.

— Vous ne devriez pas prendre pareil risque. Pensez à votre famille, dit Katelina avec bienveillance.

— Et qui le fera, si ce n'est pas moi ? Qui ira les secourir, hein ? Personne… déplora Elizabeth en déplaçant son regard vers tous les spectateurs la scrutant.

— J'irai ! Donnez-moi ça ! réagit aussitôt Katelina d'un air sûr.

— Pourquoi feriez-vous une telle chose ?

— Je n'ai ni famille ni amis ici. Personne ne compte pour moi, et je ne compte pour personne. Seul votre frère m'a sauvé la vie, disons que je lui dois bien ça, et puis… qui laisserait une mère de trois enfants y aller ?

— À peu près tout le monde, répondit froidement Elizabeth en dirigeant la paume de sa main vers la fourmilière humaine qui s'agitait à bord du navire.

Katelina fit un mouvement de la tête en direction du lance-flamme et acquiesça d'un air rassurant. Face à sa fille, qui la regardait avec des larmes dans les yeux, et à cette proposition bienveillante, Elizabeth se résigna et lui tendit l'arme avant de lui céder sa place.

— Merci pour ce que vous vous apprêtez à faire, sincèrement…

— Vous me remercierez une fois votre frère à bord, répondit Katelina avec un sourire suivi d'un clin d'œil.

Cette dernière foula le pont supérieur du bâtiment militaire, le lance-flamme sur le dos et la peur au ventre. Tandis qu'elle l'observait partir, Elizabeth était en admiration devant le geste de l'ancienne épouse du colonel William Stephens, tout comme plusieurs survivants aux oreilles bien curieuses.

Katelina, quant à elle, avait réussi habilement sa manœuvre. Certes, elle courait un grand danger, mais elle était apparue aux yeux de tous bienveillante et prête à aider son prochain. Deux qualités essentielles pour redorer son image et se faire apprécier de tous ceux qu'elle méprisait. Mais, plus important encore, elle avait suivi la discussion animée entre Ben et le capitaine, quelques minutes auparavant, et deux détails avaient retenu son attention. La localisation de l'ancien militaire et le courant qui avait été rétabli à bord. Elle allait donc pouvoir rejoindre Ben dans la salle de communication et en apprendre plus sur lui ainsi que sur son mystérieux ami, le dénommé Jonathan.

Ben détestait cette horrible sensation d'être piégé comme un rat, alors que d'autres comptaient sur lui. Son esprit cherchait par tous les moyens une issue pour s'en sortir et aller d'urgence aider John, pendant que son corps faisait les cent pas au milieu de la rangée d'ordinateurs.

Savoir que les capitaines étaient enclins à les abandonner à leur sort lui mettait d'autant plus la pression. Il fallait absolument qu'il trouve une solution, et au plus vite. Désespéré par sa situation, il empoigna la trappe de secours permettant de se rendre aux niveaux inférieurs via l'échelle, et ce malgré les grognements qui résonnaient en contrebas.

Alors qu'il s'apprêtait à descendre, il entendit un fracas contre la porte donnant sur l'extérieur de la pièce. Ce bruit pouvait n'être qu'un infecté essayant de pénétrer dans le local. Mais cela pouvait également être ce qu'il escomptait tant depuis une dizaine de minutes, à savoir des renforts envoyés par le capitaine.

Ben courut aussitôt vers l'une des vitres de la salle et y colla son front. À l'affut du moindre mouvement, il y découvrit une surprise de taille. Contre toute attente, Katelina Vladnost était là, en train de déplacer les cadavres bloquant le passage. Le visage de l'amiral Evans se dévoila sous ses yeux lorsqu'elle retira le dernier corps gisant contre la paroi métallique. Épuisée par l'effort, elle poussa difficilement la porte et trouva Ben. L'un face à l'autre, ils se regardèrent intensément. L'ancien militaire appréhendait la réaction de la jeune femme tandis que cette dernière avançait vers lui.

— C'est vous qui l'avez... éliminé ? lui demanda-t-elle à voix basse tout en s'approchant un peu plus.

— Ce n'est pas moi qui l'ai... Enfin, ce n'est pas ce qu'il s'est passé, balbutia Ben.

Alors qu'elle n'était plus qu'à quelques centimètres de son visage, Katelina plaqua deux doigts contre la bouche de Ben et lui murmura :

— Pas de ça entre nous, Benjamin. Pas de secrets, nous devons nous faire confiance.

La main de la jeune femme redescendit tout en longeant avec douceur l'avant-bras de Ben, jusqu'à terminer sa course à seulement quelques millimètres de la sienne. Ils étaient si proches l'un de l'autre que l'ancien militaire pouvait sentir son souffle chaud lui caresser les joues.

Ben resta bouche bée face à l'attitude et aux paroles de la jeune femme, qui avaient su fendre sa carapace. Il était plus que jamais envouté et plongea son regard dans ses yeux verts. Katelina posa alors délicatement ses lèvres contre celles de Ben. Emporté par la passion qui l'envahit tout à coup, ce dernier l'embrassa avec fougue.

Tandis que leurs corps se rapprochaient un peu plus et que l'envie de ne faire qu'un était à son paroxysme, le tintement métallique du lance-flamme dans le dos de Katelina les ramena à la réalité. Aussitôt, tous deux regrettèrent amèrement cette interruption. La jeune femme détacha la lanière et tendit l'arme à Ben.

— Votre sœur voulait vous l'apporter, mais j'ai préféré prendre sa place lorsque je l'ai vue faire ses adieux à ses enfants.

Les sentiments de Ben s'entremêlaient. Jusqu'ici, il n'avait su quoi penser d'elle. Bien qu'il ait éprouvé une certaine affection pour elle lors de leur rencontre, il y avait cinq ans de cela, et que son désir pour elle n'ait pas changé d'un iota, l'attitude de cette dernière n'avait eu de cesse d'éveiller sa méfiance.

Mais sa venue sur le navire militaire à la place de sa sœur ainsi que sa réaction vis-à-vis du cadavre de l'amiral avaient cette fois fait pencher la balance. Ses pensées s'éclaircirent peu à peu, et il vit en elle une alliée, une personne de confiance, une partenaire.

— Merci, dit-il sobrement alors que son regard pour elle était tout autre.

Il s'équipa de l'arme et comprit ce qu'il lui restait à faire.

— Je vais les sortir de là, lui assura-t-il, abritez-vous ici en attendant mon retour. Je ne serai pas long.

— Soyez prudent, répondit Katelina d'un air inquiet.

Celle-ci l'observa en silence quitter la pièce, puis descendre sur le pont du navire. Désormais seule dans cette salle truffée d'ordinateurs, elle pouvait remplir son objectif principal, en apprendre plus sur Ben et John.

Elle courut vers l'écran le plus proche et l'alluma, mais sa curiosité se heurta au code d'accès exigé pour déverrouiller ce dernier. Elle tenta sa chance sur un autre, puis un autre et encore un autre, mais rien à faire, toutes ses tentatives se soldèrent par un échec cuisant qu'elle ne pouvait accepter.

Un terrible sentiment d'impuissance l'étouffa, si bien que la rage prit soudainement les commandes de la jeune femme. Elle renversa à tour de bras les moniteurs se trouvant face à elle. Dans sa furie, son corps se jeta de toute part, jusqu'à ce qu'elle remarque un détail qui la stoppa. Alors que le fond de la pièce était plongé dans le noir, une faible lueur en émanait tout de même. Elle identifia immédiatement la lumière d'un écran.

Katelina pensa subitement à l'amiral Evans et à son cadavre gisant à quelques mètres seulement.

Et si cet idiot avait mené ses propres recherches avant de… songea-t-elle.

Katelina se précipita vers le halo lumineux de l'ordinateur et découvrit la session déverrouillée. Mais là n'était pas son unique trouvaille. Comme elle s'y attendait, elle vit le visage de Ben en gros plan sur l'écran, au-dessus d'un dossier nommé « Capitaine Benjamin Barnes ».

Sans une once d'hésitation, la jeune femme cliqua dessus et repéra tout un tas d'informations. Date et lieu de naissance, liens de parenté. S'ensuivirent sa carrière au sein de l'armée, sites de ses formations et ordres de mission. C'est alors qu'un détail attira son attention. Au milieu de son cursus figurait une ligne notée en italique : « Projet guerrier, unité T9 ».

Si une telle chose sortait du lot, c'est qu'elle était forcément intéressante. Elle cliqua sur le dossier associé et découvrit un tas de photos prises durant son apprentissage militaire, alors que Ben ne devait avoir qu'une vingtaine d'années tout au plus.

Mais elle ne dénicha rien de particulier, les tirages se suivaient et se ressemblaient tous. Ben y figurait en train d'effectuer des exercices physiques dans la boue ou encore de combattre d'autres élèves. Enfin vint la dernière photographie, celle représentant de jeunes hommes et femmes alignés, droits comme des piquets. Après l'avoir vu plus d'une trentaine de fois sur diverses images, Katelina reconnut immédiatement Ben, tout à gauche. En positionnant le curseur de la souris sur lui, elle vit s'afficher un pavé indiquant : « statut : mort, nom : Benjamin Barnes ».

Se prenant au jeu, elle décida alors de pointer chacun des jeunes présents sur le cliché de gauche à droite.

À côté de Ben se tenait un aspirant à la peau ébène et aux traits marqués par la fatigue, nommé Firmin Bamo.

À sa droite, une cadette aux cheveux courts et châtains : Donna Jackson.

Tout comme pour Ben, les deux jeunes soldats étaient considérés comme décédés.

À côté de la combattante, un garçon frêle à l'attitude fière et hautaine : Peter Blackwood.

Katelina eut une expression bien singulière en voyant ce nom s'afficher, et encore plus en découvrant son statut : « réfugié ».

Réfugié ? Mais où peuvent-ils tous bien être après tout ce temps, où ont-ils fui ? songea Katelina.

Puis un véritable colosse blond aux traits fermés passa sous ses yeux : Michael Ward.

Suivit une fille arborant une crinière noire, à l'allure athlétique et au visage froid : Abby Ward.

Vint le tour d'un aspirant chétif au regard perdu dans le vide : Wyatt Ward.

Tous trois avaient un statut identique : « actif ».

Le dernier membre de cette section militaire, un jeune homme aux cheveux châtains et au visage livide, était comme marqué par le désespoir. Avant même de découvrir son nom, elle reconnut ses traits et remarqua son statut : « inconnu ».

Katelina fut pour le moins perplexe face à cette découverte, mais elle songea immédiatement à Ben et à sa situation d'ex-soldat se faisant passer pour mort. Elle opta d'emblée pour un cas de figure similaire, jusqu'au moment de voir son nom s'afficher : « Jonathan Blackwood… »

Ses yeux s'écarquillèrent dès les premières lettres, alors qu'elle n'avait même pas encore fini de lire.

La surprise fut totale. Comment quelqu'un comme lui pouvait-il être encore là, à quelques pas d'elle ? Pourquoi ne pas être parti dès que l'occasion s'était présentée ? Cette découverte amena d'autant plus de questions, et Katelina était bien décidée à en apprendre davantage. Elle cliqua alors sur le fichier du soldat et entreprit ses recherches, pendant que Ben se dirigeait vers John.

CHAPITRE 10

BALLE PERDUE

Voilà dix minutes que le calme avait repris ses droits au sein du réfectoire. L'épaisse porte métallique avait résisté aux coups portés par le fléau, tout comme durant l'interminable enfermement qu'avait subi Blake Edwards.

Ce dernier avait survécu dans ce lieu depuis que le navire avait commencé à dériver au milieu de la mer du Nord. Le médecin de bord fut aussi soulagé en apprenant l'arrivée de potentiels secours que désespéré de se retrouver une fois de plus coincé ici, comme depuis un nombre incalculable de jours.

À présent que la tension était redescendue et que ses nerfs étaient apaisés, il raconta aux hommes venus le sauver comment il avait tenu le coup dans ce maigre espace. Pendant de longues minutes, il développa un récit que John écouta d'une oreille attentive.

Il expliqua tout d'abord comment il avait fini par être l'unique survivant dans cette pièce. Les quelques miraculés s'étant retranchés avec lui avaient, peu à peu, décidé de tenter leur chance au travers du labyrinthe de couloirs, et personne n'était jamais revenu.

Non sans honte, il avoua que, gagné par la peur, il n'avait jamais su trouver la force mentale nécessaire pour sortir, lui aussi. Son salut, il ne le devait qu'à la présence de conserves et de réserves de nourriture en abondance dans le réfectoire, sans quoi il n'aurait jamais tenu plus d'une quinzaine de jours, d'après lui.

Il évoqua ensuite les nombreuses nuits partagées avec ses doutes, ses angoisses et son désespoir, accentués par les grognements des infectés et des coureurs, les hurlements des striges et enfin, l'horrible râle du fléau.

Aucun des hommes écoutant son récit n'eut de mal à imaginer la torture psychologique que cet enfermement avait dû lui causer. L'idée même de revoir ce monstre colossal les fit frémir.

Reconnaissant de leur aide, Blake les remercia, mais s'excusa également, se sentant responsable du sort qui les attendait…

Chacun avait peu à peu retrouvé le silence, le regard perdu dans le vide. Adossés contre les murs du local, ils patientaient, espérant qu'un quelconque sauveur finirait par arriver.

Les minutes parurent durer des heures jusqu'à ce que l'interminable supplice s'interrompe, au moment où un bruit émanant de la porte se mit à retentir à un rythme régulier. Aucune des personnes présentes ne se risqua à s'avancer tant la peur de se retrouver nez à nez avec le fléau les avait pétrifiés. Alors que tous les hommes et femmes présents fixaient avec appréhension la cloison d'acier, John, lui, s'en approcha d'un pas ferme et décidé.

Certains pensaient qu'il était devenu fou, d'autres voulurent le stopper, mais personne n'osa bouger de sa place tant ils étaient paralysés. Contrairement à ce qu'ils s'imaginaient, John n'était pas délirant et il reconnut d'emblée qui avait frappé à cette porte. Le nombre de coups et la fréquence employée étaient semblables à ceux demeurant dans ses souvenirs. Alors qu'il approchait de la porte, il se remémora instantanément ce moment salvateur lié à un passé qu'il s'efforçait d'oublier.

John se revit des années en arrière. Une tenue de soldat sur le dos et assis sur une chaise au cœur de la pénombre d'une chambre qu'il haïssait, il attendait celui qui allait le délivrer de cet enfer. Un nombre équivalent de coups avaient été frappés par Ben, le soir où ils avaient fui leur base militaire. Tel avait été le code convenu, tel avait été le son de la liberté, qui résonnait au milieu des ténèbres.

John en était persuadé, aucun monstre ne pouvait se trouver derrière cette cloison, seul son ami, son sauveur, était venu une fois de plus pour le secourir.

Il ouvrit la porte, et comme il s'y attendait, Ben était présent. En proie à la fatigue, des gouttes de sueur lui barrant le visage, mais il était là. Aucun des deux hommes n'eut besoin de prononcer quoi que ce soit, le soulagement de se retrouver en vie était déjà bien assez. John s'écarta du battant et laissa les autres le voir.

Muni de son lance-flamme, il s'approcha lorsque retentit, à quelques mètres de lui, un cri aussi affreux qu'annonciateur de mauvais présage, celui d'une strige. La surprise était telle que tout le monde fut pris de court. Elle s'élança sur Ben sans même que ce dernier ait le temps de se retourner et de riposter. La monstruosité lui sauta dessus et tenta de le mordre à la gorge.

Mais animé par un courage qu'il ne se connaissait pas, le médecin de bord usa de son arme personnelle et tira autant de fois qu'il le put. Sans comprendre ce qu'il avait fait, il réussit à repousser la créature et à la faire chanceler. John en profita pour dégainer sa machette et frapper sèchement sur la nuque de la strige. Les coups s'enchainèrent tel un torrent, jusqu'à ce que le corps de l'infectée tombe, la tête détachée de son tronc.

Alors que des gouttes de sang noirci par l'infection lui recouvraient le visage, John se retourna et vit Ben s'écrouler face à lui.

— Je crois que cette fois, c'est la bonne, vieux… lança ce dernier.

Envahi par l'incompréhension, John observa tout autour de lui alors qu'il perdait peu à peu l'équilibre. La sensation d'étouffer le gagna progressivement. Au même instant, chacun accourut vers Ben tandis que l'un des membres du groupe s'efforçait de les retenir, afin de le laisser respirer.

Recroquevillé sur le sol froid du réfectoire, l'ancien soldat se tenait l'abdomen pendant que Blake Edwards tentait lui aussi de contenir l'hémorragie avec ce qu'il pouvait.

— Des compresses ! Amenez-moi des compresses ! Ou même des torchons s'il le faut ! hurla le médecin.

— Qu'est-ce que… qu'est-ce qu'il s'est…? demanda John sans être capable de terminer sa phrase.

— T'inquiète pas, vieux… grommela Ben, c'est pas cette saloperie, finit-il en désignant la strige du regard.

Pendant que Blake était en train de nettoyer la plaie de Ben, John observa attentivement cette dernière ainsi que sa forme.

Il remarqua ensuite l'arme du docteur, couchée elle aussi sur le sol. Il comprit alors ce qu'il s'était passé durant l'affrontement. Ben s'était pris une balle perdue.

Muni de ressources des plus rudimentaires telles que du scotch et des torchons, le médecin de bord pansa la blessure de l'ancien militaire avant de s'adresser à John :

— J'ai fait ce que j'ai pu, mais si on reste ici, votre ami mourra.

John avait entendu ses paroles et leur gravité. Il observa la porte encore grande ouverte et le couloir vide.

— De toute façon, on n'a pas le choix. La voie est libre, et on ne sait pas combien de temps cela durera. Son foutu cri a dû alerter tous les infectés qui rôdent dans les parages, on ne doit pas trainer ! Il faut qu'on retourne sur notre navire, sur-le-champ !

L'homme à la blouse blanche et aux cheveux noirs remonta ses lunettes à l'aide de ses mains couvertes de sang. Conscient de ce qu'il allait proposer, Blake hésita une poignée de secondes avant de répondre :

— Je crains que votre ami ne survive pas s'il ne se fait pas opérer d'urgence. La balle… ma balle… regretta-t-il, doit être enlevée, et au plus vite ! Au bout de ce couloir, il y a un bloc opératoire avec tout le matériel nécessaire.

— Très bien, on y va ! ordonna John. Immédiatement ! ajouta-t-il après avoir vu ses compagnons douter.

Ce dernier s'arma du lance-flamme de Ben, déterminé à contrer le fléau s'il s'approchait. Ensuite, tous quittèrent le réfectoire.

À peine conscient, Ben était soutenu par Blake et l'une des femmes du groupe. Chaque pas, chaque mètre parcouru étaient une torture, et la moindre seconde écoulée était une lutte pour survivre.

L'escouade avança coûte que coûte, éliminant chaque infecté se trouvant sur son passage. Toutefois, les détonations des armes attiraient inexorablement toujours plus de ces créatures avides de chair et de sang. Heureusement pour le commando, le dur labeur était arrivé à son terme. Le local médical tant espéré n'était plus qu'à quelques foulées d'eux. Hélas, une curieuse lumière émanant d'une intersection juste à leur droite perturba nombre d'entre eux, qui se stoppèrent, comme séduits par elle. Il ne fallut qu'une poignée de secondes pour que tout le monde puisse comprendre qu'il s'agissait de la lueur du jour.

L'idée même d'être arrivé si près de la sortie et de la fin de ce calvaire fit naître en chacun un profond désir de quitter cet enfer, une fois pour toutes. Alors que chacun en rêvait, personne n'osa vraiment se lancer, car cela signifiait abandonner Ben à un triste sort.

La tentation était telle que personne ne put s'en cacher très longtemps. Les regards se croisèrent, et la décision commune fut prise, sans le moindre mot. La femme qui avait aidé Blake à tenir Ben jusque-là se délesta de ce dernier sans même s'en rendre compte. Celle-ci fut comme happée par cette divine aura salvatrice. Elle avança d'un pas, mais la voix de John la stoppa aussitôt :

— Eh ! Qu'est-ce que vous foutez tous ? On ne va certainement pas le laisser crever ici ! Sans lui, on n'en serait pas là !

— Au diable le bloc ! On ne va pas risquer notre peau plus longtemps ! Moi, j'me casse ! hurla l'un des hommes.

Bien décidés à quitter les lieux sous l'impulsion de ce dernier, la majorité des membres du groupe s'élancèrent vers l'escalier remontant vers le pont supérieur. Lorsque la première marche métallique fut foulée, le premier fuyard s'arrêta net.

Tout comme l'ensemble de ses compagnons, bien trop effrayés par ce qu'il venait de se produire. Dès l'instant où son pied s'était posé, un violent râle avait résonné non loin de ceux étant restés soutenir Ben.

Encore une fois, aucun mot ne fut nécessaire. Les regards désemparés étaient bien assez éloquents. Le fléau était là !

La créature, véritable abomination, n'était qu'à cinq petits mètres de John et barrait le passage vers le bloc opératoire. Aussitôt, ce dernier comprit que s'y rendre était devenu impossible sans se faire mettre en pièces.

— Fuyez ! Tout le monde dehors ! hurla John tout en déclenchant le jet de flamme de son arme.

L'épaisse langue de feu freina l'avancée du golem, qui était entré dans une rage incontrôlable. Ses poings frappaient les murs l'entourant, si bien qu'ils se déformaient sous l'impact des coups. Ses râles étaient encore plus rauques qu'auparavant. Derrière lui, d'autres infectés s'étaient rassemblés en masse. Dérangée par les flammes qui lui touchaient le visage et le buste, la créature titanesque progressait au ralenti, mais à chacun de ses pas, elle s'enfonçait dans le sol, comme si elle s'apprêtait à charger.

Sur l'escalier, la cohue était telle que chacun essayait par tous les moyens de sortir en premier, bloquant ainsi l'ensemble du groupe. L'heureux vainqueur de cette course pour la survie n'eut pas le luxe de savourer longtemps l'air frais qui lui avait empli les poumons. Une strige trainant sur le pont, attirée par le tumulte, lui sauta aussitôt dessus et lui arracha la carotide.

Les rescapés du labyrinthe nautique, qui s'échappèrent à leur tour, le virent se faire mordre en de multiples endroits par la créature, mais personne n'osa lui venir en aide. Bien trop préoccupés par leur propre sort, ils n'aperçurent que le bras du malheureux se tendre vers eux tandis qu'il les suppliait de lui porter secours.

Blake passa le montant de la porte à son tour, tout en soutenant Ben, qui était à moitié inconscient. John et son torrent de flammes fermaient la procession tandis que le fléau entamait lui aussi son ascension de l'escalier.

Bien qu'il soit déterminé à déchainer sa fureur sur le premier venu, sa progression était ralentie par les marches métalliques, qui s'enfonçaient sous ses pas.

Sur le pont, les membres de l'escouade fuyaient à toute allure, poursuivis par bon nombre d'infectés attirés par le chaos qui régnait. À plusieurs dizaines de mètres de là, les trois navires venus en expédition faisaient face à la scène d'horreur. Les enfants furent immédiatement mis à l'abri dans les cales par leurs parents tandis que quelques braves s'armaient de fusils et couraient vers les rescapés pour leur prêter main-forte.

Obnubilé par l'écran qui lui faisait face, Katelina fut à son grand désarroi ramenée à la réalité lorsque des coups de feu retentirent au loin. Animée par son instinct de survie, elle lâcha immédiatement ses recherches sur le passif de John et s'approcha de la fenêtre du bureau surplombant la gigantesque plateforme. Elle découvrit avec horreur la scène de combat. Lucide quant au danger qu'elle courrait en restant plus longtemps ici, elle abandonna les lieux, non sans être satisfaite de ce qu'elle avait trouvé.

Alors qu'elle dévalait à son tour les escaliers descendant vers le pont, elle vit Ben, au loin, soutenu par un inconnu.

Ce dernier, bien qu'à moitié inconscient, l'aperçut également et comprit qu'elle venait dans sa direction.

— Kate… prononça-t-il avec difficulté.

L'esprit de Ben se brouilla, puis sombra lorsque Katelina arriva à côté du médecin de bord. Elle lui apporta aussitôt son aide afin de ramener Ben sur le vaisseau du capitaine Vervatov.

John, quant à lui, contenait tant bien que mal le fléau, fou de rage.

Par deux fois, il éloigna le jet de feu du colosse et le projeta sur d'autres infectés s'approchant trop des membres de son groupe. Bien qu'il ait été abandonné par la quasi-majorité d'entre eux dans les couloirs du navire, John les aidait encore.

Ce geste força l'admiration de bon nombre de ses compagnons, si bien qu'ils dégainèrent leurs armes et entreprirent à leur tour de repousser le fléau. Mais les nombreuses tentatives se soldèrent toutes par des échecs. Chaque balle ricochait sur la peau du titan. Les épaisses veines noires et les plaques qui recouvraient son épiderme étaient aussi rigides que du béton, lui offrant ainsi une protection sans égale. Ni les lames ni les projectiles n'arrivaient à la transpercer. Seules les flammes parvenaient à freiner l'ennemi.

Alors qu'il entrait dans une fureur encore plus terrible qu'auparavant, le fléau leva son bras en l'air dans l'intention de l'abattre sur John. Ce dernier concentra le jet de son arme sur l'imposante main prête à lui arracher le crâne à l'aide de ses griffes acérées. Le feu embrasa ce qui ressemblait désormais à une patte de rapace. Tandis que la créature progressait toujours plus, John posa un genou à terre, conscient que la fin était proche.

Les hommes et femmes assistant à l'affrontement depuis les vaisseaux de la flotte ainsi que la plateforme du bâtiment militaire étaient admiratifs de son courage. Il luttait contre cette créature presque au corps-à-corps.

Elizabeth, présente elle aussi sur le navire du capitaine Vervatov, découvrit avec horreur la scène, alors qu'elle venait juste d'accueillir Katelina et son frère blessé.

Tout semblait perdu…

Soudain, l'impensable se produisit. Une détonation fendit l'air. La main du fléau se suspendit, et ce dernier hurla une fois de plus, mais cette fois-ci, ce ne fut pas de rage. Ce fut de douleur.

Le jeune soldat Harris, inspiré par le courage de John, était resté se battre sur la plateforme. Une arme dirigée vers cette chose, qui lui fichait une terreur sans précédent, il se tenait à deux pas de John, prêt à mourir à ses côtés.

Jusqu'alors, rien n'avait eu d'effet, mais cette fois, la balle d'Harris avait pénétré la chair du monstre.

Mais comment ? s'interrogea John.

John avait cessé de faire pleuvoir le feu sur la créature, et tandis qu'il l'observait hurler de douleur, il fixa sa propre main et comprit dès lors que cette partie de sa peau devait être moins dense.

Le feu ! Le feu a dû ramollir cet enfoiré ! songea-t-il alors.

Toujours un genou à terre, John dirigea son arme vers la crâne du fléau et fit s'abattre un déluge de flammes contre son visage. Une fois de plus, la créature hurla, mais elle n'avait pas dit son dernier mot. Sa gueule traversa soudainement le brasier, laissant découvrir une mâchoire aussi immonde que terrifiante. Cette dernière n'était à présent plus qu'à quelques centimètres de la figure de John.

C'est maintenant ou jamais ! jugea-t-il.

D'un geste fulgurant, John empoigna sa machette et l'enfonça dans la gueule du fléau. Elle pénétra si profondément qu'elle atteignit son cerveau, déchiquetant chaque membrane sur son chemin.

La créature s'effondra alors, sous la stupéfaction de tous les individus ayant observé la scène.

John ne perdit pas une seconde et agrippa le soldat Harris par le col avant de s'enfuir de la zone de combat, couvert par les tirs de leurs alliés.

Les infectés présents sur le pont du navire militaire tombèrent un à un sous l'impact des balles tandis que les deux survivants regagnaient le gréement du capitaine Vervatov. Ce dernier les accueillit d'une tape sur l'épaule avec un regard reconnaissant pour ce qu'avait fait John. Mais son esprit était déjà préoccupé par un tout autre sujet.

— Ben, où est-il ? s'inquiéta-t-il.

— Dans ma cabine, avec votre femme et un dénommé Blake. Ils tentent d'aider votre ami, mais il est mal en point, répondit le commandant.

John se dirigea d'un pas ferme vers l'habitacle tout en lançant vigoureusement à l'intention de tous :

— Qu'on mette les voiles, et le plus vite possible !

Son attitude directive aurait pu froisser le capitaine. Mais sans savoir pourquoi, il avait été agréablement surpris et esquissa un sourire avant de donner ses ordres à ses marins.

CHAPITRE 11

QUESTION DE VIE OU DE MORT

Pendant que John était accaparé par son affrontement avec le fléau, sous un déluge de coups de feu et de cris émanant de toute part, Blake et Katelina emmenèrent Ben dans la cabine du capitaine, sous les ordres de ce dernier.

Tous deux le déposèrent, avec autant de délicatesse que leurs forces le leur permettaient encore, sur l'épaisse table de bois trônant au milieu de la pièce.

Mais soudain, une jeune femme aux cheveux blonds fit irruption dans la salle. Le docteur la vit fondre en larmes en découvrant le corps de Ben.

À bout de souffle et voyant Katelina rassurer la nouvelle venue, ce dernier décida de reprendre une bouffée d'oxygène à l'extérieur. Le médecin se dirigea vers la sortie de la cabine.

Tandis qu'il saisissait la poignée, il réalisa tout à coup que le sol bougeait, ou plutôt qu'il se faisait balloter dans un sens, puis dans l'autre. Il comprit immédiatement que le navire était en mouvement ! Blake ouvrit la porte et constata avec stupeur que l'équipage était en train de manier cordage et voilure tout en hurlant dans toutes les directions. Il s'approcha d'un des garde-corps du pont supérieur et l'agrippa fermement entre ses doigts lorsqu'il aperçut le bâtiment militaire s'éloigner.

Le chirurgien observa tout autour de lui, jusqu'à découvrir un vieil homme barbu qui s'égosillait plus fort que les autres. Il semblait être celui qui donnait les ordres à bord. Blake alla immédiatement à sa rencontre.

— Mais qu'est-ce que vous foutez ? On aurait pu reprendre le vaisseau ! On *doit* le reprendre, c'est impératif ! hurla-t-il sur le capitaine tout en lui tenant le bras.

Le silence tomba soudainement sur l'ensemble du gréement. Personne n'aurait osé saisir le commandant ni même lui parler de la sorte. Ce dernier posa les yeux sur la main qui l'avait agrippé avant de dévisager son vis-à-vis.

— Ici, on ne doit rien à personne, et on ne *vous* doit rien du tout ! Alors, retirez cette main avant que je vous la coupe et la jette par-dessus bord !

Prenant subitement conscience du geste qu'il avait eu, Blake s'exécuta sans discuter. Il se rendit compte soudainement que de nombreuses caisses flanquées d'un logo militaire l'entouraient et comprit dès lors qu'elles avaient été dérobées par les marins présents tout autour de lui. Il frappa du pied sur l'une d'entre elles et hurla :

— C'est du matériel nécessaire à l'armée ! Vous ne pouvez pas venir et prendre ce qui vous chante comme cela, nous en avons cruellement besoin sur le front !

Une fois de plus, le ton employé par le médecin agaça le capitaine, qui ne tarda pas à lui répondre :

— Comme vous le constatez, nous en avons aussi l'utilité. Si vous n'êtes pas content, adressez-vous à l'amiral Evans, ajouta Vervatov avec un léger sourire en coin.

— Et où est-il ? demanda Blake en observant tout autour de lui à sa recherche.

— Il est mort, répliqua simplement le commandant sous les rires de ses compagnons hilares.

Blake comprit qu'Evans avait donné sa vie pour sauver la sienne, mais qu'à présent, il était seul. Conscient que sa mission était essentielle pour le bien de l'armée, il insista une dernière fois.

— Je vous en supplie, nous devons récupérer ce bâtiment.

— Ce n'est pas moi qui ai décidé de partir.

— C'est qui, alors ? l'interrogea le docteur.

— Lui, répondit le commandant tout en pointant du doigt John, à peine visible à l'intérieur de la cabine.

Blake s'approcha furieusement de l'habitacle.

— Vous ! hurla-t-il. Pourquoi avez-vous donné l'ordre de quitter le navire ? On aurait pu le récupérer !

Le capitaine Vervatov s'invita dans la pièce, avant même que John n'ait réagi.

— Vous n'avez pas conscience du nombre d'infectés à bord, c'était du suicide. Faites-vous une raison, ce navire est condamné, comme tout ce qui s'y trouve.

— Vous ne comprenez pas. Il est primordial qu'on livre les provisions et ce matériel à l'armée, il en va de l'avenir du monde ! rétorqua le médecin.

— Je me fiche du monde. Tout ce que je vois, c'est mon ami qui a essayé d'aider votre supérieur et qui est maintenant à moitié mort sur une table, répondit sèchement John.

Blake s'approcha alors du corps inconscient de Ben et s'adressa à John d'une voix plus calme :

— Il nous suffirait d'accéder au poste de commandement pour contacter l'état-major. Ils interviendront eux-mêmes, vous n'aurez pas besoin de risquer vos vies plus que nécessaire, et ensuite, votre camarade pourra bénéficier des meilleurs soins possibles, je vous le promets.

— Votre supérieur avait le même plan, et regardez où cela les a menés !

— Pensez à votre ami, insista le médecin.

— Le doc n'a pas tout à fait tort, s'interposa le capitaine. Vous avez déjà fait le plus gros du travail, reconquérir le navire ne devrait être qu'une formalité. Je suis persuadé que l'armée saura se montrer généreuse avec ses bienfaiteurs, et cela nous garantirait à tous des mois de provisions.

Vervatov laissa un court instant à John pour envisager cette option, mais Blake reprit de plus belle, en pointant Ben du doigt :

— Il va crever sur cette table, s'il ne se fait pas soigner d'urgence.

— C'est justement parce que je pense à lui et à ma famille que plus personne n'ira sur ce navire ! Si on contacte l'armée, c'est comme s'il était déjà mort !

Soudain, John se détourna du corps de Ben, et ses yeux s'orientèrent vers les deux autres hommes se trouvant dans la pièce. D'un geste brusque, il empoigna son calibre, accroché à sa ceinture, et le pointa dans leur direction.

— Nous ne retournerons pas là-bas. Dorénavant, c'est moi qui prends le commandement de ce navire ! lança John à l'intention du capitaine.

— Sale petit con ! Moi qui vous avais à la bonne jusque-là, vous allez me le payer !

— Quant à vous, poursuivit John tout en fixant Blake, vous allez l'opérer ici et maintenant !

— Quoi ? Vous êtes complètement dingue, nous n'avons ni le matériel nécessaire ni les conditions optimales, et encore moins de personnel qualifié, c'est de la folie ! rétorqua-t-il.

— Rien à foutre des conditions, il a connu pire ! Du matériel ? On en a plein à l'extérieur, j'ai vu les caisses provenant de votre navire. Quant au personnel…

La voix de John s'était affaiblie sur ces derniers mots. Il tourna légèrement sa tête vers Elizabeth.

— Est-ce que t'es en capacité de lui filer un coup de main ? demanda John.

La jeune femme serra la manche de chemise de Ben entre ses doigts, puis sécha ses larmes tout en reprenant son calme avant de répondre :

— Je le ferai !

Dans l'entrebâillement de la porte, John informa les marins de la situation à l'intérieur de la cabine. Ces derniers apportèrent le matériel médical nécessaire à Blake, tout en maintenant le navire dans de bonnes conditions de navigation. John, lui, garda captif le capitaine tout en surveillant le médecin durant toute l'opération.

En quelques minutes, ce qui n'était qu'un bruit de couloir se transforma en véritable sujet de discorde dans tout le gréement. Certains avançaient que John était devenu fou, d'autres affirmaient qu'il avait eu raison et qu'il s'était imposé une fois de plus en tant que leader et sauveur pour l'ensemble des personnes à bord.

Le débat qui animait toutes les langues bien pendues du navire n'échappa pas aux oreilles attentives de Katelina, qui réalisa que les gens se rangeaient du côté de John et étaient prêts à le suivre.

S'ils avaient connaissance de tout ce que je sais... songea la jeune femme, un sourire en coin.

John était assis sur l'une des caisses et surveillait silencieusement Blake tandis qu'il se faisait opérer.

Ben était allongé sur une grande table de bois recouverte d'une épaisse couverture. D'anciens pistolets et sabres décoraient les murs de la pièce, et une carte maritime en papier était clouée contre l'un d'entre eux. Un coffre provenant du bâtiment militaire était également entreposé là, mais celui-ci était grand ouvert.

Elizabeth, qui avait travaillé toute sa vie dans des hôpitaux en tant qu'infirmière, œuvrait de concert avec Blake, partageant outils et connaissances dans le but de sauver son frère. La jeune femme se démenait corps et âme afin de le tirer d'affaire tant il était inenvisageable pour elle de le voir mourir sur cette table.

Le médecin de bord se sentait profondément concerné par le sort de son patient, se jugeant responsable de son état.

Lorsque de longues minutes de travail et une quantité importante de sang se furent écoulés, la balle fut retirée. L'opération était presque terminée. Alors qu'il s'apprêtait à recoudre la plaie béante, Blake repensa soudain aux mots qu'avait prononcés John à son intention avant de les menacer, lui et le capitaine.

— Si on contacte l'armée, c'est comme s'il était déjà mort, répéta à voix basse le médecin de bord.

Que voulait-il dire par là ? s'interrogea Blake alors qu'il tenait toujours en main la pince qui avait servi à retirer le projectile.

— Hein, quoi ? s'étonna John.

— Ce sont les mots que vous avez employés. Pourquoi l'armée souhaiterait sa mort ? demanda calmement le docteur tout en fixant la blessure encore ouverte.

La remarque agaça John, qui était à bout de nerfs, à tel point qu'il se dirigea furieusement vers le médecin pour lui coller son calibre sur la tempe avant de le menacer :

— Ferme-la et finis-moi ça avant de t'en prendre une dans la tête…

Voyant sa main munie d'un outil aussi destructeur que sa pince, à proximité d'une zone si fragile que la plaie de Ben, Blake considéra qu'il était en position de force. Il était grand temps pour lui de reprendre le contrôle de la situation ct de comprendre pourquoi ces deux hommes ne voulaient pas avoir affaire à l'armée.

— N'oubliez pas que le corps de votre ami est à moitié ouvert. Un geste brusque et cette pince pourrait se retrouver dans l'un de ses organes vitaux. Alors, répondez à ma question !

À cet instant, Blake se jura en son for intérieur que si la justification attendue n'était pas convenable, il serait sans pitié pour eux, malgré son serment d'Hippocrate prononcé il y avait des années de cela.

John était plus que jamais fatigué.

Fatigué de se battre.

Fatigué de subir cette vie.

Fatigué d'éprouver les affres de son passé.

Alors que son regard était plongé dans le vide et que les sons autour de lui n'étaient plus qu'un intense bourdonnement, une voix résonna dans tout ce chaos. Celle d'Elizabeth :

— John, dis-lui, qu'on en finisse, je t'en supplie. On doit aider Ben ! implora faiblement cette dernière, les larmes aux yeux.

— D'accord…

John abaissa son arme, puis recula de quelques pas avant de s'asseoir. Désemparé, il s'agrippa la tête d'une main. Il ne pouvait se détourner du plancher ensanglanté.

— Il y a douze ans de ça, Ben et moi étions soldats dans un commando d'élite classé secret-défense. À la veille d'une opération cruciale, il m'a aidé à m'échapper de notre base militaire avec le soutien d'un de ses anciens instructeurs, le général Schriev. Elizabeth, la femme qui se tient devant vous en pleurs, a fui avec moi. Grâce à de nouvelles identités, nous avons vécu dans l'anonymat les cinq années suivantes. Lors de la Chute, Ben nous a encore une fois obtenu de faux papiers, afin que nous puissions intégrer une zone de quarantaine qui nous était interdite, mais nécessaire pour survivre. Pour pouvoir pénétrer dans le périmètre et nous côtoyer sans éveiller les soupçons, il s'est fait passer pour mort, abandonnant ainsi l'armée. Après une série d'événements dramatiques, la zone de quarantaine de Wallasey a été envahie par une horde d'infectés. Nous avons donc dû fuir la ville, et notre chemin nous a menés jusqu'ici.

— Je vois… Vous risqueriez tous deux d'être exécutés pour désertion… Cela dit, je suis sûr que reprendre le navire vous aurait évité la corde, voire peut-être rendu votre liberté. C'était idiot de votre part ! répondit Blake avec certitude.

La réflexion fit rire jaune celui que les deux hommes pouvaient à présent considérer comme un ancien militaire.

— La liberté ! Ahah… ça fait bien longtemps qu'elle m'a été enlevée, croyez-moi…

John ne l'avait pas remarqué, mais Blake avait commencé à suturer la plaie de Ben. Cette remarque l'intrigua, tout comme le capitaine Vervatov, qui écoutait en silence. Blake tourna légèrement la tête vers John et lui demanda :

— Comment ça ?

— Est-ce que vous connaissez la famille Blackwood ? le questionna John en guise de réponse.

— Bien sûr ! s'exclama-t-il. Qui pourrait ne pas la connaitre ? Il y a une dizaine d'années, les membres de la famille royale ont été frappés par un tragique accident aérien, et ils ont tous disparu le même jour. Par conséquent, après plusieurs années d'intendance, les Blackwood leur ont succédé. Ainsi, Sir Rodrick Blackwood est devenu roi d'Angleterre. Son ainé, le regretté Andrew, est décédé des suites d'une embuscade alors qu'il se rendait dans une base militaire du Moyen-Orient, bien avant leur règne. Le plus jeune des deux fils Blackwood, Henry, est donc à présent l'héritier du trône, et il en va de même pour son fils, Peter.

— Merci pour le cours d'histoire, réagit sèchement John, mais ce n'est pas ce que je vous demandais. Connaissez-vous vraiment cette famille ?

Le médecin mit quelques secondes à répondre.

— Je ne les ai jamais rencontrés personnellement, mais les bruits de couloir les dépeignent toujours de la même manière. Le roi Rodrick serait quelqu'un de froid et de calculateur. Son défunt fils Andrew semblait être pourri gâté et sans scrupule. Quant à Henry, je n'ai entendu que de bonnes choses à son égard. Son garçon, en revanche… serait à l'image de son oncle.

— Vous avez assez bien brossé leurs portraits, cracha John.

— Mais je ne comprends pas, pourquoi m'avoir posé cette question ? Quel est le rapport avec vous ? Vous êtes ciblé par eux ? Mais pour quel crime pourraient-ils vous en vouloir au point de vous exécuter ?

Le cerveau de Blake était en ébullition. Les interrogations fusaient toutes plus vite les unes que les autres. La réponse fut aussi soudaine qu'inattendue.

— Le simple fait que je sois en vie constitue un crime bien assez grand pour eux.

Blake, tout comme le capitaine, le regarda, dubitatif. Que souhaitait-il dire par là ? Face aux yeux rivés sur lui et à un silence des plus pesants, John continua :

— Bien des années avant le décès de la famille royale et l'accession des Blackwood au trône, Andrew, l'ainé des deux fils, avait pour habitude de mener une existence rythmée par la débauche et la violence, avec des gestes et des attitudes toujours plus… extrêmes. La majeure partie de sa vie, son père l'a couvert et est parvenu à effacer toute trace de ses excès. Jusqu'au moment où il a franchi une limite, commettant un acte que même son géniteur n'a pu dissimuler totalement.

Les deux hommes, qui l'écoutaient avec grand intérêt, ne le lâchèrent plus des yeux alors que la faible lumière de la pièce vacillait.

— Un jour, alors qu'il accompagnait son père, en visite dans une base militaire du sud de l'Angleterre, Andrew a trouvé le temps long. D'ordinaire, il aimait que l'action pimente son quotidien. Or, ce jour-là, il ne se passait rien, au contraire. Parler avec des politiciens ainsi que de nombreux soldats l'ennuyait terriblement. Andrew a préféré quitter la base et se rendre dans la ville la plus proche. Sur place, une énième déception, aucun endroit où faire la fête. En conséquence, il a décidé de noyer sa frustration dans un petit café toujours ouvert jusqu'à une heure tardive. Il a enchainé les verres jusqu'au moment où il n'y a plus eu personne pour lui tenir compagnie. Le comptoir avait fermé ses portes. Mais Andrew n'en avait pas eu pour son argent et n'avait pas étanché sa soif d'action, malgré son état. Il a donc attendu sur le parking que l'unique serveuse encore présente sorte. Cette dernière ne se doutait de rien, et Andrew en a profité pour l'attraper par-derrière. Il lui a bâillonné la bouche avant de la violer sur le capot d'une voiture.

Le capitaine Vervatov, tout comme Blake, fut bouche bée devant l'horreur racontée.

— L'incident a remué ce coin d'ordinaire si paisible. Les soldats résidant dans la base, à quelques kilomètres de là, ont pris parti pour la victime, qu'ils connaissaient tous. Rodrick Blackwood est néanmoins arrivé à contenir l'affaire, et avec l'accord de la jeune femme, l'histoire en est restée là, avant qu'elle ne s'ébruite davantage. Quelques mois plus tard, la serveuse a accouché du bâtard d'Andrew, tout en y perdant la vie. L'enfant, dont personne ne voulait, a été éduqué dans cette fameuse base militaire.

— L'enfant, c'est...? le coupa Blake.

— Il n'y a plus d'enfant désormais. Seul un homme qui essaie de vivre librement avec sa famille, et je ne laisserai ni l'armée ni les Blackwood empêcher ça, c'est bien clair ?

— Très clair, répondit le médecin de bord, le cœur lourd.

Le silence s'installa dans la cabine, et personne n'osa plus parler. John, lui, s'était à présent réfugié dans les ténèbres qui l'habitaient, songeant à ce qui allait suivre. Blake, lui, profita de ce calme pour nettoyer puis panser la plaie de Ben.

Une fois qu'il eut fini, ce dernier s'effondra sur l'une des caisses présentes dans la pièce tout en soupirant, les bras appuyés sur ses genoux.

— Il semble tiré d'affaire, mais il a perdu beaucoup de sang. Il lui faudra du repos ainsi qu'une transfusion, annonça le docteur tout en essuyant la sueur qui coulait le long de son visage.

Alors qu'il sortait de ses pensées, John s'approcha d'Elizabeth et lui posa une main sur l'épaule. Elle était toujours au chevet de son frère, encore inconscient. La jeune femme était épuisée, mais ce simple geste de réconfort lui fit le plus grand bien.

Après avoir gardé le silence tout au long de sa captivité, Vervatov brisa la glace :

— Et maintenant ? Qu'est-ce que vous comptez faire ?

— Maintenant, capitaine ? répondit John tout en avançant vers lui, un couteau à la main. Je vous rends le commandement de votre navire, finit-il après avoir coupé les liens qui l'entravaient.

Ce dernier hocha simplement la tête et se mit à masser ses poignets, quelque peu engourdis par les cordes. Enfin il prit la parole :

— Je suis sérieux, sombre idiot, qu'est-ce que vous comptez faire ? demanda-t-il une nouvelle fois en retrouvant un sourire qui lui faisait défaut depuis bien trop longtemps.

— J'espérais que vous nous déposeriez sur une côte, à l'abri du danger…

Le capitaine le regarda d'un air empreint d'une certaine malice.

— Que je vous déposerais sur une côte ? Juste… comme ça, comme si de rien n'était, après… tout ça ?

— Oui… murmura John tout en prenant peu à peu conscience de ce qui venait de se dérouler.

— Vous avez sauvé mes hommes… par deux fois ! Je ne vais pas vous débarquer sur le bord de la route comme l'un de ces mauvais maitres qui abandonnent leurs chiens ! L'hiver arrive, et naviguer plus longtemps sur cette mer serait une erreur. Quoi qu'en disent les autres capitaines, nous devons trouver un endroit sûr pour passer la saison.

John ne voyait pas encore où il voulait en venir, mais la perspective de ne pas se retrouver livrés à eux-mêmes en pleine nature le poussa à l'interroger pour en apprendre davantage.

— Alors, qu'est-ce que vous proposez ?

— Je vais commencer par reprendre la barre de mon navire ! Et vous… dormez ! Vous en aurez besoin, croyez-moi, conclut le capitaine tout en franchissant le seuil de la cabine.

Elizabeth avait veillé sur Ben une grande partie de la journée, et John avait suivi les conseils du capitaine. Blake, quant à lui, ne s'était pas senti partir et s'était également endormi, à même le sol.

Voyant que l'état de son frère ne s'était pas détérioré, la jeune femme s'était elle aussi assoupie. Malheureusement pour Elizabeth, le chant des mouettes eut raison de ce sommeil bien trop bref. Elle se leva péniblement, et l'odeur iodée de la mer vint remplir ses narines. Pendant que John somnolait toujours à poings fermés, elle entrouvrit la cabine et aperçut les rayons du soleil, qui était à son zénith.

Une partie de la matinée était déjà passée, et la lumière du jour éclairait peu à peu la côte qui lui faisait face, lui laissant découvrir une surprise, et non des moindres. Elle s'empressa de retourner dans l'habitacle sous le regard amusé du capitaine, qui avait veillé à maintenir un cap bien précis jusque-là.

Avant de se réveiller en sursaut, John sentit son épaule se faire secouer. Il crut en premier lieu être attaqué, mais en face de lui, aucune créature malfaisante, seule la femme qu'il aimait tant.

— Viens ! Vite ! lui dit-elle avec un large sourire.

Elizabeth le tira par la main et l'expédia alors à l'extérieur de la cabine, où l'attendait le commandant.

Elizabeth, quant à elle, regagna le chevet de son frère et vérifia son état pendant que Blake émergeait à son tour. Alors que le brouillard de son sommeil se dissipait peu à peu, il découvrit face à lui la jeune femme.

Jusqu'alors, il avait été bien trop pris par son devoir et la situation de Ben pour se soucier de qui que ce soit d'autre que son patient. La jeune femme se tenait debout, au cœur d'un rayon de soleil traversant la pièce. Ses boucles blondes donnaient l'impression de scintiller tant ils réfléchissaient le halo lumineux.

C'est ainsi que l'aube de cette nouvelle journée révéla aux yeux de Blake bien plus qu'une simple personne. Il trouva devant lui l'exact reflet d'un être cher qu'il avait connu jadis.

Le voyant se réveiller, Elizabeth lui adressa un léger sourire qui marqua sa mémoire à tout jamais.

À l'extérieur de la cabine, John découvrit à son tour l'heureuse surprise. Non loin d'eux se trouvait le château qu'ils avaient vu la veille.

— Je ne comprends pas.

— Il nous fallait un endroit sûr, et vous aviez raison, ça m'a tout l'air d'être un vrai petit coin de paradis, répondit Vervatov, un sourire aux lèvres et une main posée sur la barre.

— Ouais, si on met de côté les infectés qui y habitent. Qu'est-ce que vous comptez faire pour ça ? répliqua John avec une mine dépitée.

— Moi ? Ahah ! gloussa le capitaine. Rien du tout, je suis bien trop vieux pour ces conneries. C'est *vous* qui allez reprendre cet endroit et le rendre viable pour ces gens-là ! finit-il d'un ton ferme en visant de la tête les occupants du navire, qui s'étaient rassemblés en masse sur le pont pour observer la côte.

John scruta chacun d'entre eux. Des tristes aux plus heureux en passant par ceux ayant peur ou encore les anxieux. Toutes sortes d'émotions les traversaient. Soudain, il sentit son corps entier se faire bousculer. Ses deux jeunes fils lui étaient rentrés dedans et se collèrent à lui aussi fort qu'ils le purent.

— Désolé, je ne suis pas arrivée à les retenir plus longtemps, s'excusa faussement sa fille, un large sourire lui parcourant le visage, avant de les rejoindre à son tour.

John fixa les environs du château qui lui faisait face, et alors qu'il enlaçait ses enfants, il pensa à Elizabeth, puis à Ben, et enfin, à tous les réfugiés de la zone à bord.

Sa mâchoire se crispait un peu plus à chaque personne qui défilait dans sa tête, jusqu'à ce que sa décision soit prise.

Cet endroit est à nous, c'est chez nous ! se convainquit John en son for intérieur.

CHAPITRE 12

TALIP

Jour de l'invasion de Wallasey

Voilà maintenant deux jours que Talip se terrait dans le vieux garage d'une maison abandonnée dans la ville de West Kirby, à l'ouest de Wallasey.

Après avoir été capturé puis libéré par John et Ben dans une librairie, l'ex-prisonnier avait pris la décision de continuer sa route à la recherche de sa femme et de ses deux petites filles. Son chemin l'avait amené jusqu'à cette modeste cité côtière dans les environs de la zone de quarantaine.

Pendant les jours qui avaient suivi son arrivée dans la ville, Talip avait rassemblé du matériel et surtout, s'était mis en quête d'un bateau en état de marche et pouvant être piloté par lui seul afin d'atteindre l'île de Man, où il espérait retrouver sa famille.

Après avoir fouillé bon nombre de maisons, il avait enfin réussi à mettre la main sur tout ce qu'il lui fallait. Il ne lui restait par conséquent plus qu'une chose à trouver pour son expédition en mer : le bon moment !

Les militaires basés à Wallasey avaient pour habitude de patrouiller le long des côtes, et un embarquement trop précipité pourrait anéantir ses projets. Le moment de son départ devait donc être soigneusement décidé.

L'ancien tatoueur avait surveillé les communications de l'armée non loin de là, à l'aide de leur propre talkie-walkie, dérobé peu de temps avant sur un soldat à moitié mort. La veille, il avait notamment pu apprendre que deux prisonniers avaient réchappé de peu au trépas, lors d'une mission visant à nettoyer une petite agglomération à proximité de Wallasey.

Le troisième jour, Talip empoigna sa radio et espionna les fréquences émises. Après seulement quelques secondes d'écoute, il comprit qu'une attaque était en train de se produire dans la zone.

L'invasion de la ville était l'occasion rêvée pour lui d'éviter toute rencontre avec une éventuelle patrouille de l'armée. Conscient qu'une telle aubaine ne se reproduirait pas de sitôt, l'homme d'une quarantaine d'années attrapa son sac à dos puis fila à toute allure vers le bateau mouillant dans le port de la bourgade déchue.

La course dans les ruelles de la commune fut effrénée. Bien qu'ils ne soient à présent plus très nombreux, des infectés rôdaient toujours çà et là. Mais l'ancien tatoueur n'avait pas de secondes à perdre, et les affronter lui ferait gaspiller un temps bien trop précieux. C'est donc avec une agilité déconcertante qu'il évita toutes les charognes sur son chemin, n'hésitant pas à escalader et sauter par-dessus les structures urbaines.

Une fois arrivé sur l'embarcation qui servait jadis à la pêche, Talip démarra et fila en pleine mer sous les yeux et les mâchoires claquantes des infectés, qui tombèrent des quais en voulant le poursuivre.

L'air frais du matin caressait son visage crasseux, et il se sentit en sécurité pour la première fois depuis bien longtemps. À l'abri à la fois des hommes et des créatures décharnées. Le tatoueur avait beau essayer, il ne se rappelait plus à quand remontait la dernière fois qu'il avait ressenti pareil sentiment de quiétude.

Tandis que les vagues défilaient sous la coque du chalutier, l'impatience de retrouver sa famille le gagna. Les mains du tatoueur, d'ordinaire si calme et sûr de lui, se mirent à trembler sous l'effet du stress.

La côte se dessina sous ses yeux, devenant de plus en plus claire au fur et à mesure que le navire approchait. À l'instant même où l'embarcation heurta le sable, Talip sauta sur la plage, plus déterminé que jamais. Avant d'entreprendre la longue marche qui allait le mener à son objectif, il posa un genou à terre et sortit de son sac la carte de la région. Traverser le pays lui avait si bien permis de développer son sens de l'orientation qu'il ne mit que quelques secondes à repérer avec exactitude où il se trouvait. Alors qu'il s'était décidé sur le chemin à emprunter, une balle siffla à quelques centimètres de son oreille.

Une poignée de secondes, c'était le temps qu'il avait fallu pour qu'il se fasse détecter.

Non ! Putain, pas maintenant, pas si près du but ! songea-t-il.

— Pas un geste, sinon, t'es mort, l'ami ! hurla un militaire qui avançait avec précaution.

Talip ne repéra qu'un seul ennemi progressant vers lui. C'est avec une profonde noirceur qu'il le fixa, prêt à éliminer quiconque s'opposerait à lui et à son désir de retrouver les siens. Bien qu'ayant les mains en l'air et les genoux à terre, il n'avait pas oublié son revolver dissimulé à l'arrière de son pantalon. Alors qu'il était plus que jamais décidé à s'en servir, deux autres militaires arrivèrent sur ses flancs. Il comprit immédiatement qu'il était trop tard… qu'il était fait !

La douche n'était pas froide, mais glaciale ! Son âme s'était emplie d'un espoir qu'il cultivait et préservait depuis cinq ans désormais. Celui de pouvoir retrouver ses filles, les prendre dans ses bras et ne plus jamais les quitter. Mais le pauvre homme ne pouvait se douter que son cœur ne faisait que se remplir d'un faux espoir.

A contrario de John et Ben, Talip ne le savait pas encore, mais sa famille entière avait péri lors de la Chute. Leurs corps, abandonnés dans la carcasse d'une voiture, avaient été découverts le long d'une route par les deux amis.

Mais l'heure de briser cet espoir n'était pas encore venue ! Un tout autre chemin attendait l'ancien tatoueur.

Voilà maintenant trois semaines que Talip subissait l'interrogatoire des militaires l'ayant arrêté. Il avait réussi à garder secrètes son identité ainsi que la présence de sa famille sur l'île, préférant ne pas les mettre en danger.

Le malheureux, à bout de forces, croupissait au fond d'une étroite cellule à même le sol. Son dos nu était parsemé de lacérations dues à des coups de fouet, et ses traits étaient couverts d'hématomes.

C'est dans ces conditions qu'entra l'un des hommes qui le retenaient. Le geôlier avança fièrement vers son prisonnier, qui tendait une main vers lui, comme pour se protéger. Le surveillant l'attrapa par les cheveux avant d'approcher son visage à quelques centimètres du sien. Après avoir été gagné par un rictus sadique face à l'impuissance de son détenu, ce dernier cracha :

— Meurtre d'un officier militaire suivi de deux évasions. T'as pas chômé, mon gars ! Ça nous aura pris du temps, mais on sait enfin qui tu es !

Le soldat marqua une pause, comme pour savourer ce qui allait suivre.

— J'ai reçu pour consigne de t'envoyer dans un trou encore pire que tout ce que tu as connu jusque-là. Mais comme c'est moi qui suis chargé de t'y emmener, ça devra attendre quelques jours ! Après tout, je ne vais quand même pas manquer le spectacle, marmonna le geôlier, un brin contrarié. De toute façon, c'est pas vraiment comme si t'avais ton mot à dire, hein, l'ami ? finit-il tout en tapotant le visage de son prisonnier.

L'homme à la carrure frêle et aux yeux injectés d'hémoglobine relâcha son étreinte, laissant Talip s'écraser lourdement sur le sol.

— Quel spectacle ? demanda le captif à son tortionnaire, qui rouvrit le cachot.

— Deux grosses têtes vont débarquer, et d'après leurs pedigrees, ça va être beau, si tu vois ce que je veux dire, ricana le militaire.

— Qui… ça ? prononça difficilement l'ancien tatoueur, la bouche encore emplie de liquide écarlate.

— Le général Ward et son fils.

Le geôlier referma la porte sur ces derniers mots, tandis que Talip sanglotait sur le sol froid de sa cellule. La simple évocation de ce nom lui avait glacé le sang.

CHAPITRE 13

UNE HISTOIRE DE POISSON

Wallasey
Péninsule de Wirral

Trois semaines s'étaient écoulées depuis l'invasion des infectés au sein de la zone de quarantaine de Wallasey.

L'ex-capitaine James, désormais devenu colonel de son propre chef, avait su rétablir l'ordre et la sécurité au sein de la ville. Le peuple vivant entre les murs du périmètre était animé d'un puissant sentiment de reconnaissance envers le militaire, qui était jadis tant redouté. Sa présence lors des opérations de reconquête des quartiers habitables lui avait valu un tout nouveau statut dans le cœur des hommes et femmes résidant dans la zone. Ce qui n'était pas pour lui déplaire.

James avait été si longtemps craint que se sentir ainsi aimé et respecté pour ses actes l'avait quelque peu adouci. Au fil des jours, sa personnalité d'ordinaire si sanguine et brute de décoffrage avait progressivement laissé place à une tout autre facette. Celle de quelqu'un d'un peu plus tolérant et prompt à écouter les suggestions des individus l'entourant, à leur plus grande surprise.

Les habitants, qui avaient subi un cataclysme comme ils n'en avaient jamais connu, comprirent lors de cette fameuse journée la dure réalité du monde dans lequel ils vivaient à présent. James avait toujours été contre la surprotection des résidents qu'avait prônée l'ancien colonel, William Stephens. L'attaque des infectés, bien que meurtrière, avait su ramener sur terre le peuple des murs et montrer quelle était la véritable menace.

Les membres du personnel de la base attendaient avec impatience la sonnerie annonçant l'heure du déjeuner, mais à leur grand regret, ce fut une tout autre alarme qui résonna dans l'intégralité du périmètre. Très vite, la sirène hurla de concert avec le vrombissement d'un hélicoptère survolant le quartier militaire.

Les soldats se mirent automatiquement en alerte, déboulant tour à tour sur le tarmac où était en train d'atterrir l'appareil. James, qui savait de qui il s'agissait, courut à sa rencontre, accompagné de quelques combattants fidèles.

Lors de sa convalescence et sous le poids d'une colère immense envers les deux hommes l'ayant provoquée, James avait fait une découverte pour le moins surprenante. Celle de la véritable identité de l'un des fuyards, celui qui l'avait dépossédé d'une main.

Face à cette révélation, le nouveau colonel n'avait mis qu'une poignée de secondes à joindre sa hiérarchie, afin de faire son rapport et d'ainsi justifier sa prise de pouvoir sur la ville. Hélas, le mutilé ne le savait pas encore, mais en faisant cela, il venait de faire entrer le loup dans la bergerie, et les choses n'allaient plus jamais être pareilles à Wallasey.

La porte de l'appareil s'ouvrit sous le regard frustré de James, qui avait prévu de le faire lui-même et, de cette façon, d'accueillir ses hôtes de la meilleure manière qui soit. Un colosse d'un mètre quatre-vingt-dix aux muscles saillants s'extirpa du cockpit sans même adresser un regard au dirigeant des lieux, qui demeura la main tendue, invisible aux yeux du nouveau venu.

L'imposant militaire aux cheveux châtains ignora jusqu'à l'existence de James, préférant examiner son environnement. Mais il fut interrompu par son homologue.

— Lieutenant-général Ward, je présume.

L'homme d'une quarantaine d'années dévisagea James, puis, sans même daigner lui répondre, il retourna inspecter les troupes, qui s'étaient mises au garde-à-vous.

Une seconde silhouette ne tarda pas à sortir de l'hélicoptère. Cette fois, un individu d'une soixantaine d'années fit son apparition. James comprit immédiatement qu'il s'agissait du général Ward.

Il avait les traits marqués par le temps et les combats. Il avait des cheveux noirs légèrement grisonnants sur le dessus de son crâne. Au contraire de ses tempes, qui, elles, l'étaient totalement. Il adressait un regard à la fois sévère et sinistre à quiconque osait poser ses yeux sur lui. Il était pourvu d'une moustache sombre contrastant avec une barbe poivre et sel de quelques jours qui venait finir d'habiller ce visage d'un charme ravageur, mais ô combien inquiétant.

Tout comme son prédécesseur, le général était vêtu d'un treillis noir et possédait une arme de poing à sa ceinture ainsi qu'un couteau rattaché à sa cuisse.

Le sexagénaire adopta le même comportement et avança sans même accorder une once de considération à James, ce qui le frustra une fois de plus. Le gradé examina lui aussi les troupes face à lui avant de se tourner vers son lieutenant, son fils.

— Qu'est-ce que tu en dis ? dit-il froidement.

— Tout ce que je vois, c'est une bande de mauviettes. Je comprends mieux comment le bâtard et le traître ont pu s'enfuir, grogna le lieutenant-général.

— C'est bien ce que je pensais. Tu as carte blanche pour retrouver le bâtard, mais tout comme ces enfoirés qui le recherchent, je le veux vivant. Tâche de t'en souvenir.

— Bien, Père.

Le général fit demi-tour en direction de l'hélicoptère et ne manqua pas de remarquer la présence de James dans son dos. Ce dernier le poursuivait. Il s'arrêta subitement et sans même se retourner, lui asséna :

— Vous pouvez disposer, mon fils prendra le relais.

Cet ordre décontenança James, bien qu'il se soit attendu à une certaine démonstration de force de la part des deux gradés. Mais de là à l'ignorer puis à le congédier tel un vulgaire bleu… L'affront était trop grand pour un individu doté d'un pareil égo. Cette fois, la coupe était pleine.

— Vous vous foutez de ma gueu…

James n'eut pas le temps de finir sa phrase, car il fut interrompu, non pas par les paroles de l'homme se trouvant devant lui, mais plutôt par son attitude. Le général s'était retourné, un sourire se dessinant sur son visage.

Cette étonnante réaction eut l'effet escompté.

James, le militaire d'ordinaire si sûr de lui et doté d'un tempérament de feu, venait tout juste de se faire éteindre d'un simple rictus. Mais pas n'importe lequel. De toute sa vie, le dirigeant de la zone n'avait jamais ressenti pareille froideur l'envahir.

Les jours suivants, seuls quelques soldats se risquèrent à lui demander ce qu'il avait éprouvé. Mais jamais il ne se résigna à avouer qu'une peur bleue l'avait saisi et que son corps entier avait été parcouru d'intenses frissons, au point de pétrifier l'intégralité de ses muscles.

James osa à peine regarder l'homme face à lui et l'aura terrifiante qu'il dégageait.

— Je… C'est moi qui vous ai contacté… Je devrais me… mener les opérations, bégaya James, encore perturbé.

La tentative fit cette fois rire à gorge déployée le gradé, qui ne s'en cacha aux yeux de personne.

— Mon garçon, je suis sûr que dans ce trou paumé, vous filez les chocottes à ces poules mouillées que vous appelez des soldats. Mais croyez-moi, vous n'êtes qu'un gros poisson dans une petite mare, et mon fils et moi… nous sommes des putains de requins. Alors, plus vite vous avalerez la gamelle de merde que je viens de vous servir, moins vous en sentirez le goût.

Le général s'accorda quelques secondes pour contempler le regard perdu du leader de Wallasey, qu'il venait d'humilier devant ses propres hommes. Une fois ce plaisir consommé, l'individu au sourire démoniaque remonta dans son hélicoptère, puis l'appareil décolla en direction de l'île de Man, où il était attendu.

Pendant que James l'observait quitter les lieux, le lieutenant-général Michael Ward s'approcha de lui.

— Dorénavant, c'est moi qui vais prendre les choses en main, compris ?

— Compris, répondit James, plein de rancœur, on va vous trouver un bureau !

— Vous donnez pas cette peine, je vais occuper le vôtre !

La remarque assassine fit bouillonner James, qui regrettait déjà l'arrivée de cet intrus et du lot de problèmes qu'il allait lui causer.

Tous deux s'en allèrent du tarmac sous les ordres de Michael, afin que ce dernier puisse prendre possession de ses locaux ainsi que de la zone.

FIN DE LA PREMIÈRE PARTIE

PARTIE 2

CHAPITRE 14

APRÈS L'HIVER, VIENT LE PRINTEMPS

Nord-est de l'Angleterre
Bamburgh
Mars 2016

Cinq mois s'étaient écoulés depuis l'arrivée des trois navires à proximité des côtes du château de Bamburgh, dans le nord-est de l'Angleterre.

Bien qu'étant réticents à l'idée de s'engager dans une nouvelle bataille face aux infectés, les deux commandants faisant voile avec le capitaine Vervatov avaient été convaincus par les arguments de ce dernier, qui avait rappelé à tous les dangers de voguer sur la mer du Nord durant un hiver qui s'annonçait rude. Le navigateur expérimenté avait évoqué spécifiquement le brouillard épais qui la recouvrait, les vents violents qui la secouaient et les vagues mortelles qui la constituaient au cours de cette saison.

La décision de passer l'hiver sur la terre ferme avait alors été adoptée, malgré le mécontentement d'Aguilar.

Les marins, tout comme les réfugiés de Wallasey, avaient pris d'assaut le château, qui avait été scellé et renfermait nombre de créatures. Les tenues de vétérans que portaient ces choses ainsi que les affiches encore collées sur les murs avaient facilement expliqué leur présence. Ces derniers avaient été piégés là au tout début de l'épidémie, durant une exposition sur les deux premiers conflits majeurs qui avaient frappé le monde.

L'isolement de la forteresse, condamnée par des chaines à chacune de ses portes, avait soulevé une question très importante : qui avait fait cela ?

Après avoir repris l'intégralité du fort, John ainsi que plusieurs survivants avaient exploré la petite ville en contrebas du château. Sur place, ils avaient découvert du matériel agricole sur lequel une terre grasse et humide s'était déposée. John avait immédiatement compris que ces outils avaient été utilisés il y avait peu encore et que ses propriétaires étaient peut-être encore là.

L'ancien militaire avait alors demandé à ses hommes de toquer aux portes de chaque maison composant le bourg. Il espérait y trouver des survivants, afin de leur expliquer qu'ils étaient venus en paix et d'ainsi éviter un conflit.

Une fois le contact établi avec les quelques locaux qui s'étaient terrés dans leurs habitations, une certaine méfiance vis-à-vis des étrangers s'était tout d'abord installée.

Mais à force d'entraide et de dur labeur afin de sécuriser le village et son périmètre, des liens s'étaient tissés. John et les siens avaient appris que les régionaux nommaient les infectés des goules, en référence aux créatures dévoreuses de cadavres issues du folklore arabe.

Peu à peu, cette dénomination avait été adoptée par le groupe de réfugiés, qui l'utilisaient pour désigner les contaminés n'étant ni des coureurs ni des striges.

Sous l'impulsion de John, des clôtures ainsi que des miradors de fortune avaient été érigés autour de la bourgade, dans le but de parer à toute menace. Tous avaient œuvré de concert pour sécuriser l'endroit.

Les semaines avaient défilé, et John avait alors décidé qu'il était temps pour la communauté de prospérer davantage. Un périmètre plus large encore avait été établi, ct lcs champs aux alentours avaient été exploités plus qu'auparavant. Des barricades plus résistantes avaient été édifiées, et les environs inspectés. Durant les expéditions menées par John, d'autres survivants avaient été découverts. Cachés dans des hameaux à l'abri du mauvais climat, ces derniers avaient fui le danger que représentaient les grandes agglomérations ou même les forêts. Mais aucun n'était en mesure d'envisager un avenir à long terme avant de croiser la route de John. Le père de famille leur avait proposé l'hospitalité et la protection dans la communauté qu'ils étaient en train de bâtir, et ce, sans aucune distinction.

Au fil du temps, la méfiance était devenue confiance et enfin, loyauté.

Après avoir été blessé par balle puis opéré d'urgence en pleine mer, Ben était demeuré inconscient pendant près d'un mois.

Durant son coma, Katelina avait passé de nombreuses heures à son chevet, espérant un réveil qui ne faisait que trop tarder à ses yeux. La jeune femme, livrée à elle-même depuis son arrivée au château, n'avait ni amis ni alliés. Sa seule chance avait été de connaitre Ben et son secret, ce qui lui avait permis d'obtenir le gîte et le couvert.

Lorsqu'il avait enfin repris conscience, Ben avait mis encore quelques semaines à se rétablir pleinement. Une période qu'il avait passée en majeure partie dans les bras de Katelina ou à visiter péniblement le château et ses alentours. Une fois guéri, ce dernier participa activement à la surveillance du périmètre ainsi qu'à l'entrainement des individus s'étant portés volontaires pour défendre et sécuriser le bourg. Ce rôle lui allait à merveille, au grand regret de Katelina, qui l'incitait à intervenir davantage en tant que leader de la communauté.

Le soldat Harris secondait Ben dans la formation des gardiens de la ville. Il s'était bâti en quelques mois une si bonne réputation que chaque mère de famille qui croisait sa route voulait l'avoir pour gendre.

Elizabeth et Blake avaient œuvré d'arrache-pied durant tout l'hiver, tant les malades affluaient des suites d'une violente épidémie de grippe. Le temps passé ensemble à travailler et à se soutenir dans les mauvais moments n'avait fait que renforcer les sentiments que Blake avait développés pour Elizabeth depuis leur rencontre. Il les cachait si bien que, hormis Ben et Katelina, personne n'avait de doutes.

Pas même John, bien trop occupé par ses diverses responsabilités envers les survivants de Wallasey, les locaux de la ville, les réfugiés recueillis durant ses expéditions et enfin, les trois capitaines ainsi que leurs équipages.

L'idée de créer un conseil restreint afin de diriger la communauté et de faire voter les décisions importantes émergea très vite. Ainsi, John, Elizabeth, Ben, Katelina, Blake, Harris et les trois navigateurs furent désignés pour le composer. Un jeu de clefs donnant accès à l'ensemble du château fut distribué à chacun de ses membres. Cette décision offrait la sécurité à tous en cas de danger, tout en mettant chacun sur un pied d'égalité avec les autres.

Mary et Alex, le jeune couple qu'avait rencontré le groupe de survivants à son départ de la zone de quarantaine, avaient élu domicile dans un appartement abandonné de la ville, tout comme Sandro et sa sœur, Cathy.

Le petit Danny, bien qu'invité par John à vivre au château contre l'avis de sa femme, avait catégoriquement refusé. Il haïssait l'idée même de résider à côté de ceux qui lui avaient fait tout perdre, jusqu'à sa jambe.

Le truand avait pour habitude de se lever chaque matin en se répétant face à la glace que le phénix allait renaître de ses cendres. Bien que ne possédant plus rien, l'ancien malfrat n'avait eu besoin que de quelques jours pour nouer des liens avec celles et ceux qui l'entouraient, se constituant ainsi les prémices d'un futur réjouissant.

Il avait commencé son opération en menant d'âpres négociations, et après quelques menaces, il avait récupéré plusieurs alambics prenant la poussière dans la grange d'un vieil agriculteur. Ce butin était le point de départ de son entreprise en devenir.

Au fil des mois, la bourgade avait si bien prospéré qu'un système monétaire avait été adopté pour faciliter les échanges et le travail de chacun, comme l'avait prédit Danny. Mais le petit homme joufflu à la jambe de bois n'avait pas attendu cette décision pour se mettre en marche. Pendant tout ce temps, il avait déjà attaqué la seconde étape de son projet. À savoir se constituer une réserve d'alcool non négligeable grâce aux alambics du vieillard, qui avait disparu dans des circonstances étranges peu après.

Pour la troisième partie de son plan, Danny dut ardemment négocier avec le propriétaire d'une ancienne salle de réception vivant toujours à l'intérieur de cette dernière, et ce depuis l'apparition des premiers infectés.

En échange d'une part des recettes qu'allait amasser le truand ainsi que d'un autre avantage, l'homme laissa les clefs du bâtiment à Danny, qui le transforma en bar de fortune.

L'information ne tarda pas à circuler dans toutes les bouches de la petite ville, pour le plus grand plaisir de Danny, qui faisait déjà tourner toutes les têtes à la simple évocation de ce business. Toutes, sauf une, celle d'Elizabeth, qui avait demandé à John de mettre un terme à cette folie avant même qu'elle ne commence.

Après une longue discussion, Danny céda à bon nombre de conditions fixées par John et Elizabeth afin que son établissement voie le jour, et ce jour allait enfin arriver.

Un matin, John passa par la cour intérieure du château, puis longea les remparts et s'installa sur un banc, comme chaque jour depuis qu'il avait accosté. Il observa silencieusement la mer, tout en écoutant le croassement des corbeaux qui avaient pris l'habitude de voler au-dessus de la bâtisse.

Après quelques minutes de calme, ses enfants débarquèrent en trombe, impatients de profiter de la journée mémorable que leur avait préparée leur père.

John, Gaïa, Daemon et Jake filèrent aussitôt sur la plage, où les attendait le capitaine Vervatov.

Le vieux marin avait récupéré un chalutier laissé à l'abandon dans une petite ville voisine et s'était employé à le retaper tout l'hiver. Il avait accompli ce travail harassant avec plaisir après avoir fait une promesse aux enfants, celle de les emmener pêcher avec leur père lorsque la saison serait plus clémente. Le printemps étant arrivé et le navire fin prêt, le moment était venu.

Ces derniers retrouvèrent Valdimar avec des visages heureux et la hâte de partir à l'aventure.

La journée passa à une vitesse folle, et le petit équipage de pêcheurs regagna la côte alors que le soleil commençait à se coucher.

Sur le ponton, Aguilar guettait leur retour assis sur un vieux tonneau, le visage froid et les poings fermés.

Gaïa sentit les soucis arriver, tout autant que son père. Aussitôt le chalutier à quai, tous deux échangèrent un regard complice, et la jeune fille emmena ses frères loin des problèmes qui s'annonçaient.

Bien que le capitaine ait remarqué la présence d'Aguilar, il abandonna son bateau pour retrouver ses hommes, qui l'attendaient sur la plage. Ces derniers étaient plus impatients que jamais de participer à l'événement qui allait se dérouler en ville à la nuit tombée. Le sujet était dans toutes les bouches.

Au même instant, Ben arriva devant le quai après une promenade sur le littoral en compagnie de Katelina. Il décida d'attendre la venue de son ami.

Lorsqu'il eut fini de ranger tout le matériel, John quitta l'embarcation. Tandis qu'il empruntait le ponton, Aguilar le dévisagea avant de lui lancer avec le mépris qui lui était propre :

— Dis-moi, zonard de mes deux, pour qui est-ce que tu te prends, notre chef ?

John savait qu'Aguilar ne le portait pas dans son cœur, mais il ne l'imaginait pas capable de le provoquer de cette manière. Il passa son chemin sans répliquer, préférant ne pas envenimer la situation alors que Vervatov et les siens avaient assisté à la scène et attendaient John.

— Ouais, ça doit être ça ! Du haut de ton foutu château, tu te prends maintenant pour notre chef. Peut-être même pour notre roi ! Un putain de roi sans couronne ! cracha Aguilar avec dédain.

La remarque piqua John au plus profond de son âme, et il ne put s'abstenir de repenser à ses origines. Elles qui lui avaient empoisonné la vie avant même sa naissance. Tandis que son sang commençait à bouillir et qu'il tentait par tous les moyens de se contenir, il ne put s'empêcher de lui répondre :

— C'est quoi ton problème, au juste ?

— Mon problème ? répliqua Aguilar en plaquant la paume de sa main contre son torse. Mon putain de problème, c'est toi ! Le conseil était censé tous nous maintenir sur un pied d'égalité, pas vrai ? Mais toi seul as décidé des projets de ce déchet sur pattes de Taylor !

— En parler devant le conseil était inutile, se justifia John. Il n'y avait que Ben qui aurait pu être contre. Et si tu veux mon avis, je pense que cet endroit nous fera du bien à tous, surtout après les mois qu'on vient de passer.

— J'en ai rien à foutre de ton avis, zonard. Nous étions censés prendre la mer dans moins d'une semaine, et désormais, les miens ne songent plus qu'à deux choses, boire et baiser !

— Si tu ne sais pas gérer tes hommes, il vaudrait peut-être mieux pour toi que tu restes à terre ! répondit John avec un sourire en coin qui fit bondir son opposant.

Aguilar ne se retint pas et sauta aussitôt à la gorge de John.

— Tu ne devrais pas l'aider ? demanda Katelina à Ben.

— Un peu de divertissement ne me fera pas de mal, plaisanta l'ancien militaire. Je te parie qu'il n'en fera qu'une bouchée.

Vervatov et ses marins ne connaissaient que trop bien le tempérament du capitaine d'origine espagnole et vinrent immédiatement à la rescousse de John. Mais le père de famille n'eut nullement besoin de soutien. Il maitrisa son vis-à-vis d'une simple clé de bras avant de lui souffler à l'oreille :

— Encore une fois, et tu finis à la mer, connard.

Alors qu'il s'efforçait de pousser Aguilar sur le ponton humide, ce dernier releva la tête face au commandant Vervatov et à son second, qu'il dévisagea tous deux.

— Tout d'abord, vous trahissez votre parole, alors que nous avions un but commun. Ensuite, vous passez le plus clair de votre temps à voguer avec ce zonard et lui apprenez tout ce que vous savez, au détriment de votre second. Dites-moi, capitaine, est-ce que vous comptez le reléguer, lui aussi, au rang de vulgaire matelot ? Et prendre ce zonard comme nouveau second ?

Encore à terre, Aguilar massa sa main endolorie à cause de John, puis il lança un regard empreint de pitié au second de Vervatov.

— Ainsi, l'histoire se répète. J'avais de la rancœur à ton égard, petit, mais à présent que tu te retrouves à ma place, j'ai presque de la peine pour toi… Quand tu en auras marre d'être son larbin, n'hésite pas à me rejoindre.

— Tu sais parfaitement pourquoi j'ai préféré t'écarter, s'interposa le capitaine Vervatov. Tu n'étais qu'un connard, arrogant et suffisant. Tu passais ton temps à t'enivrer à chaque fois qu'on mouillait dans un port, et chaque matin, c'était la même rengaine. Tu n'étais jamais présent aux appels et tu ne faisais que hurler sur les hommes. À ton avis, pourquoi ton frère ne te suit plus sur ton navire ?

— Je vous interdis de parler de lui ! s'époumona Aguilar.

— C'est uniquement parce qu'il ne supporte plus qui tu es devenu ! J'ai voulu vous rendre service en te mettant au même niveau que lui. Mais il a fallu que tu décides de partir en l'embarquant avec toi. Quel est le résultat aujourd'hui ? Il a quitté ton bord et vogue par ses propres moyens. Et maintenant, qui est le foutu couillon qui navigue sur toutes les mers à sa recherche depuis trois ans ? MOI ! Parce que j'ai eu pitié de toi ! Mais à présent, ça suffit ! Si j'ai accepté de passer l'hiver ici, c'est parce que les hommes sont fatigués et en ont marre de courir après un fantôme.

Aguilar grinça des dents avant de se relever tout en répondant à son ancien supérieur :

— Il nous a dit à la radio qu'il avait repéré une île sûre après la tempête ! Il est forcément vivant, alors on se doit de le trouver !

— C'était il y a trois ans, fais-toi une raison, réagit froidement Vervatov. Soit il repose au fond de l'océan, soit il a fini comme ces choses ignobles, donc passe à autre chose.

Soudain, la colère submergea Aguilar, qui sauta à son cou. John, qui avait suivi attentivement l'échange, s'attendait à un nouvel accès de violence et intervint d'emblée. Il flanqua son poing dans la mâchoire d'Aguilar et le projeta dans la mer, provoquant ainsi l'hilarité de tous les hommes présents sur le ponton et la plage.

Ben s'esclaffa, lui aussi, et Katelina pouffa légèrement. Bien qu'elle ait adopté une attitude de façade, la jeune femme avait trouvé cet échange des plus intéressants et n'en avait pas perdu une miette. Après tout, connaitre les forces et les faiblesses de chacun était devenu obligatoire pour quiconque voulait survivre, et ce crédo valait autant avant la Chute que maintenant à ses yeux.

Aguilar, quant à lui, se sentait plus humilié qu'il ne l'avait jamais été.

Épuisé par cette longue journée, John rentra au château retrouver les siens.

Après avoir conquis le fort face aux infectés il y avait des mois de ça, nombre de combattants avaient estimé mériter, à juste titre, une chambre entre ses murs épais et synonymes de sécurité. À cette période, la fatigue était de mise, les corps meurtris et les estomacs vides. À cela pouvait s'ajouter une population trop importante de réfugiés par rapport aux appartements habitables. Autant de facteurs qui avaient accentué les querelles durant la répartition des pièces.

Seul John avait su résister à la tentation d'exiger plus que les autres et n'avait formulé aucune demande, alors qu'il avait mené l'offensive et s'était battu comme un diable, sauvant bon nombre de ses hommes. Par ce simple geste d'humilité et grâce à ses paroles, il était parvenu à calmer les ardeurs de chacun. Il avait donc été décidé unanimement que John et sa famille demeureraient dans le château. Tout comme Ben, qui avait failli payer de sa vie l'aide qu'il avait apportée. Cela avait grandement arrangé Katelina.

Animée par sa crainte de résider dans la ville basse avec le commun des mortels, cette dernière avait affirmé être l'amante de Ben peu de temps après leur arrivée.

Les dires de Katelina avaient été contestés par bon nombre de gens qui ne la portaient pas dans leur cœur, sans doute en raison de l'attitude qu'elle avait pu adopter par le passé. Mais elle avait bénéficié du soutien de John ainsi que d'Elizabeth, qui avaient défendu sa position, ce qui en avait étonné plus d'un.

Une fois à l'intérieur du château, l'ancien militaire retrouva Elizabeth dans sa chambre.

— Ah ! Tu es là. Comment s'est déroulée ta journée ?

— Gaïa et Jake ont attrapé beaucoup de poissons, quant à Daemon… il a vomi deux fois. Dur moment pour lui. Je crois qu'être en mer ne sera jamais fait pour lui. Et la tienne ?

— Oh… J'irai le rejoindre après le dîner, alors ! La journée a été éprouvante entre les derniers malades et les blessures liées aux constructions.

— En parlant de repas, reprit John tandis que son ventre gargouillait, c'est l'heure, tu es prête ?

— Prête pour manger ? Toujours ! lança la jeune femme, un brin amusée. Mais pour passer la soirée avec l'autre salope, certainement pas !

John s'approcha d'Elizabeth et saisit ses épaules délicatement avant de lui répondre :

— Calme-toi, ce qui est fait est fait, on ne pourra plus rien y faire. On doit… composer avec. Et puis, c'est aussi pour Ben. Après tout, est-ce que tu l'avais déjà vu aussi… heureux ?

— Tu as raison, je vais faire mon possible pour ne pas être désagréable avec… la salope, répliqua la jeune femme avec un sourire forcé.

John sortit en premier de la chambre et se retrouva face à la fenêtre qui avait été le point de départ de la rancœur qui habitait Elizabeth.

À travers la vitre, il vit la longue étendue de sable en contrebas. Cette vision le ramena six mois auparavant, lorsque le château avait été repris aux mains des infectés.

CHAPITRE 15

RANCŒUR TENACE

Les derniers cadavres d'infectés exécutés lors de la prise du château avaient été transportés à l'extérieur, entre deux dunes.

Les occupants des navires commençaient à affluer dans l'enceinte de l'édifice. Ils découvraient avec stupeur des morceaux de corps trempant dans des mares de sang. Chacun songea que la bataille pour conquérir cet endroit avait dû être terrible. Mais, face à la beauté des lieux et à ses épais murs de pierre, tous comprirent que la lutte en valait la peine.

Sur le pont du vaisseau, Elizabeth tournait en rond devant la cabine du capitaine Vervatov, pendant que Blake soignait Ben.

Remarquant l'attitude de la jeune femme aux cheveux blonds, Katelina s'approcha et déposa une main chaleureuse sur son dos afin de la rassurer. Ce geste réconforta Elizabeth, qui s'autorisa à fondre en larmes dans les bras de sa nouvelle amie.

— Que se passe-t-il ? demanda Katelina avec douceur.

— C'est Ben, son état s'est aggravé. Le docteur Edwards fait son possible, mais il dit que les prochaines heures vont être cruciales. S'il ne s'améliore pas durant la nuit… mon frère sera… mort.

Katelina lui souleva le menton de son index et lui répondit avec un sourire compatissant :

— Tout va bien se passer, j'en suis sûre ! Maintenant, va voir ton frère, il a besoin de toi plus que jamais !

Ses paroles finirent de convaincre Elizabeth, qui retourna à son chevet afin de le soutenir.

Une fois seule sur le pont face à cet immense château qui se dressait devant elle, Katelina appréhenda la perte de son unique allié, qui était aux portes de la mort. Il lui fallait vite trouver une solution.

La veuve aux longs cheveux noirs comprit alors qu'elle allait devoir employer l'une des deux options qu'il lui restait.

Elle quitta à son tour le navire et gagna la plage. D'un pas décidé, elle traversa les dunes recouvertes de hautes herbes, pour enfin se retrouver devant l'entrée du fort. Elle emprunta la grande porte, puis la cour tout en observant les cadavres d'infectés se faire évacuer. Elle vit également les familles emplissant l'enceinte afin de se mettre à l'abri du danger que pouvait représenter la nature.

Elle pénétra dans les couloirs intérieurs de la bâtisse sans même que personne prête attention à sa présence. À chacun de ses pas, Katelina examina avec attention les personnes qui se trouvaient dans les parages, jusqu'à trouver celui qu'elle recherchait.

Alors qu'il faisait face silencieusement à cette même fenêtre donnant sur la plage, la jeune femme trompa le calme dans lequel l'ancien soldat s'était plongé en s'approchant de lui à pas de velours. Lorsqu'elle ne fut plus qu'à quelques centimètres derrière John, elle lui susurra à l'oreille :

— Merci pour ce que vous avez fait pour nous, Jonathan, c'est bien ça ?

L'attitude de Katelina surprit John, qui ne s'imaginait pas la voir ici.

— De… de rien, hésita-t-il.

Il regarda à nouveau la mer calme, au loin, et chuchota :

— C'est chez nous maintenant… Enfin.

— Chez nous… J'aime l'idée, répondit-elle en reprenant ses mots.

Soudain, les yeux de John furent détournés du rivage par cette dernière, qui, à l'aide de ses doigts, tira son menton sans qu'il s'y attende.

L'un et l'autre se retrouvèrent ainsi face à face, dans une atmosphère pour le moins étrange.

La distance les séparant était si minime que John ressentit la poitrine de la jeune femme contre son torse, tout autant que la chaleur de sa respiration. L'instant ne dura qu'une fraction de seconde avant qu'elle n'agisse, ne laissant pas la moindre chance à John. Sans qu'il puisse réagir à temps, Katelina avait déposé ses lèvres contre les siennes et l'embrassa. Dès que l'ancien militaire eut compris ce qu'il lui arrivait, il repoussa la séductrice aussi poliment que possible.

Mais Katelina entreprit une nouvelle approche envers le trentenaire. Tout d'abord, d'une main sur son torse, qu'il évita en reculant, puis à l'aide d'un sourire ravageur. Ce faisant, cette dernière tenta de justifier son geste :

— J'ai vu comme vous m'avez regardé avant de quitter la zone, puis dans le navire et enfin, il y a quelques instants. Vous me désirez, Jonathan, mais vous n'osez pas le dire ni peut-être même vous l'avouer…

L'ancien militaire recula davantage, mais se retrouva très vite bloqué contre un mur.

— Pas du tout, Kate, vous devez…

— Chut, réagit-elle en se rapprochant un peu plus. Ça crève les yeux. Je vous offrirai tout ce que cette blondasse est incapable de vous donner, et plus encore !

— J'aime ma femme, et jamais je ne pourrai ni ne voudrai… ça, s'opposa-t-il en détournant son visage.

Face à la réponse de John, Katelina tenta une énième de ses manipulations :

— J'ai vu comme ce… docteur Blake la regardait, et comment elle le regardait en retour. Tôt ou tard, ils vont se rapprocher et vous trahir… Ce jour-là, vous comprendrez que j'avais raison, termina Katelina telle une vipère sifflant à l'oreille de sa proie.

Ces mots résonnèrent dans la tête de John, qui pensa à Elizabeth. Il était sûr que ni l'un ni l'autre ne pourraient se faire du mal.

— Jamais elle ne ferait ça ! répondit-il froidement en reculant encore d'un pas.

Voyant que son plan avait échoué, la jeune femme fit de même.

De tous les hommes à qui j'aurais pu faire du charme dans ce trou à rats, c'est bien le seul capable de me dire non, merde ! songea Katelina.

Cette dernière tenta tant bien que mal de sauver les apparences ainsi que son futur au sein de la communauté :

— Désolée, je… je ne sais pas ce qui m'a pris, dit-elle en se tenant les cheveux d'une main. C'est idiot, mais avec tout ce qu'il s'est passé ces derniers jours, je crois que je suis en train de perdre la tête.

Soudain, la jeune femme chancela, mais elle continua, cette fois avec une voix légèrement plus cassée, accompagnée de larmes lui bordant les yeux :

— Entre le décès de William, l'état de Ben et enfin, ce sang partout, je pense que je me suis laissé submerger par tout un tas d'émotions… Je vous prie de m'excuser, finit-elle en reculant de plus en plus avant de quitter le couloir avec un visage couvert de honte.

John resta bouche bée devant ce qu'il venait de se passer et ne sut quoi faire, hormis descendre dans la cour afin d'aider ses camarades à nettoyer les lieux.

Entre les affrontements et l'installation sommaire à l'intérieur de la bâtisse, personne n'avait eu le temps de souffler tant la journée s'était vite écoulée. Alors que la nuit commençait à tomber, la plupart des survivants s'étaient rassemblés devant de grands feux situés dans la vaste cour ainsi que dans la pièce principale du château. John en profita pour prendre à part Elizabeth et lui expliquer ce qu'il s'était passé avec Katelina.

La pauvre épouse endura toutes les émotions. D'abord, elle fut si surprise qu'elle crut à une blague, puis elle ressentit de la tristesse en comprenant que la femme qu'elle considérait déjà comme une amie s'était jouée d'elle. Enfin, une colère noire monta en elle quand elle entendit la justification bancale qu'avait utilisée la traîtresse. Pour Elizabeth, la coupe était pleine.

Elle repensa aux paroles de Katelina. Cette dernière l'avait qualifiée de « blondasse incapable ».

Si cette salope imagine que je vais en rester là ! songea la mère de famille, débordante de haine.

Elizabeth fit le tour de la cour, puis scruta chaque recoin du hall principal, dans le but de la retrouver et d'ainsi l'affronter. Désespérée et folle de rage, la jeune femme décida de retourner l'intégralité du bâtiment, fouillant chaque pièce jusqu'à tomber sur elle dans l'une des chambres.

Katelina avait le teint pâle et était assise sur un lit dans le noir. Fixant le sol comme une âme égarée, elle entendit soudainement :

— Toi ! Sale garce ! Ne t'avise plus jamais de t'approcher de Jonathan ni même de Ben, sinon je vais…

— Ben… la coupa Katelina. Il est tout ce qu'il me reste. Ne lui révèle rien, s'il te plaît.

— Écoute-moi bien ! ragea Elizabeth. À la minute où il se réveillera, je lui apprendrai tout, et j'espère qu'il te dégagera d'ici lui-même !

Soudain, le visage de Katelina changea du tout au tout. Son air triste devint à la fois plus dur et assuré.

— Me dégager d'ici ? Parce que tu crois qu'il va me dégager d'ici ? Laisse-moi te dire une chose, toute ma vie, j'ai vu de petites saintes-nitouches dans ton genre avoir tout ce qu'elles désiraient. Tous leur mangeaient dans la main, sans qu'elles aient à faire le moindre sacrifice. Moi, j'ai dû serrer les dents et me battre pour avoir ce que je méritais ! Par la faute de votre famille, je n'ai plus rien. J'espérais accomplir ça en douceur, prendre ta place à ses côtés et regagner un peu de tout ce qui m'a été enlevé. Mais ton idiot de mari n'a rien voulu savoir, il n'a pas vu la chance qu'il avait devant ses yeux.

— Tu parles d'une chance ! répliqua Elizabeth.

— C'est ironique, quand on y pense. Toi aussi, tu avais une occasion inespérée de t'en sortir grâce à lui. De quitter toute cette merde qui nous entoure.

Katelina marqua un temps d'arrêt devant le regard interrogateur d'Elizabeth.

— Entre les infectés et tous ces ploucs, là, dehors... Dire que Jonathan aurait pu vous emmener, toi et vos merveilleux enfants, loin d'ici... Très loin, finit-elle avec un brin de malice.

Soudain, les sens d'Elizabeth se mirent en alerte. Elle espérait se tromper, mais ce que Katelina venait de sous-entendre ne pouvait se traduire que d'une seule manière.

— Qu'est-ce que tu veux dire par là ? la questionna-t-elle afin d'en avoir le cœur net.

— Tu sais très bien ce que je veux dire. C'est un Blackwood, lui chuchota Katelina à l'oreille.

L'évocation de ce nom fit l'effet d'une bombe à Elizabeth, mais Katelina n'en avait pas encore fini.

— Comme tout le monde l'a constaté, toutes les personnes les plus influentes de ce monde ont disparu, au moment même où tout a commencé. Il aurait pu vous emmener et il ne l'a pas fait. À ta place, j'aurais sauté sur l'occasion ! Imagine la vie de rêve qu'ils doivent mener. Ils sont surement sur une plage paradisiaque à se foutre de nous. Qu'est-ce que ça te fait de réaliser que tu aurais pu offrir une existence à l'abri du danger à tes gosses, mais qu'au lieu de ça, il vous a condamnés à mourir ici ?

— S'il a fait ça, c'est justement pour nous ! Ces gens-là sont des monstres. Tu n'as pas la moindre idée de ce qu'ils lui ont fait subir quand il était enfant. Il ne voulait pas leur infliger pareil traitement ni même risquer leurs vies, avoua Elisabeth, une larme à l'œil.

— Tu as sans doute raison, concéda Katelina tout en essuyant la goutte sur le visage de son opposante. Après tout… John n'est qu'un bâtard, va savoir ce qu'ils auraient pu faire de lui. La pomme pourrie ainsi que toute sa famille auraient pu être enfin éradiquées.

Elizabeth baissa la tête en songeant à ses enfants, avant que Katelina ne continue :

— Je me demande bien ce que tous ces imbéciles pourraient penser en apprenant que celui qui les dirige fait partie de ceux qui les ont abandonnés et traités comme de la merde durant toute leur existence. Et même s'ils prenaient le bâtard en pitié, à ton avis, comment réagiraient-ils face à celui qui a grandi dans une base militaire et travaillé parmi ceux qui les ont opprimés pendant les cinq dernières années de leur vie ?

Elizabeth se sentit piégée. Elle avait l'impression d'avoir condamné sa famille en ayant laissé Katelina entrer dans leur quotidien. Le désespoir lui fit prendre conscience qu'il ne lui restait qu'une option envisageable. La seconde d'après, la jeune femme aux cheveux d'or agrippa la gorge de Katelina en la serrant aussi fort qu'elle le put.

La pression était si forte que cette dernière n'arrivait presque plus à respirer. Malgré tout, quelques mots sortirent encore de sa bouche, avant qu'elle ne soit au bord de l'évanouissement :

— Qu'est-ce qui… te fait penser que… je suis la seule au courant ?

Elizabeth relâcha soudainement sa trachée et s'éloigna de quelques pas. Était-ce du bluff ou avait-elle réellement fait cela ? Le doute l'assaillit à tel point qu'elle ne sut quoi faire.

Son corps entier se figea sur le plancher, comme tétanisé, pendant que Katelina la fixait intensément dans les yeux, avec un sourire satisfait.

— Qu'est-ce que tu veux ? céda Elizabeth, impuissante.

— Je veux tout ! Une place ici à vos côtés, Ben... Je veux qu'il ne sache rien de ce qui s'est passé entre Jonathan, toi et moi. Et enfin, que tu te lèves chaque matin en sachant que quelqu'un connait votre petit secret. Dorénavant, vous m'appartenez, *tu* m'appartiens.

Les deux jeunes femmes se tenaient à quelques mètres l'une de l'autre. Consciente de ce qu'elle venait d'accomplir, Katelina ne put cacher une certaine fierté sur son visage. Ce qui dégouta un peu plus son opposante. D'une allure sûre et déterminée, la manipulatrice aux cheveux noirs décida de quitter la pièce tout en savourant chaque instant passé à observer de ses yeux émeraude le portrait décomposé d'Elizabeth. Cette dernière ne comprenait pas comment une personne qu'elle connaissait à peine pouvait lui vouer autant de haine.

Le silence avait empli la chambre. Seul le bruit des pas de Katelina approchant résonna et fit frissonner Elizabeth. Alors que la diablesse était arrivée à la hauteur de sa victime, elle s'arrêta avant de se tourner vers elle. Voilà l'ultime instant où elle pouvait encore jouir de ce sentiment de toute-puissance et affirmer son statut de dominante sur la mère de famille sans attirer l'attention sur elle. L'occasion était trop belle, et elle comptait bien en profiter une dernière fois.

Katelina leva sa main puis attrapa la crinière dorée d'Elizabeth, qu'elle tira avec violence vers son visage. À cet instant, seuls quelques petits centimètres séparaient les deux femmes. Chacune put sentir le souffle chaud de la respiration de l'autre, tant leurs lèvres étaient proches.

— Je t'ai dit que tu m'appartenais, lui lança-t-elle avant de l'embrasser sauvagement.

Ce geste décontenança Elizabeth, qui ne sut quoi faire tant elle était surprise. La pression sur son crâne diminua subitement, et le visage de Katelina s'éloigna en affichant un sourire diabolique.

— Je comprends mieux pourquoi il t'a choisie, dit-elle en quittant définitivement la pièce.

Elizabeth demeura seule dans la chambre, digérant l'échange qu'elle avait eu pendant près d'une quinzaine de minutes avant d'être rejointe par John. La jeune femme lui relata tout ce qui venait de se dérouler, jusqu'à ce que John se dirige à nouveau vers cette fameuse fenêtre et fixe le rivage au loin. Conscient qu'une nouvelle personne connaissait son passé, il se plongea dans le silence face aux vagues qui se fracassaient sur la plage.

CHAPITRE 16

UNE PREMIÈRE TONITRUANTE

La nuit régnait en maitresse sur la petite ville de Bamburgh. Le calme et le bruit des vagues d'ordinaire si paisible avaient été remplacés par un brouhaha émanant du centre-ville.

Les quatre coins de la bourgade étaient éclairés par d'épaisses lanternes forgées par un survivant local exerçant ce métier avant la Chute. Elles avaient été installées sur les miradors de fortune servant à la surveillance de cette zone fortifiée tant bien que mal.

Depuis les hauteurs de la forteresse, l'on pouvait distinguer de nouvelles lueurs se déplacer curieusement dans la noirceur de la nuit. Il s'agissait en réalité de feux émanant des torches que tenaient les individus chargés de patrouiller.

Mais ce soir-là, contrairement à tous les autres, un nombre bien plus conséquent de flammes illuminaient le bas de la ville, d'où provenait ce vacarme inhabituel.

John et Ben, accompagnés d'Elizabeth et de Katelina, descendaient l'épaisse langue de bitume allant du château vers le centre-ville.

Les deux hommes étaient vêtus d'une chemise à carreaux pour le premier et d'une en jean pour le second. Tout comme eux, Elizabeth avait opté pour une tenue somme toute classique, tandis que Katelina avait jeté son dévolu sur une robe de soirée des plus somptueuses, dénichée dans l'une des chambres du fort.

— Tu aurais pu faire un effort sur ton accoutrement, marmonna Katelina à l'intention de Ben.

Elizabeth leva les yeux au ciel à l'instant où elle entendit cette remarque, et Ben lui répondit :

— Je ne vais certainement pas cirer les pompes de cet enfoiré de Danny. D'ailleurs, je ne comprends même pas qu'on autorise une telle connerie.

— Je suis bien d'accord avec toi, va savoir quelle horreur on va découvrir là-bas, renchérit Elizabeth.

— On en a déjà parlé. Ces gens ont besoin d'un lieu chaleureux où se retrouver le soir pour discuter et décompresser après les journées qu'ils endurent. On n'avait aucun droit de le leur interdire. Et si on le faisait, on ne vaudrait pas mieux que l'armée, argumenta John.

Ben s'arrêta en plein milieu de la chaussée avant de le reprendre de volée :

— Tu crois vraiment que c'est une bonne idée, une bande d'ivrognes rassemblés au même endroit, alors qu'on peine encore à sécuriser correctement cette ville ? C'est une chance que tout ne soit pas déjà parti en fumée.

— Danny sait à quoi s'en tenir, au moindre faux pas, on stoppe tout, répondit John.

— Ouais, j'ai hâte de voir ça !

Les deux couples avancèrent dans le bourg jusqu'à trouver le bar du petit Danny. Des dizaines de personnes buvaient sous le store de sa devanture. La plupart étaient des marins issus des trois navires se retrouvant pour festoyer avec d'anciens habitants de la ville ainsi que des réfugiés récemment accueillis. Les sourires étaient de mise, et le contenu des verres descendait à vue d'œil.

À l'intérieur, une musique de fond se laissait entendre à qui pouvait encore tendre correctement l'oreille. La douce mélodie était à peine perceptible tant les chants des matelots complètement enivrés résonnaient.

Plusieurs lanternes éclairaient l'espace et lui donnaient une atmosphère chaleureuse. John comprit tout à coup l'absence de disponibilité du forgeron ces derniers jours. Les verres s'entrechoquaient pendant que le petit groupe avançait tant bien que mal au milieu de la cohue.

Sandro tenait boutique derrière le bar, ce qui ne manqua pas d'étonner Ben et John. Le premier ne put s'empêcher de le sermonner :

— Tu travailles encore pour ce connard, même après qu'il a ordonné de te tuer et envisagé de te laisser pour mort dans la zone ?

— Tu voulais que je fasse quoi, au juste ? J'ai une sœur dont je dois m'occuper. Quand on n'a qu'une seule jambe, ce n'est pas si évident de trouver du boulot, et puis, c'est tout ce que je sais faire, donc… répondit le jeune homme en haussant les épaules.

— Je t'ai dit de venir habiter au château avec nous. On veillera sur vous deux, comme je te l'ai promis, lui proposa John.

— Non merci, les gars, c'est sympa de votre part, mais c'est à moi de m'en occuper tant que je le peux. J'y tiens…

— Comme tu voudras.

Le barman leur tendit alors quatre verres, que chacun empoigna volontiers. Ben et John avalèrent leurs premières gorgées avec difficulté, tandis que les deux femmes les accompagnant recrachèrent le liquide, bien trop infect à leur goût.

Les anciens militaires eurent beau le chercher du regard, aucun des deux n'arriva à trouver le petit Danny au milieu de la foule. Tandis que les deux hommes étaient focalisés sur le propriétaire des lieux, Elizabeth ne put s'empêcher d'observer chaque détail du bar, à la recherche d'un élément qui aurait pu remettre en cause les intentions de Danny, qu'elle avait en horreur. Mais rien ne la perturba, jusqu'à ce qu'elle relève un fait surprenant.

Alors que ses yeux avaient fait une énième fois le tour de la salle, la jeune femme remarqua qu'un individu à l'allure douteuse était entré dans le bâtiment. Mais au lieu de se rendre au bar comme tout le monde, il se dirigea d'un pas décidé vers un angle si peu éclairé qu'il était à présent difficile de le distinguer.

L'impression d'avoir mis le doigt sur quelque chose encouragea Elizabeth à avancer afin d'en avoir le cœur net. Elle se fraya tant bien que mal un chemin au milieu de la foule, repoussant chaque personne se trouvant sur son passage. Mais lorsqu'elle arriva dans le recoin sombre, plus rien. L'homme en question avait disparu.

Face au mur plongé dans le noir, la jeune femme se retrouva seule et assaillie de doutes. Elle en conclut immédiatement que cette obsession et son esprit lui avaient joué des tours, tant elle était persuadée que Danny se moquait d'eux une énième fois.

Elizabeth se sentit si ridicule, face à ce mur, qu'elle s'en détourna avec un sourire gêné. Alors qu'elle était résignée à regagner le groupe, qui ne l'avait pas lâchée du regard, quelque chose lui heurta le coude brusquement. À cet instant, Elizabeth retrouva un visage sérieux, consciente qu'elle avait bel et bien mis la main sur quelque chose. Elle se retourna et découvrit qu'un accès dérobé avait été entrouvert et laissait passer un faible halo de lumière.

Un individu d'une vingtaine de centimètres de plus qu'elle apparut soudainement et l'écarta tout en tentant de fermer le passage. Mais Elizabeth n'était pas du genre à lâcher l'affaire. Elle agrippa le bord de la porte et s'efforça tant bien que mal de maintenir l'interstice entrebâillé. John et Ben accoururent en voyant la scène.

Ce dernier s'intercala devant sa sœur et poussa d'un coup violent l'homme face à lui, tout en l'avertissant :

— Touche-la encore et je te fais bouffer tes dents, connard !

L'individu s'apparentant à un garde n'avait nullement peur de Ben, et le lui démontra très vite en levant ses poings tout en prenant une position de combat digne d'un boxeur.

Soudain, une canne s'interposa entre les deux adversaires.

— Tout doux, bande d'animaux, on n'est pas là pour se mettre sur la gueule, ricana Danny.

L'intervention de son chef fit reculer le vigile qui gardait l'accès. Une fois le seuil de la porte franchi, le quatuor découvrit qu'il était à présent à l'extérieur du bar. Plus précisément à l'arrière du bâtiment. Les clôtures délimitant le périmètre avaient été grossièrement recouvertes de planches de bois ainsi que de tissu afin de préserver cet endroit des regards indiscrets.

En son centre, plusieurs caravanes avaient été installées. Elles étaient surveillées par les sbires de Danny, postés devant chacune d'entre elles.

Au milieu de ce parking aménagé en cour extérieure, deux subalternes de Danny s'échangeaient la monnaie entrée en vigueur il y avait peu. Dans un recoin, deux autres hommes étaient adossés contre un grillage. Ils s'émerveillaient devant un petit sachet contenant quelques pilules que l'un d'entre eux s'empressa d'avaler, le sourire aux lèvres.

Alors que les nouveaux venus commençaient à comprendre de quoi il retournait, l'une des caravanes s'ouvrit brusquement, laissant s'échapper une jeune femme avec pour seul vêtement une nuisette en dentelle. Cette dernière claqua violemment la porte du véhicule tout en hurlant à Danny :

— Cet enfoiré a essayé de me mordre un sein ! Je pensais qu'on était d'accord là-dessus !

John crut ne pas avoir bien entendu. Il lança un regard noir à Danny avant de s'approcher de l'habitacle. Le garde posté devant tenta de le stopper, mais John, furieux, le mit à terre avec une facilité déconcertante.

L'ancien militaire ouvrit la porte et découvrit un homme nu et à moitié ivre, qui hurla :

— Dis à cette trainée de revenir ! Elle a intérêt à m'en donner pour mon argent. Sinon, l'autre connard à la jambe de bois va avoir affaire à moi !

John fixa Danny avec rage, avant que Ben n'entreprenne d'ouvrir les diverses chambres à coucher de fortune. La plupart étaient vides, sauf une, qui fit grincer des dents Elizabeth à son ouverture. À l'intérieur, un homme d'une cinquantaine d'années, lui aussi nu comme un ver, fumait un cigare entouré de trois jeunes femmes en petite tenue.

— C'est quoi, ce bordel ? J'croyais qu'on avait un accord, Taylor ! beugla-t-il tout en refermant la porte.

Elizabeth fixa John, et cette fois, c'est elle qui lui lança un regard noir. Tout en reprenant ses mots, elle lui asséna :

— Un lieu chaleureux, tu disais, hein ?

La remarque piqua son mari, qui fonça sur Danny. Le décollant du sol, John le plaqua contre l'un des grillages, qui vibra sous l'impact de son corps. L'un des hommes du truand tenta de s'interposer, mais Ben l'assomma sans sommation, ce qui calma les autres face à lui.

— J'avais dit aucune connerie de ce genre, hurla John à l'intention de Danny.

— Parce que tu crois que j'avais le choix, peut-être ? J'ai perdu tout ce que j'avais à cause de vous ! Ça, c'est le seul truc que je sais faire ! Alors, ouais, la drogue et les filles, ça vous plaît pas, mais c'est ce que ces connards demandent. Et vaut mieux que ça se déroule ici, de cette manière, plutôt que l'une de ces filles se fasse attraper dans une rue tard dans la nuit.

— N'essaie pas de te faire passer pour un saint, enfoiré ! Je t'avais prévenu !

John agrippa Danny et l'entraina à l'intérieur du bâtiment. Le truand tenta tant bien que mal de se débattre, mais un seul coup de poing dans le visage eut raison de sa volonté.

À moitié inconscient, il se fit plaquer contre le comptoir, et sans même qu'il comprenne ce qu'il se passait, une bouteille explosa à côté de ses yeux. Des éclats furent projetés sur ses joues avant de retomber en s'éparpillant sur l'épaisse planche de bois. À cet instant, chaque personne à l'intérieur du bar avait le regard rivé sur les deux hommes.

John tenait le goulot en partie brisé à deux centimètres de la carotide de Danny. La furieuse envie de mettre fin à son existence le gagna. Mais alors que tout son être lui dictait de céder pour enfin se libérer de ce parasite, il entrevit un reflet dans le bout de verre qu'il tenait fermement en main. Celui d'Elizabeth, derrière lui, affichant un air effrayé qu'il ne lui connaissait pas. Ce court instant fit reprendre à John le contrôle, et ce dernier se ravisa avant de commettre l'irréparable.

Lucide, mais toujours déterminé à en finir, il écrasa le visage de Danny contre le comptoir avant de le trainer sur plusieurs mètres. Le contact des débris sur son passage lui donna l'impression que son profil était râpé contre du papier de verre.

Danny hurla de douleur, insultant John de tous les noms pendant que la foule observait, sous le choc.

— Rentrez tous chez vous ! La fête est terminée ! ordonna-t-il.

John, Elizabeth, Ben et Katelina regagnèrent le château sans un mot, tout comme la plupart des personnes présentes ce soir-là.

Dans la pénombre du bar, seul demeurait Danny, qui ruminait sa colère après avoir été humilié de la sorte.

CHAPITRE 17

LES GRAINES DE LA DISCORDE

Trois jours s'étaient écoulés depuis cette fameuse soirée dont tout le monde parlait encore. Le bar avait désormais ses portes closes, et les regards insistants tout comme les messes basses étaient devenus le quotidien du petit Danny, qui supportait de moins en moins cette situation

L'ancien truand errait dans la ville comme une âme en peine. Pendant que les réfugiés s'usaient à cultiver la terre et que les artisans travaillaient le fer et le bois, Danny, lui, les observait avec mépris. L'idée même de se retrouver un jour à leur place pour subvenir à ses besoins l'anima d'un puissant sentiment de dégout et de haine, alors qu'il froissait nerveusement la feuille de papier entre ses mains.

Comme il l'avait précisé à John, il ne savait rien faire d'autre que tenir ce genre d'établissement et vivre de petits larcins.

Danny traina lourdement sa jambe de bois dans Bamburgh, jusqu'à se retrouver dans une étroite ruelle constituée de murets et d'habitations construites en vieille pierre. Le hasard voulut que ce chemin lui offre une vue parfaitement dégagée sur la forteresse.

Scrutant l'impressionnant édifice au loin, Danny songea tout d'abord à John, qui résidait à présent dedans, puis à Ben, qui lui avait refusé catégoriquement l'entrée malgré la proposition du premier.

— Ces deux enfoirés m'ont tout pris, et maintenant, ils vivent dans un putain de château… marmonna Danny à voix basse tout en serrant la boule de papier qu'il avait en main.

Le matin suivant, Danny était à nouveau dans cette ruelle, face à la forteresse qu'il maudissait intérieurement. Esseulé au milieu du chemin et muni d'une bouteille d'alcool, il attendait patiemment que l'heure soit venue.

Le petit homme fixa sa montre, et lorsqu'il releva la tête, ils étaient là.

Face à lui, à quelques mètres de distance, John et Ben avançaient, sûrs d'eux.

Par un heureux concours de circonstances, Danny avait appris que les deux anciens soldats avaient pour habitude de faire un tour du périmètre au petit matin, afin de veiller à la sécurité de la ville. Au fil des jours, puis des semaines, les deux amis avaient établi un itinéraire avec un horaire bien défini.

Ainsi, Danny n'était pas là par hasard, mais les deux hommes n'en avaient pas encore conscience.

— Il est un peu tôt pour picoler, Danny, tu ne crois pas ? lança John, un brin méfiant quant à sa présence ici.

— Laisse ce sac à merde, on n'a pas que ça à foutre, intervint Ben.

Alors que les deux amis s'approchaient toujours plus, Danny jeta violemment sa bouteille aux pieds de Ben, qui entra instantanément dans une colère noire.

— Cette fois, c'en est trop, t'as signé ton arrêt de mort, enfoiré !

— C'est vous qui êtes mort, répondit Danny avec un rictus fier.

Soudain, trois hommes de main de Danny apparurent sur leur droite, escaladant un muret puis retombant sur le sol. À leur gauche, deux nouveaux venus firent de même. Dans la seconde qui suivit, deux autres bloquèrent le chemin par lequel Ben et John étaient arrivés. Enfin, deux derniers ennemis avancèrent dans le dos de Danny, qui faisait face à Ben et à John avec un large sourire aux lèvres.

Les deux anciens militaires se retrouvèrent ainsi encerclés par une dizaine d'individus équipés de couteaux et paraissant bien décidés à les tuer.

— Je prends les trois connards de droite, et tu te charges des deux sur la gauche, lança Ben.

— Et qui s'occupe des autres ? répondit John avec un rictus nerveux.

— On verra le moment venu, si on est encore debout !

Jugé comme un excellent sniper par ses formateurs, Ben avait toujours préféré l'action brutale du combat rapproché, malgré son aisance avec les tirs à distance. S'élancer face à trois hommes armés lui fit retrouver une sensation qu'il n'avait pas connue depuis longtemps. Les infectés représentaient une menace constante, une lutte pour la survie, mais aux yeux de Ben, rien ne valait l'adrénaline d'un affrontement d'homme à homme.

Il esquiva le premier coup de poignard, tout en profitant de l'occasion pour saisir le bras tendu de son adversaire avant de le retourner contre le second arrivant à toute vitesse. Le couteau perfora instantanément l'estomac du malheureux, qui s'écroula sous les yeux de son ami. Ce dernier comprit que sa lame allait lui ôter la vie, et la surprise face à ce retournement de situation le perturba. Cette inattention lui valut de se faire briser la nuque par Ben.

Deux de ses sbires étaient morts, et le troisième lui faisait face. Armé d'un surin, il se mouvait tel un serpent prêt à sauter à la gorge de sa victime.

La lame fendit l'air une première fois, puis une seconde sans occasionner de dégâts. À la troisième tentative, Ben fut légèrement entaillé à l'épaule, ce qui boosta encore un peu plus son adrénaline. Il attrapa soudainement l'avant-bras de son agresseur, puis lui décocha un coup de boule avant d'enchainer avec deux coups de poing, visant par deux fois son nez. Ce dernier se brisa sous la férocité des impacts reçus.

La douleur nasale fit chanceler l'homme, qui ne vit pas Ben foncer sur lui, muni d'un couteau qu'il avait dérobé à l'une de ses victimes. La lame pénétra sa carotide, laissant s'échapper un jet de sang qui nappa le visage de Ben.

John, quant à lui, avait également fini d'affronter les deux individus qui étaient arrivés sur sa gauche. Il les abandonna tous deux, les laissant inconscients sur le bitume encore froid.

En découvrant cela, Ben comprit que John ne s'était pas résolu à tuer, une fois de plus. Bien que sa vie ait été menacée.

Danny, qui était sûr de lui au début du combat, perdit peu à peu son sourire avant de se mettre à reculer au fur et à mesure que ses sbires tombaient.

Les deux individus présents jusqu'alors dans leurs dos arrivèrent à hauteur de John, pendant que Ben s'élançait en direction de Danny.

Sur son chemin se dressèrent les deux derniers hommes de main qui escortaient leur chef. Pressé d'en finir avec celui qui les avait fait chanter durant cinq ans, Ben ne se fit pas prier pour les éliminer le plus rapidement possible.

Armé de son couteau, il attaqua d'un coup fulgurant la nuque du premier, qui s'écroula avant de convulser à terre en se tenant la gorge.

Vint le tour du second, qui n'eut pas le temps de comprendre ce qui lui arriva. Une attaque expéditive au visage le sonna tout d'abord. S'ensuivit un violent coup sur la cage thoracique qui lui bloqua la respiration. L'instant d'après, le sbire gisait sur le sol, incapable de bouger. Une lame fichée dans le cœur, il ressentait la vie le quitter lentement.

Leurs agresseurs avaient beau être équipés et déterminés à tuer, la différence entre eux et deux anciens soldats d'élite était flagrante. Leur formation, longue de plusieurs années, les avait aguerris et préparés aux combats rapprochés tout autant qu'à l'utilisation des armes blanches. Ainsi, bien que l'attaque ait été soigneusement préparée, ils n'étaient pas de taille face à eux.

Le dernier assaillant toujours debout tenta tant bien que mal de s'enfuir. Mais sa prothèse en bois lui fit rapidement perdre le peu d'avance qu'il possédait sur ses poursuivants.

Ben se jeta sur Danny tel un fauve avant de le rouer de coups de poing. Son visage, encore marqué par les lacérations des débris de verre, se mit aussitôt à saigner. Le malfrat utilisa ses avant-bras pour essayer de le protéger. Mais les coups, d'une intensité inouïe, changèrent alors de cible, se dirigeant vers son thorax. Ce qui lui coupa instantanément le souffle.

Impuissant face au déferlement de violence, Danny fut convaincu qu'était arrivé le jour de sa mort. Pour la première fois de son existence, il se mit à prier intérieurement, implorant en secret pour sa vie. Mais à son plus grand étonnement, son heure n'était pas encore venue. Son salut, il ne le dut pas à une quelconque intervention divine, mais à John, qui souleva Ben du corps à peine conscient de Danny.

— Putain, laisse-moi ! Laisse-moi buter cet enfoiré ! hurla Ben. Je ne comprends pas pourquoi tu ne veux pas en finir avec lui une fois pour toutes !

— Parce qu'il est comme moi ! s'époumona à son tour John tout en effectuant des allers-retours devant Danny. Nous portons l'un comme l'autre le nom d'une famille que nous n'avons pas choisie ! L'un comme l'autre, on a grandi dans des milieux qu'on ne désirait pas et qui nous définissent aujourd'hui ! Et l'un comme l'autre, nous devons nous battre pour survivre dans un monde qui ne nous a jamais fait de cadeaux, et encore moins voulus !

— Cette merde n'a rien à voir avec toi ! Il nous a utilisés pendant cinq ans, et à la minute où tu lui accordes une seconde chance, il te ment, te trahit puis tente de te tuer, tout ça durant la même semaine ! Quand est-ce que tu vas comprendre que cette pourriture doit crever ?

— Si on choisit qui peut vivre ou mourir, on ne vaudra pas mieux que les soldats de la zone, le général ou encore lui…

Sur ces mots, Ben s'écroula, les genoux au sol, les mains recouvertes de sang et le souffle court. John, quant à lui, rassembla ses forces et traina Danny à même le sol jusqu'au château.

Trois jours s'étaient écoulés depuis l'embuscade, et le sort de Danny était dans toutes les têtes. Beaucoup y voyaient l'avenir de la communauté se jouer. Certains craignaient une exécution publique. Cela leur rappelait de douloureux souvenirs d'une époque pas si lointaine qui les avaient poursuivis de Wallasey jusqu'à l'autre bout du pays.

Le destin du paria, qui croupissait dans une geôle, quelques mètres en dessous du château, allait se décider dans une réunion impliquant bon nombre de participants.

John, Ben, Elizabeth ainsi que Katelina étaient déjà attablés dans l'une des salles composant le 1er étage. Chacun attendait patiemment la venue des derniers invités de cette réunion.

Entrèrent tour à tour Blake, Harris et, en dernier, les capitaines Vervatov, Aguilar et Stan.

Fernando Aguilar, connu pour sa froideur et son tempérament directif, ne tarda pas à ouvrir la discussion, à peine installé à la table :

— Taylor doit mourir, et son entreprise avec lui !

— Enfin quelqu'un qui est d'accord avec moi, répondit Ben tout en braquant son regard sur John.

— Tout doux, prends le temps de choisir tes mots, intervint Katelina en saisissant le bras de Ben, qui siégeait à côté d'elle.

Les intentions de la jeune femme intriguèrent subitement Aguilar, qui s'adressa aussitôt à elle :

— Qu'est-ce que vous pouvez en avoir à foutre de la vie de ce minable, au juste ?

— Sa vie ? Strictement rien. En revanche, son affaire m'intéresse. Nous pourrions utiliser les profits de ce trou à rats pour financer les défenses de cette ville. Les artisans et les soldats que vous formez ne vont pas travailler gratuitement éternellement. Eux ainsi que leurs familles doivent bien se nourrir.

« Leurs familles », ces mots résonnèrent particulièrement dans l'esprit d'Elizabeth, qui voyait cette femme face à elle les prononcer alors que six mois auparavant, elle était prête à détruire la sienne. Il lui était impossible de la croire.

— Tu n'en as rien à faire de leurs familles ! avança-t-elle. Qu'est-ce que tu as derrière la tête ?

— Elizabeth ! intervint Ben, furieux du ton qu'avait pris sa sœur.

— Laisse, répondit calmement Katelina tout en touchant à nouveau le bras de son compagnon, elle n'a pas tort... Une seconde raison valable nous pousse à vouloir maintenir cette activité. Quand nous y étions, je n'ai pu m'empêcher de noter que l'alcool déliait bon nombre de langues. Avec quelques oreilles attentives, nous pourrions... anticiper le genre d'attaque qu'ont subie Jonathan et Benjamin.

— La petite marque un point, dit le capitaine Vervatov. Mais je suis contre l'idée de prendre la vie d'un individu sans qu'il ait la possibilité de se défendre. L'enfermer un certain temps serait une meilleure option à mon sens.

— Je suis du même avis qu'eux concernant la taverne. De plus, il a su mettre du baume au cœur à nos hommes, qui ont trimé durant tout l'hiver, ajouta le commandant Stan.

À cette remarque, Aguilar tapa du poing sur la table, puis s'insurgea :

— C'est précisément ça, le problème ! Vous leur avez offert un amusement, et à présent, ils ne pensent plus qu'à revenir sur la terre ferme pour se souler et baiser. Nous avons passé les cinq dernières années en mer, en sécurité, c'est là qu'est notre place ! Certainement pas dans un bar à picoler à la nuit tombée avec de foutus zonards. Et encore moins autour d'une table à débattre de l'avenir d'un crétin qui n'a pas su se tenir.

— Du calme, capitaine, intervint John avec la patience qui lui était propre malgré leur récent accrochage.

— Va te faire voir, roi sans couronne ! Nous avions un accord, vous aider à conquérir le fort en échange d'un abri pour l'hiver. Le printemps est arrivé, et nous sommes encore là. Tout ça parce que vous avez su exploiter la faiblesse de mes idiots de marins !

— Le bar n'était pas mon idée. Mais force est de constater que les mois écoulés leur ont plu, et je ne m'opposerai pas à ce qu'il demeure ici s'ils le souhaitent. Tout comme je ne t'oblige pas à rester si tu désires partir. Il en a toujours été ainsi.

Aguilar rit nerveusement face à cette réponse.

— La majorité de mes hommes veulent déjà rester. Ce n'est pas avec trois foutus marins que je vais reprendre le large ! Vous m'avez baisé la gueule et vous le saviez dès le début, bande de zonards de mer…

— Insulte-le encore et je t'arrache la langue, le coupa Ben, une main sur son couteau accroché à sa ceinture.

Blake, qui n'avait pas ouvert la bouche jusqu'alors, se lança :

— Monsieur Aguilar, je peux comprendre votre envie de départ, mais nous avons besoin de vous et de vos marins plus que jamais. Après l'épidémie de grippe de cet hiver, nos stocks de médicaments sont au plus bas, et je crains que les alentours ne nous apportent pas de ressources suffisantes. Tôt ou tard, vos navires seront nécessaires pour agrandir notre périmètre de recherches.

— Et voilà que vous voulez m'obliger à bosser pour vous maintenant !

— Lorsque tes hommes et toi êtes tombés malades, ça ne vous a pas dérangés de taper dans les médocs, alors, il serait peut-être temps de rendre la pareille, non ? s'emporta Ben.

La table sur laquelle tout le monde avait les coudes posés se mit soudainement à trembler sous les coups de poing de John, qui frappa par trois fois dessus.

— Assez discuté ! On s'éloigne du sujet principal là ! Elizabeth et Blake ont des patients à soigner, Ben et moi, des barricades à consolider, et vous, des navires à entretenir ! Alors, votons pour l'avenir de la taverne puis de Danny…

Tour à tour, chaque personne s'y employa.

Le choix de maintenir le bar fut adopté à six voix contre trois. Seuls Fernando Aguilar, Ben et Harris votèrent contre.

Enfin, le sort de Danny allait pouvoir être prononcé.

John, Elizabeth et Blake votèrent tout d'abord contre son exécution. Harris et le commandant Stan en décidèrent autrement, ils donnèrent leur aval. Puis le capitaine Vervatov se rangea à l'avis des trois premiers. Aguilar, sans surprise, opta pour le châtier par la mort.

À ce stade, les suffrages étaient de quatre contre et trois pour.

Le choix de Katelina allait être crucial. Personne n'en avait conscience, mais quel que soit le résultat, la jeune femme allait y trouver son compte. Bien qu'elle voie encore une utilité à l'existence du détestable personnage, elle préféra se ranger du côté de Ben, profitant ainsi de l'occasion pour semer les graines de la discorde dans l'esprit de son compagnon.

Comme chacun s'y attendait, Ben se prononça en faveur de l'exécution de Danny, face au regard déçu et réprobateur de John.

En conséquence, la condamnation à mort fut votée et le destin de Danny, scellé.

Ben ne perdit pas plus de temps. Tout en se relevant, il annonça à tous :

— Je vais préparer la potence. Au coucher du soleil, amenez le détenu, je me chargerai du reste.

Sur ces derniers mots, lui et Katelina s'en allèrent, laissant les autres prendre conscience de ce qu'ils allaient devoir faire à présent…

Dans la froideur de sa cellule, Danny touchait délicatement son visage encore tuméfié comme pour vérifier que son état s'améliorait. Durant les jours suivant son enfermement, il n'avait eu droit qu'aux visites répétées d'Elizabeth.

Malgré sa rancœur et son profond dégout envers lui, la jeune femme n'avait pu le laisser dans un tel état physique. Ainsi, elle s'était employée à nettoyer ses blessures tout en gardant le silence le temps de sa présence. Ce qui avait convenu à l'un comme à l'autre.

Au fil des jours, Danny s'était senti plus esseulé que jamais auparavant. Le petit homme aux cheveux gominés n'avait jamais eu d'amis. Son père lui avait enseigné jusqu'à sa mort que ce genre de relation n'était que distractions. Mais derrière ces barreaux froids et humides, il avait trouvé ce qui pouvait le plus s'y apparenter.

Cette relation, contre nature à ses yeux, avait commencé après un réveil provoqué par une fine gouttelette d'eau lui étant tombée sur le visage, alors qu'il se morfondait sur la paillasse lui servant de lit. Tandis qu'il maugréait de tout son être contre la perle cristalline, Danny avait découvert qu'il était fixé attentivement par un intrus.

Sur son ventre reposait un cafard. Tous deux s'étaient échangé un long regard avant que Danny ne le saisisse pour le déposer au creux de sa main. Il avait tout d'abord voulu l'éliminer, comme bon nombre de personnes l'auraient fait. Mais en observant la créature de plus près, il avait trouvé beaucoup de points communs entre eux.

Tous deux étaient jugés de la même manière, c'est-à-dire indésirables, laids et insignifiants. Pourtant, ils existaient l'un comme l'autre, et ce monde ainsi que ses habitants devraient composer avec leur présence.

Alors qu'il touchait du bout du doigt la carapace de l'insecte, Danny n'avait pu s'empêcher de constater la fragilité physique qui les liait. Cette créature, qui aurait pu périr de mille et une façons dans un univers si gigantesque, faisait partie d'une espèce si maudite qu'elle aurait pu être la victime de n'importe quelle attaque. Réflexion faite, Danny avait compris que rien ne les différenciait, lui aussi était détesté de tous. Il avait subitement réalisé que la majorité des gens ayant croisé sa route avaient voulu sa mort, à un moment ou à un autre.

Danny passait le plus clair de ses journées avec ce nouvel ami aussi surprenant qu'inattendu, lui révélant ses rêves, ses peurs, ses doutes ainsi que ses erreurs.

Alors qu'une énième conversation à sens unique s'était engagée, un grincement résonna quelques mètres plus loin. Des bottes, puis une silhouette approchèrent dans la pénombre. Danny grinça des dents en découvrant le visage de l'homme venu lui rendre visite.

— C'est aujourd'hui qu'on décide de ton sort, vermine, lui balança Ben, plein de mépris.

Danny comprit dès lors qu'il vivait sans doute les derniers instants d'une existence sans véritable saveur. Alors que le nuisible demeurait dans le creux de sa main, cette dernière se relâcha sous le poids des paroles prononcées par l'ancien militaire.

L'hexapode en profita pour le quitter et traverser la cellule. Il passa rapidement sous les barreaux avant de rencontrer soudainement un obstacle. La botte de Ben était à quelques centimètres. Puis il ne vit plus rien, et ce fut le néant.

Le cafard n'était plus, écrasé par Ben.

Danny venait de perdre son seul ami, qui était mort sous ses yeux. Il accepta l'idée qu'il allait bientôt le rejoindre.

Le crépuscule dominait à présent la ville côtière, tandis que Danny était toujours enfermé dans sa geôle. Couché sur son lit de fortune, il avait passé l'après-midi à se ronger les ongles jusqu'au sang en redoutant le moment fatidique.

Lorsqu'il entendit, pour la troisième fois de la journée, le loquet de la porte menant aux cachots se déverrouiller, Danny comprit que cet instant était arrivé.

John apparut au milieu de la pénombre, silencieux et la mine grave.

Sa présence, bien que lourde de conséquences, soulagea Danny. Depuis qu'il avait appris son triste sort, l'attente lui avait paru durer une éternité. Il estima celle-ci encore pire que le fait de mourir en lui-même.

Devant les barreaux de la cellule, John ferma les yeux puis souffla avant de l'ouvrir. D'un pas ferme, il avança vers son prisonnier, et sans un mot, il lui passa des menottes aux poignets.

L'ancien militaire le tira de son lit par le col de sa chemise à moitié débraillée, puis le poussa hors de la cage de métal. Tous deux montèrent les escaliers de pierre, dans un climat presque aussi froid que la pièce qu'il venait de quitter.

Avant de délaisser l'enceinte du château pour sa grande cour, John se munit d'une torche puis guida son captif jusqu'au portail, où les attendaient les hommes de main de Danny, enchainés eux aussi. Parmi eux se trouvaient les survivants de l'attaque les ayant visés, lui et Ben, mais également une dizaine d'autres sbires absents ce jour-là.

Deux patrouilleurs armés de fusils fermaient la marche tandis que John l'ouvrait. La file indienne descendit lentement la langue de bitume qui menait à la ville. À mi-chemin, ils arrivèrent devant le vétuste terrain de cricket. La communauté avait pour but de rendre cette vaste étendue de terre cultivable le plus rapidement possible.

Ben les attendait, au bord de la route longeant le futur espace agricole. Derrière lui, un gibet de fortune avait été installé, composé d'un simple lampadaire où était accrochée une corde nouée en un nœud coulant surplombant un tabouret. L'ancien militaire patientait, les bras croisés, avec à ses côtés une demi-douzaine de patrouilleurs, armés eux aussi.

Face à eux, des visages curieux s'étaient rassemblés au fil des minutes. Les traits des badauds s'emplirent d'effroi à la seule présence de la potence, qui rappela à bon nombre d'entre eux de désagréables souvenirs. Les murmures allaient bon train au sein de la foule, et la venue des prisonniers ne fit qu'accentuer les messes basses tout comme les regards horrifiés. Certains suggéraient, en outre, qu'ils avaient échangé un enfer contre un autre.

John prit immédiatement conscience de la gravité de la situation engendrée par le vote organisé au petit matin, et ce, avant même d'entendre le moindre son sortir de leurs bouches. Ben, quant à lui, ne remarqua pas l'attitude des survivants rassemblés face à lui, seul comptait Danny, qui avançait les mains liées.

Alors qu'ils approchaient de plus en plus, John n'accorda plus son attention ni à la foule ni à Ben, et encore moins au gibet. Il se contenta de progresser en silence. Mais, à la surprise générale, il poursuivit sa route sous le regard médusé de Ben. Il contourna ainsi tous ceux qui l'attendaient et se dirigea d'un pas déterminé vers le portail installé à la sortie de la ville.

Une fois devant ce dernier, John l'ouvrit, puis inspira une grande bouffée d'air avant de déverrouiller les menottes de Danny. Enfin, il lui tendit sa torche ainsi qu'un couteau qu'il jeta sur le sol boueux, à l'extérieur du périmètre sécurisé. Le père de famille déclara alors :

— C'est tout ce que tu auras. Maintenant, dégage.

Accompagné de ses hommes, Danny quitta la ville sans un mot. La lueur de son flambeau disparut petit à petit au beau milieu des ténèbres de la nuit.

CHAPITRE 18

MÉFIANCE

Nord-est de l'Angleterre
Bamburgh
Juillet 2016

Quatre mois s'étaient écoulés depuis le départ de Danny. La décision de les exclure de la communauté, lui et ses hommes, plutôt que de l'exécuter avait été acclamée par la plupart des habitants de Bamburgh. Mais tous n'étaient pas de cet avis.

En allant à l'encontre du conseil et de son vote, John avait récolté les foudres de Ben ainsi que du capitaine Aguilar, qui ne le portait déjà pas dans son cœur. Un fossé s'était creusé dans la relation des deux beaux-frères, si bien que Ben ne lui adressait la parole qu'en de rares occasions.

L'ancien militaire brut de décoffrage préférait s'enfermer dans le travail et l'organisation des défenses de la ville plutôt que d'affronter son ami de toujours. De son côté, John ruminait ses décisions et était incapable d'aller à sa rencontre afin de s'expliquer.

Pour combler cette cassure dans leurs rapports, il passait le plus clair de son temps à bord du navire du capitaine Vervatov, à assimiler les rudiments de la navigation en mer. Plus les jours s'écoulaient et plus l'équipage appréciait la présence du père de famille. Chacun admirait sa soif d'apprentissage, son calme face aux situations périlleuses et son émerveillement à chaque instant qu'il passait à bord.

Le commandant, quant à lui, avait noué une relation très particulière avec John, comme avec aucun autre de ses subalternes auparavant. Était-ce dû aux révélations tragiques concernant son passé ? Ou bien aux valeurs qui l'habitaient toujours, dans un monde où le choix de la violence était devenu banal ? Ou peut-être encore était-ce dû à son investissement sur le navire. Valdimar n'en savait trop rien, mais il appréciait sa présence, tout autant qu'il avait un profond respect pour cet homme.

Peu après le départ de Danny, les activités du bar qu'il avait laissé à l'abandon avaient repris de plus belle. Cette fois sous le contrôle de Katelina, qui n'avait eu aucune difficulté à faire accepter sa demande auprès de John et d'Elizabeth. Seules conditions exigées pour sa réouverture, l'arrêt immédiat et sans discussion possible de toute forme de prostitution ainsi que de la consommation de drogue.

Au cours des dernières semaines, plusieurs points d'observation autour du secteur avaient été désignés pour détecter toute menace potentielle. S'était ensuivie la mise en place de nombreuses patrouilles afin d'éradiquer les infectés qui rôdaient, ce qui évitait la création naturelle de hordes bien plus dangereuses.

La manœuvre marchait si bien que le périmètre de la ville s'agrandissait peu à peu, tout autant que sa zone de cultures.

Cette sécurité avait amené avec elle un vent de sérénité dans le quotidien des habitants. Les journées calmes et ensoleillées profitaient également aux enfants, qui découvraient eux aussi les joies d'une vie paisible.

Sous le bruit des vagues frappant le littoral, John était assis sur un banc situé le long des remparts du château. Après avoir fini de nourrir les corbeaux survolant la grande cour, il sortit de sa poche une lettre pliée en quatre. La feuille présentait de multiples traces d'usure, comme si elle avait été réduite à l'état de boule de papier par le passé. Tandis qu'il s'apprêtait à la lire, comme chaque matin désormais, John fut interrompu par la visite surprenante de Ben.

— Faut que je te parle, lui dit-il d'un ton froid.

— Ça fait trois mois que tu dois me parler, répondit John tout en repliant la lettre.

— Joue pas à ça avec moi, vieux. Tu sais très bien qui est en faute dans cette histoire, et de toute manière, ce n'est pas pour ça que je suis là.

— Et qu'est-ce qui t'amène de si bonne heure ?

— On a un problème avec deux de nos sentinelles situées dans l'un des avant-postes. Elles devaient nous faire leurs rapports, mais nous n'avons plus de nouvelles depuis hier soir, révéla Ben.

— Pourquoi tu n'envoies pas Harris et quelques patrouilleurs ?

— La plupart d'entre eux sont épuisés par les dernières expéditions. Quant à Harris, il donne des cours de défense aux enfants ce matin. Ce n'est surement rien, mais je préfèrerais quand même vérifier.

John le regarda avec insistance avant de lui répondre :

— C'est dommage que personne ne t'ait conseillé de ménager tes hommes.

— J'aurais dû t'écouter… T'es content maintenant ? Tu viens avec moi, oui ou non ?

— Ce n'est pas le seul sujet sur lequel tu aurais dû m'écouter… marmonna John. Prépare mon cheval et des armes, j'arrive.

— Tout est déjà prêt, répondit Ben avec un léger rictus.

John lui rendit son sourire avant d'accompagner son ami à l'écurie.

Durant leur trajet à cheval, les deux hommes rattrapèrent les semaines écoulées en discutant de leurs quotidiens, et sans même s'en rendre compte, ils arrivèrent devant l'avant-poste.

Ce dernier n'était autre qu'une vulgaire cabane de chasseur perchée dans un arbre, mais bénéficiant d'une bonne visibilité sur les alentours.

John y monta puis l'inspecta, mais il n'y trouva pas la moindre trace des individus recherchés. Des sous-vêtements féminins ainsi qu'une bouteille dérobée dans le bar de Katelina gisaient à même le sol.

— Qui était là au juste ? demanda John.

— Le couple qu'on a rencontré sur la route à notre départ de la zone, Mary et Alex, je crois.

— Qu'est-ce qu'ils foutaient ici ? Je pensais qu'ils avaient du travail sur le navire d'Aguilar, l'interrogea John tout en redescendant de la cabane.

— Alex a quitté son poste à la suite d'une brouille avec le capitaine Aguilar. Il cherchait du boulot, et il faut dire qu'on n'en manque pas, répondit Ben en haussant les épaules.

John remonta sur son destrier tout en rapportant à son beau-frère les maigres détails qu'il avait pu relever. Il proposa ensuite d'inspecter un peu plus les environs. Soudain, Ben ordonna à son cheval d'augmenter ses foulées, et les graviers constituant le sentier virevoltèrent sous l'impulsion des sabots. John fit de même, mais se rappela subitement la lettre dans sa poche. Il enfouit aussitôt sa main dans sa veste et fut soulagé de sentir sa présence sous ses doigts. Apercevant Ben ralentir tout aussi brusquement qu'il avait accéléré, John s'exclama :

— Bon sang ! Mais qu'est-ce qu'il t'a pris ?

— J'ai vu des traces de bottes sur le chemin, je pense qu'on est sur une piste.

John observa les empreintes s'enfoncer dans la forêt avant de réagir :

— Alors, allons-y !

Déterminés à mettre la main sur le jeune couple, les deux hommes pénétrèrent dans le bois. John n'avait cessé de toucher la lettre dans sa poche et comprit qu'il était temps pour lui d'en parler.

— Faut que je te montre quelque chose, annonça-t-il tout en tendant le document à Ben.

Ce dernier ne se priva pas et en lut immédiatement le contenu :

« Pendant que vous n'avez plus rien, eux mènent une vie de roi.

Une vengeance ne serait que justice.

Bonne chance. »

Ces quelques mots étaient accompagnés d'une carte de la ville grossièrement dessinée. D'un rouge sang, une heure avait été annotée et une rue entourée. Rue dans laquelle Ben et John avaient été attaqués par le petit Danny et ses hommes.

Ben froissa un peu plus la lettre tant il la serrait dans la paume de sa main. D'un regard féroce, il fixa son ami.

— Quelqu'un d'autre était derrière tout ça et a essayé de nous buter ! Où est-ce que tu l'as trouvée ?

— Dans la cellule de Danny après son départ. Je ne comprends pas pourquoi il ne nous en a pas parlé.

Ben ricana en entendant cela, puis répondit :

— Je te rappelle qu'il était tellement furax après nous qu'il était prêt à nous tuer. Va savoir si son complice ne lui a pas promis de le sortir de là. Enfin… avant que tu t'en charges.

— Tu vas pas recommencer, merde ! L'exécuter n'était pas la solution… et ça ne le sera jamais, d'ailleurs… marmonna John.

— Ouais, j'ai compris, fulmina Ben.

Les deux amis continuèrent leur chemin en silence jusqu'au détour d'un bosquet, où ils firent une étrange découverte.

Un homme se tenait genoux à terre. Il était muni d'un couteau qu'il empoignait fermement devant un cadavre, tandis qu'à deux mètres d'eux gisaient les restes d'un infecté. Ben arma son neuf millimètres en direction de l'individu et lui lança en guise d'avertissement :

— Tourne-toi lentement, et pas de gestes brusques, mon gars.

— Je… je suis des vôtres, répondit-il, les larmes aux yeux tout en obéissant aux ordres de Ben.

John reconnut immédiatement Alex et lui demanda :

— Qu'est-ce qu'il s'est passé ?

— On… on picolait après avoir… le regard d'Alex se perdit dans le vide avant qu'il ne se fasse reprendre de volée.

— Foutu bon à rien… intervint Ben avant d'être coupé à son tour.

— Laisse-le finir, ordonna John.

— Mary voulait juste pisser un coup, mais en descendant de la cabane, elle a entendu du bruit. Quand j'ai vu qu'cllc nc revenait pas, j'ai commencé à m'inquiéter. Alors je suis allé dans la forêt pour essayer de la trouver, et c'est là que j'ai découvert cette chose en train de dévorer ses intestins.

Ben y jeta un œil de plus près et observa qu'il ne restait plus que des lambeaux de peau sur son visage tant il avait été déchiqueté par la créature.

— Fait chier, grogna Ben en se tenant la tête pendant qu'il faisait les cent pas autour du cadavre.

Les deux anciens militaires enterrèrent la malheureuse avant de quitter le bosquet, pendant qu'Alex demeurait le regard plongé dans le vide.

Une fois le bourg et ses fortifications regagnés, Ben et John prirent le chemin du château afin d'emmener Alex, qui semblait livide, se faire examiner par Elizabeth.

Le hall dans lequel officiaient le docteur Blake et la jeune femme avait des allures d'hôpital de campagne militaire.

Des lits médicalisés avaient été récupérés dans plusieurs centres de soins des villes aux alentours et étaient séparés chacun par de longs rideaux vert pâle. Les caisses provenant du navire militaire avaient été entreposées dans un coin de la pièce, tandis qu'une partie des médicaments avait été rangée dans une armoire vitrée cadenassée.

Lorsque les trois hommes apparurent sur le seuil de l'officine, Elizabeth était en train de recoudre le bras d'une fillette, sous l'œil avisé de son collègue, qui n'arrivait pas à la lâcher du regard.

Le voir contempler sa sœur de cette manière, ajouté à l'absence de réaction de John, agaça particulièrement Ben. Ce dernier décida donc de toquer lourdement à la porte du hall, afin de signifier leur présence.

Le grondement ramena à la réalité Blake, qui avait perdu le fil du temps en scrutant sa consœur.

— Entrez, je vous prie. Qu'est-ce qui vous a conduits ici ? demanda-t-il avec un faux sourire.

— On vous l'amène pour observation, répondit froidement Ben, il a passé une nuit… compliquée, finit-il en tapant doucement sur l'épaule du jeune homme.

Pendant ce temps, John avait retrouvé Elizabeth sous les yeux de Blake, qui peinait à suivre ce que lui disaient Ben ainsi que le réfugié, incapable de lâcher du regard le couple. Lorsqu'elle eut terminé de soigner la fillette, Elizabeth retira ses gants couverts de sang et se laissa tendrement embrasser sur le front. Blake dut supporter la scène qui se jouait devant lui, tout en faisant bonne figure tandis que son corps lui dictait tout l'inverse.

L'une de ses paupières trembla subitement avant d'être imitée par un muscle de son avant-bras, qui se mit à avoir des spasmes, lui aussi. Gagné par la jalousie, le médecin s'empressa d'emmener son nouveau patient afin de ne pas en voir davantage.

Ben écourta les retrouvailles du couple en toquant lourdement à la porte, une fois de plus. Ce à quoi John réagit, tout en gardant ses yeux fixés sur Elizabeth :

— C'est bon, j'arrive.

Non content d'avoir sa collègue pour lui seul à nouveau, Blake ne perdit pas une miette du départ de John.

À l'extérieur du bâtiment, Ben prit aussitôt à partie son ami :

— Putain ! Quand est-ce que tu vas faire quelque chose ?

— À propos de quoi au juste ? répondit John.

— À propos de ce connard qui n'arrête pas de tourner autour de ma sœur, qui est ta femme, je te le rappelle !

— Il n'y a rien. Cesse de t'en faire, je te l'ai déjà dit. Et même si c'était le cas, il sait très bien qu'il ne pourrait pas se mettre entre nous deux. Jamais, pas après tout ce qu'on a fait pour arriver ici.

Ben craignit ce que laissait entendre cette phrase. Il le fixa donc droit dans les yeux avant de lui demander :

— Qu'est-ce que tu lui as dit exactement ?

— Rien, mentit John en continuant à marcher tout en repensant à ce qu'il s'était passé dans la cabine du capitaine Vervatov.

John s'assit sur le banc qu'il avait quitté le matin même et invita Ben à faire de même. Le premier hésita longuement à expliquer au second ce qu'il s'était déroulé dans l'habitacle du commandant lorsqu'il était inconscient. Mais il se ravisa au dernier moment, jugeant que cela n'apporterait rien de bon.

Au plus profond de lui, Ben ressentait que quelque chose ne collait pas. Il tenta alors de désamorcer la situation à sa manière :

— Jo, tu me le dirais si tu lui avais révélé quelque chose, pas vrai ? demanda désespérément Ben.

— Je ne lui ai rien dit.

— Tu as toujours été un mauvais menteur… déplora Ben en se levant.

— Qu'est-ce que tu vas faire ?

— Surveiller de plus près ton nouvel ami !

Ben quitta les lieux sans un mot de plus, laissant son frère d'armes avec lui-même.

De retour dans sa chambre, Ben retrouva les bras de Katelina.

Il lui raconta sa journée, de la disparition des sentinelles jusqu'à son arrivée dans l'officine de sa sœur. Sans oublier la curieuse lettre que lui avait montrée John.

Une fois de plus, il ne put s'empêcher de lui parler, avec toute la rage qui l'habitait, des regards que Blake avait lancés à Elizabeth.

La jeune femme avait toujours soupçonné le docteur d'avoir des vues sur Elizabeth et ne s'était jamais gênée pour en faire part à son conjoint. Mais cette fois, il paraissait plus perturbé que d'habitude. Sa méfiance envers lui était en réalité parvenue à son paroxysme. Katelina ne se priva pas de le conforter dans ses positions, profitant ainsi de l'occasion pour asseoir un peu plus son emprise sur Ben.

Pendant de longues minutes, celui-ci rumina sa colère contre le médecin puis son amertume face à l'absence de réaction de John. Pour le plus grand plaisir de la jeune femme, encore habitée d'une profonde rancœur envers ce dernier, qui l'avait rejetée, et ce, sans une once d'hésitation.

Katelina n'avait à présent plus que le visage de John en tête, et elle ne prêta attention à Ben que lorsqu'il lui demanda quelque chose.

— Tu m'as entendu ? Est-ce que tu pourrais faire ça pour moi ?

— Désolée, j'étais… ailleurs, dit-elle, l'air égaré.

— Est-ce que tu pourrais ordonner à tes serveuses de surveiller Blake s'il se pointe dans le bar ?

Soudain, ce qui n'était qu'une simple requête fit germer une tout autre idée dans l'esprit de la jeune femme.

— Et si tu envoyais Harris l'inviter à sortir ce soir ? Il pourrait… le faire boire un peu plus que de raison et lui tirer les vers du nez. Va savoir ce que tu pourrais apprendre. C'est peut-être même lui, l'auteur de cette lettre dont tu m'as parlé. Songes-y, vous éliminer tous les deux lui laisserait le champ libre avec ta sœur.

L'idée même que le docteur représente une potentielle menace, s'il s'avérait être le cerveau derrière l'attaque, fit bondir Ben.

Soudainement, sa méfiance était devenue plus légitime, et il ne put s'empêcher d'esquisser un sourire face à cette proposition.

Non seulement l'alcool allait peut-être délier la langue du médecin concernant ses réels sentiments pour Elizabeth, ainsi que sur ce que John lui avait possiblement révélé, mais il permettrait surtout de dévoiler à tous le vrai visage de Blake Edwards.

— Malin, mais Harris et lui ne se côtoient pas plus qu'ils ne fréquentent ton bar.

— Va voir Harris et dis-lui que c'est une mission importante ! Après tout, ce garçon ne te refuse jamais rien. Ensuite, trouve un prétexte pour le faire aller à l'infirmerie. Ainsi, il n'aura plus qu'à sympathiser avec lui et à l'inviter à boire un verre pour le remercier de l'avoir aidé.

Ben entraperçut la sournoiserie dont était capable sa compagne. Mais, bien trop aveuglé par son animosité, il courut immédiatement à la recherche de son second.

Comme il s'y attendait, ce dernier accepta la mission de son mentor sans se douter qu'une nuit cauchemardesque allait frapper la petite ville de Bamburgh.

CHAPITRE 19

CAUCHEMAR

Dans la taverne de la ville, les flammes des lanternes accrochées sur les murs dansaient et donnaient une impression chaleureuse au lieu qu'avait obtenu Katelina.

Tapi dans l'ombre, un homme d'une soixantaine d'années rythmait la soirée en grattant les cordes de sa guitare. Chacune des mélodies jouées par le compositeur se voyait accompagnée de chants émanant des marins, comme chaque veillée depuis sa réouverture.

L'acquisition de ce lieu n'avait que deux raisons valables aux yeux de Katelina.

L'une d'elles, qui lui avait notamment procuré la plupart des votes en sa faveur, était de remplir les caisses du bar, car l'argent était ensuite presque intégralement reversé au château.

Ce dernier, devenu un véritable gouvernement de la petite société, avait besoin de main-d'œuvre pour fortifier ses abords et ainsi faire croitre son périmètre. Comme l'avait pressenti Katelina lors de l'installation des survivants, un régime basé sur le communautarisme et l'entraide ne marcherait qu'un temps, et tôt ou tard, les échanges de biens seraient inévitables. Afin de prévenir tout débordement tout en continuant à prospérer, un système monétaire fut donc proposé par la jeune femme et validé par les neuf représentants de la colonie.

Le projet qu'avait le conseil de faire grandir cette dernière nécessitait le temps d'individus possédant de multiples connaissances, qui ne serait pas gratuit dans un tel système social. Ainsi, l'argument de remplir les caisses du petit royaume fut entendu avec grand intérêt tant les moyens étaient restreints. L'obtention de pareils gains permettait également à Katelina de demeurer parmi les personnes d'influence au sein de cette communauté qui lui avait été imposée.

La seconde occasion qu'avait vue Katelina était de pouvoir écouter les conversations des clients venus s'enivrer, grâce aux oreilles attentives de ses serveuses ainsi que de quelques faux clients habilement dissimulés. De cette manière, peu de secrets échappaient au contrôle de la gérante, qui avait ainsi la possibilité de manipuler chaque information à sa convenance. Le choix du personnel avait été crucial et assuré par des femmes sélectionnées exclusivement par Katelina.

Attablés au milieu de la salle, Harris et le docteur Blake refaisaient le monde, chacun un verre d'alcool en main. Afin de rester attentif à ce qu'il pouvait lui révéler, Harris devait se montrer rusé pour tenir la cadence que lui avait imposée le médecin. Face aux premiers étourdissements que lui provoqua le breuvage, l'idée de verser le contenu de sa chope sur le sol germa dans son esprit. Alors que plusieurs heures s'étaient écoulées depuis leur arrivée, Harris n'avait rien relevé de pertinent. Ses bottes trempaient dans une véritable mare d'alcool. Blake, qui s'apprêtait à finir son verre, remarqua du coin de l'œil l'heure indiquée par la montre fissurée qu'il portait au poignet. Soudain, il prit conscience que le temps avait filé à une vitesse folle, tout comme la quantité de breuvage absorbée.

— Jeune homme, merci pour ce moment. C'était un plaisir, mais il est l'heure pour moi d'aller retrouver mon lit. Sinon, demain, je ne serai pas capable de soigner des maladroits comme vous ! s'exclama Blake en désignant d'un geste la main bandéc d'Harris.

Le docteur s'en alla sous le regard impuissant du protégé de Ben, qui ne voulait pas décevoir son mentor. Dissimulée un peu plus loin dans la pénombre, Katelina avait surveillé leurs échanges à l'écart de tous. La jeune femme n'était que rarement présente dans l'établissement, car l'idée même de côtoyer les gens qui le fréquentaient la répugnait. Mais cette fois, l'enjeu était tout autre.

Voyant le médecin partir et constatant l'air hébété d'Harris, Katelina comprit qu'il avait échoué. D'un pas décidé, elle traversa la foule de clients qu'elle exécrait jusqu'à arriver à sa table. Elle lui tendit alors deux gobelets ainsi qu'une bouteille tout en lui dictant ses ordres :

— Ne le laisse pas filer ! Trouve un endroit calme et tire-lui les vers du nez. D'une manière ou d'une autre, dit-elle en fixant tour à tour la bouteille, puis le couteau qu'elle venait de retirer de sa ceinture.

Harris s'empressa de courir après Blake, déjà sorti du bâtiment.

Ce dernier arpentait difficilement les ruelles de la ville et se dirigeait vers le château. Le jeune homme le rattrapa sans mal avant de lui passer devant. Le bras tendu vers le médecin, il tenait dans sa main le goulot du précieux liquide tuilé.

— Regardez qui j'ai trouvé, toute seule sur une table ! s'exclama bêtement Harris en essayant d'imiter les quelques soulards qu'il avait vus auparavant.

Blake agita brusquement sa paume devant lui, comme pour le stopper. Mais alors qu'il allait passer son chemin, le docteur remarqua en lisant l'étiquette ce qu'agrippait réellement son compagnon du soir. Sans se faire prier, il attrapa la bouteille et l'examina. Il était un grand amateur de vin et en manque de grands crus par les temps qui couraient, et celle-ci était d'une rareté sans équivalence.

— Va pour un dernier verre, dit-il sans lâcher du regard l'objet de ses convoitises.

Le choix de ce breuvage n'était pas anodin, et Katelina savoura ce revirement de situation du coin de fenêtre où elle se tenait. La jeune femme avait su retenir et utiliser à la perfection les penchants du docteur contre lui-même. Une coupe à la main, elle observa les deux hommes se diriger vers la plage en contrebas du château.

— Ouvrez-la, je me charge de faire un feu, proposa Harris en lui tendant le précieux contenant.

Une fois qu'ils furent installés au bord du brasier, la dégustation débuta, et Harris entreprit d'interroger le médecin sur sa vie passée. À présent complètement sous l'effet de l'alcool, ce dernier n'avait plus aucun filtre et se livra à cœur ouvert.

Il commença par ses longues années d'études financées par un père qu'il détestait et parla des camarades qui l'humiliaient au quotidien. Mais Harris releva les informations les plus intéressantes lorsque Blake aborda le décès tragique de sa femme et de son enfant en bas âge dans un accident de la route, des années avant la Chute.

Ivre et au volant au moment des faits, ce dernier ne s'était jamais pardonné leur perte, blessé au plus profond de son âme par ce qu'il avait provoqué. Dans un état dépressif depuis lors, le malheureux avait erré sans but pendant de nombreuses années. Au bord du gouffre et désirant périr afin de retrouver les êtres chers qui lui manquaient tant, il avait vainement tenté de se donner la mort, mais avait été sauvé in extremis.

En convalescence sur son lit d'hôpital durant la Chute, Blake avait découvert devant son poste de télévision l'ampleur que prenait cette maladie aussi inconnue que terriblement létale. Face à ce fléau et à l'abnégation que montraient ses collègues bataillant jour et nuit, le médecin avait décidé de contribuer à son tour en reprenant ses fonctions afin d'aider son prochain.

Ironie du sort, Blake s'était trouvé un nouveau but dans la clinique même où sa femme et son enfant avaient succombé à leurs blessures.

Le récit toucha Harris, qui ne put s'empêcher d'avoir une larme à l'œil.

— À quoi ressemblait-elle ? Votre épouse, je veux dire, demanda le jeune soldat tout en remuant les braises du feu.

— Elle était si belle… si tu savais… De son regard bleu azur qui me fixait chaque matin jusqu'à sa longue chevelure blonde qui volait au gré du vent. Pas un jour ne passe sans que je ne pense à elle… J'ai souvent l'impression de la voir tant elle ressemblait à…

Soudain, le médecin se tut, conscient qu'il en avait trop dit.

Mais il était trop tard, Harris avait compris.

— Tant elle ressemblait à… madame Elizabeth, c'est ça ? l'interrogea-t-il à voix basse.

— Leurs sourires, leurs voix, leurs physiques… Parfois, je n'arrive même plus à les distinguer, avoua le docteur.

— Mais… vous savez que ce n'est pas la même personne… pas vrai, doc ?

— Bien sûr ! Je ne suis pas idiot ! s'emporta Blake. Mais je crois que je…

— Que vous l'aimez…? demanda Harris en se relevant.

— Oui… confessa Blake en se levant à son tour.

Seul le bruit des vagues accompagnait désormais le crépitement du feu, tandis que les deux hommes se faisaient face silencieusement. Cet instant glacial se brisa lorsqu'une alarme se mit à retentir au loin.

Quelques minutes auparavant…

Le cœur lourd, Alex arpentait les ruelles de la ville. Il s'arrêta sur un banc non loin du portail.

Rongé par le remords, le jeune homme ne pouvait s'empêcher de gratter l'épiderme à l'extrémité de ses doigts, jusqu'à se faire saigner. Entre chaque pelure de peau se déposant sur le sol poussiéreux, son bras s'agitait, laissant apparaitre une montre dont il surveillait l'heure à l'aide du clair de lune.

L'opération se répéta un nombre incalculable de fois avant qu'il ne s'arrête subitement. Son corps se releva machinalement et se dressa droit comme un piquet. Le revolver dissimulé à l'arrière de son pantalon trouva alors refuge entre ses deux mains tandis que son regard se concentrait entièrement sur lui. Bien décidé à en finir, il serra l'arme.

Un peu plus loin, quatre hommes étaient affectés à la surveillance de la porte de la ville. Deux d'entre eux observaient le périmètre du haut d'une tour de guet, tandis que les deux autres patrouillaient à proximité de l'accès.

— Qu'est-ce que vous foutez ? Ce n'est pas encore l'heure de la relève, demanda l'un des gardes en voyant ses deux camarades descendre du mirador.

— Une envie de pisser. On n'en aura pas pour longtemps, t'inquiète.

— Ouais, ben, grouillez-vous !

Les deux individus s'éloignèrent dans la pénombre, jusqu'à ne plus être visibles.

En attendant le retour de leurs collègues, les deux hommes gardant le portail évoquèrent, non sans jalousie, leur désir de boire un verre dans la taverne. Mais soudain, un son retint leur attention. Mais pas n'importe lequel, celui du bois qu'on frappe avec ses phalanges.

Alertés par ce bruit suspect, les deux patrouilleurs se positionnèrent dos à la ville avant de prévenir avec autorité face à la porte fermée :

— Nous sommes armés. Si quelqu'un est là, parlez !

Mais personne ne répondit.

— Ça doit être le vent, plaisanta celui qui était au plus près de la cloison tout en se tournant vers son camarade.

Mais la surprise fut de taille lorsqu'il vit son collègue inconscient et étendu contre la terre grasse. Désormais, seul Alex se tenait face à lui, un revolver pointé vers son crâne. Le jeune homme lui lança une poignée de rilsans avant de s'exprimer :

— Attachez-le avec ça, puis emmenez-le là-dedans ! ordonna Alex en visant du regard un cabanon de fortune installé à côté du portail. Puis vous ferez de même pour vous !

Le garde d'une quarantaine d'années grinça des dents tandis que la sensation de n'être qu'un animal pris au piège le gagnait. Conscient qu'il n'avait pas d'autres solutions pour s'en sortir, il accepta son sort. Il lia les poignets de son camarade à l'aide des colliers de serrage en plastique, puis exécuta la même manœuvre sur lui-même.

Une fois les deux patrouilleurs ligotés à l'intérieur du local, Alex se dirigea vers la porte et retira l'épais bloc de bois l'immobilisant.

Aussitôt libérés de leur entrave, les battants de cette dernière s'ouvrirent pour laisser découvrir le visage de l'homme se dressant derrière elle.

Danny était là, vêtu d'un imposant manteau de cuir et de sa fidèle canne. C'est avec un sourire sadique qu'il s'adressa alors à Alex :

— Bien joué, petit. Sans toi, on n'y serait pas arrivés ! N'est-ce pas, les gars ?

Derrière lui se tenaient une vingtaine d'individus armés, accompagnés d'un camion tous feux éteints.

Ses sbires avancèrent, leur fusil pointé vers l'horizon tout en repérant le périmètre.

— Et Mary ? Vous aviez dit qu'elle serait libérée une fois la porte ouverte ! s'interposa Alex.

Danny grogna légèrement en guise de réponse. La seconde d'après, l'un de ses hommes sortit de la cabine du poids lourd en tirant la jeune femme par le bras. Ce dernier la poussa violemment vers Alex avant que Danny murmure :

— Un marché est un marché. N'y vois rien de personnel, il fallait qu'on soit sûrs que tu ne te débinerais pas au dernier moment. Si vous voulez toujours quitter cet endroit, tu sais ce qu'il te reste à faire, finit-il en clignant de l'œil.

Pendant que le camion reculait doucement en marche arrière, Danny et ses hommes longèrent les remparts du périmètre, dissimulés par la pénombre environnante. D'ordinaire, la traversée d'un bout à l'autre de la ville aurait vite été interrompue par l'une des sentinelles affectées aux différents miradors, mais pas cette fois.

Et pour cause, chacune d'entre elles avait été droguée et gisait à même le sol, à proximité de seringues remplies de sédatif. Les individus chargés de surveiller le périmètre avaient tous été pris en traître par les deux gardes ayant quitté leur poste à la grande porte, peu avant l'arrivée d'Alex. Les deux parjures s'étaient ensuite précipités vers la forteresse, laissant dans leur sillage une trainée de corps inconscients.

Le groupe de Danny avança dans le calme, jusqu'à se faire interrompre par le bruit du talkie-walkie accroché à la ceinture de ce dernier. Il actionna l'émetteur et communiqua alors avec ses subalternes.

— On est en place, boss, on attend le signal.

— Très bien, on entame la deuxième phase. Tenez-vous prêts. Une fois l'alerte donnée et le château vide, emportez tout ce que vous pourrez puis foncez vers la plage, ordonna Danny.

Soudain, le petit homme à la jambe de bois activa un second canal sur son appareil. À l'autre bout, le chauffeur du poids lourd, qui patientait, décrocha.

— Le camion est en place, boss.

— OK, tu sais ce qu'il te reste à faire. On te récupèrera au phare de Berwick comme prévu.

Le véhicule avait été positionné au milieu du passage, de manière à avoir ses portes arrière à l'intérieur de la ville et son habitacle à l'extérieur, empêchant ainsi toute sortie. Le chauffeur quitta à toute vitesse la cabine et fonça jusqu'à l'interstice entre les deux périmètres.

— C'est le moment, petit, lança-t-il à Alex, qui l'attendait là avec Mary, et ce depuis le départ de Danny.

Tous deux hochèrent la tête avant de se diriger vers l'extrémité du camion. Chacun attrapa l'un des battants et s'employa à l'ouvrir aussi vite que possible. À peine entrouvertes, les portes du véhicule laissèrent s'échapper de multiples grognements. Tandis que le chauffeur démarrait en trombe un autre véhicule abandonné par les sbires de Danny, une vingtaine d'infectés sortirent du poids lourd en s'effondrant dans la ville.

Face aux monstres surgissant du noir abyssal du camion, Alex recula et chuta. Aidé par Mary, le jeune homme se releva et actionna la cloche située sur leur chemin, alors que tous deux fuyaient en direction de la plage.

Très vite, des dizaines de citoyens attirés par l'alerte ouvrirent leurs fenêtres et découvrirent avec horreur des goules à l'intérieur du bourg.

— Infectés ! Infectés ! hurlaient plusieurs d'entre eux.

Face à la menace sous sa lucarne, un habitant souleva sa petite fille et l'enferma dans la cave de sa maison.

— Je reviens tout de suite ! N'aie pas peur, je reviens… je te le promets, lui dit-il sans en être pleinement convaincu.

Ce dernier courut à la hâte dans la rue, muni d'une lance qu'il ficha dans le crâne de l'une des goules s'approchant de lui avant de s'époumoner :

— Appliquez le protocole ! Les enfants et les vieillards dans les caves ! Les autres sur les toits ou dans les allées !

Sa lance s'enfonça dans une nouvelle cible avant qu'il ne se fasse surprendre par un infecté dans son dos. Sous le poids de la créature, tous deux s'écroulèrent. La mâchoire putride claquait face à son visage, tout en laissant couler un filet de bave noirâtre. À bout de forces, l'homme comprit qu'il allait y passer.

Mais soudain, la tête de la monstruosité se décolla de son tronc et termina sa course à quelques mètres de là. Face à lui, John, muni d'une machette, se tenait sur son cheval, qui se cambra devant les infectés approchant.

Sauvé in extremis, le citoyen le remercia d'un hochement de tête avant de reprendre le combat avec les siens. Ben ne tarda pas non plus à arriver sur son élégant destrier noir, faisant pleuvoir le feu de son arme de poing.

Sur la plage, on pouvait entendre au loin les cris ainsi que les détonations émanant de la ville. Danny et ses hommes n'attendaient plus qu'Alex et Mary.

Tous deux arrivèrent à proximité d'un petit feu de camp à côté duquel un corps baignait dans une mare de sang, alors que le truand à la jambe de bois s'entretenait avec le capitaine Aguilar.

— Vous voilà ! s'exclama-t-il.

Voyant qu'une partie des subalternes de Danny étaient déjà en train de charger des caisses à bord du navire d'Aguilar, Mary prit la parole :

— Vite, ne trainons pas ! Ils sont en train de se faire ces horreurs, mais la diversion ne tiendra pas très longtemps.

— Tout doux, ma jolie, répondit Danny avec un sourire répugnant, il y a un changement de programme.

Soudain, deux mastodontes attrapèrent Alex et le cognèrent au visage.

— Espèce d'enfoiré ! s'écria Mary à l'intention d'Aguilar. Vous nous aviez promis qu'on pourrait quitter cet endroit si on vous aidait avec vos lettres et cette foutue porte !

— Désolé, petite, s'excusa faussement le capitaine avant de la frapper sur l'arcade à l'aide de la crosse de son fusil.

Sous la puissance du choc, Mary s'écroula, inerte, le visage contre le sable. Tout comme Alex, qui se fit rouer de coups avant de tomber, lui aussi, inconscient.

Au petit matin, Alex revint à lui sous l'impact désagréable de violentes claques sur son visage. Face à lui, Ben prenait un malin plaisir à le frapper lourdement.

— Ce connard se réveille enfin. Dis-moi, c'est quoi, ce putain de bordel ? l'interrogea-t-il en le tenant par les cheveux.

Le jeune homme émergea péniblement et découvrit avec stupéfaction qu'il était toujours sur la plage. Pire encore, Ben et John étaient là, ainsi qu'une dizaine d'autres patrouilleurs armés. Devant lui se dressaient le château et, plus loin, une épaisse colonne de fumée émanant de la ville.

Sous les gestes brusques de Ben, qui agrippait fermement sa crinière, la tête d'Alex fut secouée puis s'orienta vers Mary, agenouillée et bâillonnée.

— Je croyais qu'elle était morte, celle-là ! s'écria Ben, de plus en plus énervé.

Soudain, le visage de ce dernier s'approcha, et sa colère fut plus visible que jamais.

— Peut-être bien que je devrais lui coller une balle dans le crâne. Après tout, c'est peut-être juste une saleté de goule !

— Non ! Non ! Ne faites pas ça, pitié... implora le jeune homme.

Furieux, Ben serra un peu plus les cheveux d'Alex avant de le projeter contre le cadavre gisant dans une mare de sang à côté des braises encore fumantes.

— Et pour lui, t'en as eu, de la pitié, fils de pute ?

Face à lui, le corps sans vie d'Harris reposait sur le sable, un couteau planté dans le cœur.

Ben s'accroupit et plaqua son front contre celui d'Alex avant de lui murmurer avec une froideur sans égale :

— T'as intérêt à causer, sinon, je retire ce couteau et je m'en sers pour découper ta copine en morceaux.

Une larme coula sur le visage du jeune homme alors qu'il répondait faiblement :

— Je vais tout vous dire, mais par pitié, laissez-la...

CHAPITRE 20

LES CHASSEURS

À genoux et les mains crispées dans le sable, Alex savait pertinemment qu'il n'avait plus d'autres choix que de dire la vérité si Mary et lui voulaient avoir une chance de survivre.

Il se plongea alors dans le récit des récents événements, revenant pour cela plusieurs semaines en arrière.

Printemps 2016

Tandis que le printemps commençait tout juste, le jeune couple participait aux patrouilles extra-muros ainsi qu'au guet sur les remparts afin de gagner son pain quotidien.

Un matin, lors d'une sortie à l'extérieur somme toute banale, le duo se vit rejoint par un troisième individu. Équipé d'un arc, l'homme d'une cinquantaine d'années n'eut de cesse de leur relater ses exploits et de leur parler des nombreux concours qu'il avait remportés avec cette arme.

Ironie du sort, c'est au détour d'un bosquet qu'il perdit la vie, à cause d'une simple flèche tirée avec un engin similaire au sien. Le quinquagénaire, qui venait de périr quasi instantanément sous les yeux de ses deux compagnons, avait vu le projectile perforer son œil droit avant qu'il ne traverse l'intégralité de son cerveau.

Le tir provenait d'un tas de branchages d'où sortirent deux individus d'une quarantaine d'années. L'un était grand et gros, avec un visage digne d'un homme des cavernes quelque peu retardé, tandis que l'autre avait le teint pâle, le corps amaigri et le dos voûté. Ce dernier s'approcha, la corde de son arc tendue et une flèche prête à être décochée.

— Tiens, tiens, tiens, Alex, la petite Maria et notre… dîner pour ce soir, finit-il en frappant du pied le cadavre devant lui.

— C'est Mary, connard. Qu'est-ce que vous foutez là ? Je croyais que vous ne chassiez que dans la partie sud du pays.

— Le manque de nourriture se fait ressentir, par conséquent, la meute évolue ! ricana l'homme au teint blafard. Isaac nous a autorisés à chasser plus loin, à condition de ne pas nous en prendre à l'armée.

— On a encore du temps devant nous, alors, qu'est-ce que vous nous voulez ? demanda Alex.

— Le temps est un luxe dont tu trouveras bientôt à court, rétorqua-t-il avant d'enrouler le cadavre dans un sac de toile. Vous n'avez plus que quelques semaines pour rapporter ce que vous avez promis à Isaac, et vous êtes loin du compte, si je ne m'abuse.

Soudain, l'individu se releva et approcha Mary avec son couteau. D'un geste à la fois sadique et délicat, il lui caressa le visage avec sa lame tout en la scrutant d'un regard à la limite de la perversion.

Tandis qu'il se mettait à tourner autour de sa proie tel un vautour affamé, son ami, véritable ogre au regard vide, observait la scène avec un sourire niais en pointant sur Alex un fusil à pompe scié à son extrémité.

— Ça fait quelques jours qu'on vous aperçoit sortir de cette petite ville. Si tu veux mon avis, gamin, amuse-toi bien avec elle durant le laps de temps qu'il vous reste dans ce beau et grand château, car bientôt, c'est vous qui serez… notre gibier.

Une fois sa menace proférée, l'homme aussi squelettique qu'un tas d'os quitta les lieux en se frayant un chemin au travers de l'épaisse végétation, tout en entonnant un sifflement morbide. Pendant ce temps-là, son compagnon aux allures d'ours souleva sans mal le sac de toile contenant le cadavre avant de le rejoindre.

Le couple resta muet les secondes qui suivirent, puis Mary s'inquiéta subitement des questions qu'allait susciter la disparition de leur camarade.

— Comment on va s'expliquer pour… lui ? dit-elle en tournant sa tête en direction de la tache de sang s'étant répandue sur le sol.

— On n'aura qu'à raconter qu'on s'est fait attaquer par des infectés, qu'on n'a rien pu faire pour lui. Tant que nos versions concordent, ça devrait le faire, ne t'en fais pas, répondit Alex en lui tenant l'épaule.

— Et pour ces deux connards ? Ils ont raison, Isaac n'aura jamais ce qu'il veut… On manque de temps…

— De toute manière, on avait dit qu'on arrêtait ces conneries ! s'emporta Alex.

— Mais qu'est-ce qu'on va faire s'ils reviennent ?

— On arrêtera les patrouilles dès notre retour dans la ville. Demain, j'irai voir s'ils n'ont pas du boulot pour nous sur les navires.

Les deux jeunes gens quittèrent la mare d'hémoglobine qui s'était formée pour retrouver le bourg fortifié à quelques kilomètres de là.

Anxieux quant à la tournure que pouvaient prendre les événements, Alex se rendit le jour suivant sur les quais où mouillaient les gréements ainsi que les bateaux de pêche. Il approcha bon nombre de marins pour leur proposer ses services, mais hélas, il se heurta à un flot de refus.

« Toutes les places à bord sont prises. »

« Reviens d'ici quelques semaines. »

« Tu n'as aucune expérience en mer, petit. Va plutôt jouer les fermiers ou servir de chair à canon en dehors des murs. »

Telles sont les réponses auxquelles il dut se heurter pendant près d'une heure. Abattu, le jeune homme s'effondra sur le sable encore aussi froid et dur que la nuit passée. La tête enfoncée dans le creux de ses bras, il s'imagina le pire. Mais alors que tout semblait perdu, un nouvel espoir le frappa, au sens propre du terme. Du bout de sa botte, le capitaine Aguilar le secoua légèrement.

— Parait que tu cherches du boulot.

Alex fut tout d'abord surpris de la présence de cet homme qui ne lui avait jamais paru ni sympathique ni prompt à offrir son aide.

— Ouais, m'sieur, répondit-il, à la fois inquiet et plein d'optimisme. Avec ma copine, on aimerait trouver du travail en mer, ou même pour l'entretien des navires, on n'est pas difficiles et bosseurs !

Conscient que ses rangs s'étaient divisés et que son pouvoir était chaque jour un peu plus remis en question, le commandant y vit une occasion non négligeable.

Son autorité était contestée à la fois par ceux préférant vivre dans la ville fortifiée plutôt que regagner le large et par ceux qui souhaitaient retourner voguer sur les mers, loin du danger que pouvaient représenter la terre ferme et ses infectés. Ces derniers, qui étaient contraints par leurs camarades à rester sur les côtes, commençaient à douter du leadership du capitaine. La fracture était réelle, et Aguilar avait rapidement besoin d'hommes pour remplacer les dissidents, sous peine de tout perdre.

— Va la chercher, vous commencez dès aujourd'hui, lui ordonna-t-il froidement.

— Très bien, m'sieur, merci ! s'écria Alex avant de s'en aller prévenir Mary.

Une semaine de dur labeur s'écoula pour le jeune couple, qui travaillait corps et âme sur la rénovation du navire d'Aguilar.

La fin de l'entretien du gréement pointait le bout de son nez, et les quelques marins désirant retourner en mer en furent ravis. Tout autant qu'Alex, qui souhaitait à tout prix s'éloigner d'ici.

Tandis que le soleil se couchait et qu'une grande partie des ouvriers avaient quitté les lieux, Alex, lui, continuait sans relâche. Il ne comptait pas ses heures pour achever le chantier, quitte à sauter les maigres repas qu'il s'octroyait. C'était devenu une question de vie ou de mort pour lui et Mary, tant que l'ombre des chasseurs planait au-dessus d'eux.

Alors qu'il venait tout juste de finir le ponçage d'une énième planche de bois, le jeune homme réalisa soudainement qu'il était le dernier travailleur présent sur le pont principal. Épuisé, il s'octroya une brève pause face au coucher de soleil qui s'offrait à lui.

En contrebas, Aguilar patientait sans un bruit sur le ponton. Le silence émanant de son navire le conforta dans l'idée que chaque ouvrier avait à présent quitté le chantier. Tout à coup, deux silhouettes apparurent et se rapprochèrent de lui.

— Vous l'avez ? demanda le capitaine aux deux individus.

Sa voix rauque s'éleva jusqu'au pont supérieur, d'où l'entendit Alex.

Surpris par la scène, il s'avança vers la rambarde et vit Aguilar ainsi que deux marins. L'instant d'après, l'un des deux hommes tendit à son commandant une feuille de papier qu'il s'employa à déplier aussi vite qu'il l'avait reçue.

Toujours plus poussé par sa curiosité, Alex plissa les yeux afin de tenter de déchiffrer son contenu. Il entraperçut un croquis réalisé à la main. Celui de plusieurs rues, dont l'une était entourée en rouge.

Il s'agit sans doute de la ville, songea-t-il.

— Demain à la même heure, ces deux enfoirés seront morts et enterrés, déclara Aguilar. Merci, messieurs.

« Morts et enterrés. »

Ces trois mots firent frissonner Alex, qui ne put s'empêcher de se demander de qui il s'agissait.

Inquiet, le jeune homme recula et heurta l'outil lui servant à poncer ses planches. L'objet chuta si lourdement sur le sol qu'Alex n'osa plus bouger, tant il craignait les conséquences qu'engendrerait sa présence.

Soudain, de rapides bruits de pas résonnèrent sur le pont inférieur, suivis d'une menace claire et distincte :

— Qui est là ? Si tu ne sors pas de ta cachette, ça finira mal pour toi, mon gars ! cria l'un des mastodontes accompagnant Aguilar.

À l'instant même, Alex comprit qu'il n'avait d'autres choix que de se livrer s'il espérait rester en vie un soir de plus.

— C'est moi, capitaine... Je ne voulais pas... Je suis... s'excusa difficilement le jeune homme tout en ayant les mains en l'air.

Face à lui, Aguilar dégaina un couteau de sa ceinture et s'approcha avec un visage froid et sans expression.

— Tu avais du potentiel, petit, tu m'en vois navré.

— Je vous en supplie, m'sieur, vous n'êtes pas obligé de me tuer. Je me fiche de savoir de qui vous comptiez vous débarrasser. Avec ma copine, on espérait quitter le navire à la première occasion ! Tout ce que je souhaite, c'est m'en aller de cet endroit, l'implora Alex, une larme à l'œil.

Contre toute attente, Aguilar recula d'un pas avant de lui tendre le document qu'il tenait dans l'autre main.

— Tu veux vivre ? Tu veux fuir cet endroit ? Alors, va en ville, trouve ce rat puant de Danny Taylor et donne-lui ça, il saura quoi en faire ! ordonna-t-il.

Alex s'approcha d'un pas. Tel un animal apeuré, il hésita à avancer plus, puis, d'un geste brusque, il s'empara de la lettre avant de prendre ses jambes à son cou vers le cœur du bourg.

— Pourquoi vous avez fait ça, capitaine ? demanda l'un des deux marins.

— J'ai vu dans ses yeux qu'il craignait plus de rester ici que ceci, expliqua Aguilar tout en montrant son couteau. J'ai le sentiment qu'il nous sera encore utile… finit-il en observant le jeune homme courir sur la plage.

Essoufflé, Alex arriva dans la ville alors que la nuit régnait en maitresse sur les lieux. Au détour d'une ruelle, il découvrit le petit Danny recroquevillé sur un banc, tremblant comme une feuille morte. Il approcha et déposa la lettre au creux de sa main avant que ce dernier ne se tourne vers lui, surpris par ce geste.

Son visage était crasseux, et ses lèvres ainsi que ses joues portaient toujours les stigmates de son affrontement avec John, dans ce qui était encore il y avait quelques jours son bar. Ses yeux injectés de sang laissaient perler de fines larmes sur leurs bords.

Alex n'aurait su dire s'il pleurait de tristesse ou simplement à cause du froid.

L'homme à la jambe de bois découvrit de sa main tremblante le contenu du document avant de prononcer laborieusement :

— Me… merci…

Le lendemain, Alex se réveilla difficilement. Bien qu'il ait préféré garder le silence sur ce qu'il s'était passé avec le capitaine Aguilar auprès de Mary, il n'avait eu de cesse d'y repenser. Il se leva sans un mot pour elle et fila immédiatement en direction du navire, afin d'avancer sur le chantier et quitter au plus vite cette ville.

Alors qu'il traversait le bourg, il entendit des murmures çà et là, bien plus fréquents qu'à l'accoutumée. Une fois de plus, sa curiosité le poussa à écouter ce qui se disait. Il redoutait un lien entre Aguilar, Danny Taylor et lui-même.

Ses craintes se confirmèrent lorsqu'il comprit que la dernière personne qu'il avait vue la veille avait tenté d'assassiner John et Ben.

Aguilar n'avait plus approché Alex jusqu'à l'exclusion de Danny ainsi que de ses hommes de la ville. Le jeune ouvrier se sentait alors libéré de sa potentielle emprise. Mais hélas pour lui, ce sentiment n'était qu'une chimère.

Au moment de commencer leur journée, Alex et Mary furent immédiatement convoqués dans la cabine du capitaine. Alors qu'il les entendait entrer et le saluer, Aguilar prit aussitôt la parole, sans même daigner se tourner vers eux :

— Je n'ai jamais eu l'occasion de te remercier pour la lettre, petit. Hélas, tu l'as sans doute compris, tout ne s'est pas déroulé comme prévu.

— Quelle lettre ? demanda Mary d'un air peu rassuré.

— Oh, il ne t'a pas dit… s'étonna faussement le capitaine. Il t'expliquera sur le chemin.

— Le chemin vers où ? le questionna Mary une seconde fois.

— Hélas, j'ai dû prendre de nouvelles… mesures afin de remplir nos objectifs. Par conséquent, vous êtes virés du chantier.

La jeune femme ne comprenait plus rien à ce qu'il se passait. Son esprit s'était figé sur les dernières paroles du commandant.

— Rassurez-vous, j'ai un autre travail pour vous. Vous allez vous présenter au portail, deux hommes vous y attendent et vous affecteront aux patrouilles hors des murs.

Hors de la ville ! Les chasseurs ! pensèrent subitement Alex et Mary en échangeant un regard.

— Pourquoi les patrouilles ? Je croyais qu'on était quittes ! s'emporta Alex.

— Vous désirez toujours quitter cet endroit, pas vrai ? Alors, obéissez, répondit sèchement Aguilar en serrant les dents.

— Il a raison, pourquoi nous envoyer là-bas ? demanda Mary à son tour.

— Faites simplement votre boulot. D'ici quelque temps, nous vous contacterons avec certains messages à délivrer. Faites ce qu'on vous dit, ne posez pas de questions, et tout se passera bien.

Mary regarda furieusement Alex avant qu'Aguilar ne les congédie :

— Vous pouvez disposer.

L'heure qui suivit, Alex expliqua en détail ce qu'il s'était déroulé cette fameuse nuit et son lien avec la tentative d'assassinat contre John et Ben. Malgré le choc de la révélation, Mary comprit rapidement qu'il s'agissait là de leur seule échappatoire, bien qu'elle soit en colère à l'idée qu'on lui ait caché la vérité tout ce temps.

Le jeune couple traversa la ville jusqu'à atteindre le portail avec tout le poids du monde sur les épaules. Ils étaient conscients qu'une fois de plus, ils devraient obéir s'ils espéraient survivre.

Été 2016

Plusieurs semaines s'étaient écoulées depuis la réincorporation du tandem au sein des patrouilles. Alex et Mary n'avaient eu de cesse d'être affectés à la surveillance de la même route en lisière de forêt.

Tandis que la plupart des membres composant les patrouilles tournaient à différents postes de contrôle, ce n'était jamais le cas du jeune couple. Tous deux avaient très vite compris que ce n'était pas par hasard et que ce lieu avait un rapport avec la mission confiée par Aguilar.

Alors qu'Alex et Mary s'apprêtaient à rejoindre le poste de garde, comme à chaque nouvelle prise de fonction, ils constatèrent que l'un des hommes du capitaine Aguilar les attendait devant leur logement.

Sans même un regard pour eux, le marin s'avança à leur rencontre et colla une lettre pliée en trois sur le torse d'Alex.

— Quelqu'un viendra aujourd'hui, donnez-lui ça, dit-il simplement avant de disparaitre dans les rues de la ville.

Le soir même, un individu approcha de la cabane. Ce dernier ne fit aucun effort pour se dissimuler et emprunta le sentier comme si de rien n'était. Alex comprit immédiatement ce qu'il lui restait à faire. Il descendit à une vitesse folle les barreaux de l'échelle en espérant en finir une fois pour toutes.

Sans le moindre mot, l'homme récupéra le courrier avant de disparaitre à son tour dans la forêt.

Après plusieurs jours sans nouvelles du capitaine, le couple crut être enfin débarrassé de son emprise, tout autant que de celle des chasseurs, qu'ils n'avaient plus revus depuis. Ils se sentaient à l'abri du danger, du haut de leur cabane, et tout leur semblait calme et paisible. Mais l'un comme l'autre se berçaient d'illusions, et cette parenthèse n'allait pas perdurer.

Après avoir observé les différentes nuances du coucher de soleil, Alex rejoignit Mary. Cette dernière, d'humeur coquine, l'attendait allongée sur le lit d'appoint de la cabane. Enroulée dans la couette, elle laissait retomber son soutien-gorge de sa main dressée en l'air, tout en fixant intensément Alex.

Le jeune homme répondit à son invitation d'un large sourire avant de retirer son épais pull rapiécé. D'un geste délicat, il souleva la couette et s'apprêta à s'y faufiler pour retrouver les courbes de sa compagne. Mais alors que son corps entier était entré en ébullition, un son rauque résonna contre l'échelle de la cabane.

Mary fixa aussitôt Alex avec de gros yeux avant de lui faire signe d'attraper le fusil plaqué contre l'un des murs. Mais il était trop tard.

Un homme entra dans la cabane, puis un second. Tous deux firent face à Alex, torse nu, et à Mary, à moitié assise sur le lit, cachant tant bien que mal sa poitrine.

— Le boss veut vous voir, alors descendez, et vite ! ordonna l'un des deux individus.

Son ami n'arrivait pas à lâcher du regard la jeune femme.

— D'abord, faites partir ce pervers ! cracha Mary.

Le premier poussa vers la sortie le second, faisant place nette au couple pour qu'il puisse se rhabiller. Une fois vêtus, tous deux rejoignirent la terre ferme et se retrouvèrent nez à nez avec Danny Taylor ainsi qu'une dizaine d'hommes l'accompagnant.

— J'espère que vous vous êtes bien amusés, car la nuit va être longue, dit-il avec un large sourire.

Soudain, l'un des sbires attrapa la radio accrochée à la ceinture d'Alex, puis la relâcha sur le sol avant de la fracasser avec sa chaussure. Un autre agrippa Mary par le bras et la traina vers la forêt.

— Eh ! Attendez ! On a fait ce que voulait cet enfoiré d'Aguilar, on est quittes ! Laissez-la ! s'emporta Alex.

L'attitude et la remarque du jeune homme firent exploser de rire Danny, qui ne tarda pas à lui répondre :

— Parce que tu croyais vraiment que jouer au facteur allait vous permettre de vous enfuir de là ? Va falloir te mouiller un peu plus, mon gars !

Le truand marqua un temps d'arrêt avant de reprendre, le regard plongé droit dans celui d'Alex.

— Comme je te l'ai dit, une longue journée t'attend... Après, je te promets que cet enfoiré d'Espagnol te conduira où tu le souhaiteras !

— Qu'est-ce que vous me voulez encore ? demanda désespérément le jeune homme, un genou au sol face à Danny, qui le surplombait.

— Je veux que tu suives exactement mes ordres, et crois-moi, tu vas les suivre, sinon, c'est ta copine qui trinquera. Emmenez-le, finit-il à l'intention de ses subalternes.

Alex fut alors à son tour traine dans les bois, jusqu'à arriver dans une clairière où l'attendait Mary à terre, ligotée par l'individu la surveillant. Derrière eux se trouvait une femme attachée à un arbre, la tête recouverte d'un sac. Non loin de là, un petit van était stationné et éclairait les environs grâce à ses feux pointés dans leur direction. Alex remarqua que le véhicule remuait étrangement, comme si quelqu'un essayait de s'en échapper.

Encerclé par les sbires de Danny, le jeune homme se rendit vite compte qu'il était impuissant. C'est alors que le chef de la bande approcha Alex et lui souffla à l'oreille :

— Après avoir passé la nuit sans nouvelles de ta part, ils viendront te chercher à la cabane. Mais ils ne te retrouveront qu'ici, dans cette forêt. Dans ton état et face à la situation que tu traverseras, n'importe qui t'emmènerait à l'infirmerie. Une fois sur place, tu déroberas des tranquillisants ainsi qu'une clef des lieux que tu déposeras dans un sac, sur le banc devant la grande porte. Celui-ci sera récupéré par deux des quatre hommes surveillant le portail à l'instant où ils quitteront leurs postes. Sous le banc, tu trouveras une arme, sers-t'en pour éliminer les deux derniers gardes. Ensuite, tu n'auras plus qu'à nous ouvrir les portes de la ville, puis, le moment venu, celles du camion. Lorsque le chaos régnera, tu pourras nous rejoindre sur la plage où l'on t'attendra.

Conscient qu'il était pris au piège, Alex assimila avec intérêt chaque mot émanant de la bouche de son nouveau maitre. Une phrase dont il redouta particulièrement le sens le marqua.

— Comment ça… dans mon état ? Et quelle situation vais-je devoir traverser ? répéta-t-il, inquiet face à la tournure que prenaient les événements.

Soudain, Danny passa ses doigts entre ses lèvres et siffla vers le van. Un homme en jaillit, muni d'une perche de capture comme celles qu'utilisaient autrefois les employés de chenil. Ce dernier déverrouilla les portes arrière du véhicule, d'où sortit une goule. Attiré par la proie face à lui, l'infecté chuta lourdement. La créature approcha si lentement du conducteur qu'il n'eut aucun mal à faire passer le collet de la perche autour de son cou. La monstruosité, à présent réduite à l'état de simple pantin au service de son maitre, se mit à avancer au rythme qui lui était imposé.

Le chauffeur progressait au cœur de la végétation, tout en dirigeant la goule vers Mary. Alex n'eut alors besoin d'aucune révélation pour comprendre ce qui allait lui valoir cet état dramatique que lui avait promis Danny.

Tandis que la créature s'approchait de plus en plus, Mary tremblait de tout son être. Les larmes qu'elle s'était efforcée de contenir jusqu'alors roulèrent sur ses joues, pendant que son compagnon essayait tant bien que mal de s'interposer. Malheureusement pour le couple, la tentative chevaleresque se solda par un échec lorsque la crosse d'un fusil percuta les côtes du jeune homme.

Alors qu'il pensait voir sa bien-aimée périr dans les secondes qui allaient suivre, un autre individu se dirigea vers la femme ligotée derrière Mary. Il releva le sac camouflant son visage aux yeux de tous.

Celle-ci affichait un regard terrifié et s'efforçait par tous les moyens de hurler au travers de son bâillon. Tout comme Mary, elle avait une chevelure rousse et était sensiblement du même âge.

Sans accorder la moindre chance à la prisonnière, le chauffeur du van orienta alors l'infecté vers cette dernière et laissa la créature déchiqueter ses entrailles, sous le regard désabusé d'Alex.

C'est avec les genoux à terre et les mains fichées dans le sol gras qu'Alex observait avec effroi la goule dévorer les tripes de celle qui servirait de leurre. La culpabilité submergea subitement l'esprit du jeune homme, qui ne put s'empêcher de se sentir responsable de la mort atroce de cette innocente. Il prit peu à peu conscience du sort qu'aurait pu subir sa bien-aimée, et son regard se détourna lentement du cadavre pour se plonger dans celui de Mary. Bien que soulagé de la voir saine et sauve, Alex comprit que rien ni personne n'entraverait les plans Danny.

Ce dernier, satisfait de la mise en scène, somma ses subalternes de lever le camp d'un nouveau sifflement. Le chauffeur du van exécuta la goule à l'aide de la lame accrochée à sa ceinture, puis s'empressa de saisir par le bras Mary avant de la trainer à bord de son véhicule.

Un fusil braqué sur sa tempe, Alex ne put que l'observer disparaitre dans l'obscurité. Soudain, la jambe de bois de Danny se planta dans le sol boueux à deux pas de lui. Le visage grimaçant, ce dernier mit toutes les peines du monde à s'accroupir à proximité du jeune homme.

— Fais ce que tu as à faire, et tu la retrouveras en un seul morceau, murmura-t-il avant de s'évanouir dans la pénombre, lui aussi.

Sans qu'Alex se rende compte du temps qu'il s'était écoulé, la nuit avait fait place au jour et le hululement des hiboux avait disparu également, au profit du chant des oiseaux.

À présent abandonné au milieu des bois, Alex avait pris soin d'écarter l'infecté du cadavre de la femme avant de se recueillir auprès d'elle. Alors que ses longs cheveux roux glissaient entre ses doigts, Alex se perdit dans ses pensées. Il n'avait désormais plus que deux objectifs en tête, sortir Mary de là et fuir à tout jamais pour ne plus être sous l'emprise de quiconque.

Ce n'est que lorsque John et Ben eurent pénétré dans la clairière que le jeune homme émergea de son état léthargique, déterminé à en finir.

CHAPITRE 21

CONSEIL TRÈS RESTREINT

Lorsqu'Alex eut terminé son récit, Ben était à bout de nerfs. Bien qu'il ait réussi à se contenir en faisant les cent pas, cette histoire l'avait consumé de l'intérieur. Observer le cadavre froid d'Harris ne fit que renforcer ce sentiment. A contrario, John avait su garder son calme, ce qui ne put échapper à Ben.

— Tu vois ? Maintenant, tu admettras qu'on aurait dû buter ce connard de Danny une fois pour toutes ! explosa-t-il.

— L'exécuter n'aurait rien changé, il n'était pas le seul aux commandes de cette opération. Tu le sais très bien, alors, ressaisis-toi, répliqua John.

— Le tuer aurait peut-être évité tout ça, justement ! Au moins, il nous reste celui-là, dit furieusement Ben en transperçant Alex du regard.

L'impression de n'être qu'une vulgaire brebis face à un loup prêt à lui sauter à la gorge frappa le jeune homme, qui frissonna de tout son être en voyant l'ancien militaire le fixer.

— Non ! s'interposa John, on n'a pas encore fait la lumière sur tout ce qu'il s'est passé, et il y a d'autres solutions !

— Tu sais très bien que non ! Ces deux raclures t'ont trahi alors que tu leur avais tendu la main, et tu voudrais quand même les épargner ! Il n'y a qu'une seule solution pour éviter qu'ils ne recommencent !

Ben dégaina le couteau accroché jusque-là à sa ceinture et approcha d'un pas vers Alex avant que John ne se place en travers de son chemin.

— Range-moi ça, on va les mettre en cellule et on décidera de leur sort avec le conseil.

— Le conseil ? Arrête un peu avec cette connerie de conseil ! Deux membres en sont morts cette nuit, et un troisième a disparu. Ce conseil ne sert plus à rien, il ne représente plus personne. Et de toute façon, même si on avait voté, tu aurais trouvé une parade pour avoir le dernier mot et ne pas faire le nécessaire.

Deux morts et un disparu, ces mots frappèrent Alex, qui se posa soudain une tonne de questions.

— Qui est mort, et qui a disparu ? demanda le jeune homme à voix basse.

— Qu'est-ce que ça peut te foutre, sac à merde ? répondit Ben d'un ton sec. Tu les rejoindras bientôt, finit-il en marmonnant.

— Le commandant Stan a subi le même sort qu'Harris… glissa John, plein de regret.

— Stan ? s'écria Alex, quelque peu surpris.

L'intonation qu'avait employée le prisonnier n'échappa pas aux deux anciens militaires, qui se regardèrent avant de le questionner en chœur :

— Qu'est-ce que tu sais ?

— Pas grand-chose… juste que c'était le capitaine Vervatov qui était censé se trouver là cette nuit, enfin… d'après Aguilar.

— Cet enfoiré avait une dent contre le vieux, mais de là à prévoir son meurtre… s'étonna Ben.

— Qui a disparu ? demanda une nouvelle fois Alex.

— Le docteur Blake. Katelina nous a confié qu'elle l'a vu quitter le bar avant de se diriger vers la plage avec Harris.

— C'est sans doute ce traître qui l'a tué avant de s'enfuir avec ces raclures ! ragea Ben.

— On en a déjà parlé, alors arrête avec cette hypothèse sortie de nulle part ! Blake est des nôtres, il nous a toujours soutenus. Tu as juste une dent contre lui depuis le départ.

— Je me méfie de lui, oui ! Et à juste titre ! Il est le seul qui pouvait fournir à la fois les clefs de l'infirmerie et les tranquillisants à cette petite merde, observa Ben en jetant un regard méprisant à Alex.

John se pencha alors vers le prisonnier avant de tirer légèrement sur la fine cordelette entourant son cou, qui maintenait ensemble les précieuses clefs.

— Qui te les a données ? demanda John.

— Comme je vous l'ai dit… je les ai simplement trouvées posées sur mon lit après ma toilette… Je…

— Tu vois ! le coupa Ben. C'est Blake à coup sûr !

— Encore une fois, ça ne veut rien dire… répondit John, désabusé par la situation.

— Réfléchis, putain ! s'emporta Ben. Chaque membre du conseil encore présent ici, vivant ou mort, a ses clefs sur lui.

Seuls Aguilar et Blake manquent à l'appel. C'est forcément l'un d'entre eux qui les a laissées à ce petit con que tu t'évertues à protéger.

Bien que poussé par la rage et la soif de vengeance, Ben avait soulevé des points irréfutables, et John ne put qu'admettre le constat édifiant qui se dressait devant lui. Blake les avait peut-être trahis. Soudain, John avança de quelques pas en direction de la mer. Son regard se fixa sur l'horizon avant qu'il ne murmure, entre deux vagues s'échouant sur la plage :

— Il a juré de soigner et de protéger les habitants de cette ville, pourquoi aurait-il renoncé à ses valeurs, si c'est lui le coupable…?

— Tu sais très bien pourquoi, lui répondit Ben, qui le rejoignit silencieusement. Elizabeth… Il a sans doute voulu se débarrasser de nous avec l'aide de Danny et d'Aguilar. Lorsque ces lâches ont vu que leur plan échouait, ils ont dû prendre la fuite pour ne pas avoir à affronter les conséquences de leurs actes.

John quitta des yeux l'étendue d'eau pour se diriger à nouveau vers les patrouilleurs qui surveillaient Alex et Mary.

— Escortez-les au château et enfermez-les dans les geôles, on réglera ça une fois nos blessés soignés.

Derrière le prisonnier qui se relevait péniblement, le cadavre du capitaine Stan était couché à côté de cinq de ses marins, tandis que le même nombre avait déjà été conduit à l'infirmerie du fort.

— Explique-moi comment tu comptes les soigner alors qu'ils ont volé le peu de médicaments qu'on possédait ? demanda Ben. En plus du reste… finit-il sur une note amère.

Le reste, songea John.

Cette nuit-là, le groupe de Danny, allié aux quelques hommes encore fidèles à Aguilar, avait dérobé non seulement le faible stock de l'infirmerie, mais également l'espoir d'un renouveau pour les résidents du bourg et du château. Affronter à nouveau l'horreur que représentaient les infectés, au cœur même de leur nouvelle demeure, avait été un véritable drame pour beaucoup. Le rêve de pouvoir vivre en paix et en sécurité était devenu réalité dans ce lieu éloigné des hordes de monstres avides de chair et de l'armée, qui n'était pas en reste en matière de violence.

Mais le rêve avait tourné au cauchemar en l'espace d'une seule nuit. Bien qu'un faible nombre de victimes ait été recensé, l'angoisse avait gagné le cœur et l'esprit de chaque survivant.

Initialement prévu à la surveillance de la baie et de son ponton, le capitaine Vervatov, qui était tombé malade le jour de l'attaque, avait miraculeusement survécu à la tentative d'assassinat. Ayant pris son poste au pied levé, le commandant Stan n'avait pas eu cette chance et avait succombé à l'embuscade qui ne lui était pas destinée.

Au petit matin, Vervatov avait découvert non seulement le cadavre d'un homme qu'il considérait comme son ami, mais également la disparition de son navire.

C'était l'ultime punition que lui avait infligée Aguilar. Le vol du gréement qu'il avait mis tant d'années à construire de ses propres mains et avec lequel il avait sillonné les quatre coins de ce monde. La perte de ce fidèle allié qui lui avait permis de survivre sur les mers depuis la Chute lui avait brisé le cœur, et la rage l'avait submergé. Désormais, un seul objectif l'animait, retrouver Aguilar et lui faire payer sa trahison.

À la découverte de la disparition de son vaisseau, le capitaine, suivi par la totalité de ses marins, avait immédiatement embarqué sur le *Black Thorn*, qui appartenait au regretté commandant Stan. Hélas, le bateau du défunt n'était pas taillé pour rattraper celui qui avait été dérobé par les parjures. C'est ainsi que le navigateur aux cheveux blancs perdit très rapidement leur trace en mer.

Près de deux jours après son départ, Vervatov revint à Bamburgh les mains vides et l'esprit torturé.

Une fois son navire à quai, le marin remonta les épaisses dunes avec toutes les peines du monde avant de se rendre dans l'enceinte du château. Bien qu'essoufflé, le vieil homme traversa les couloirs du fort avec hâte, espérant avoir de bonnes nouvelles concernant les mutins. Les bottes encore pleines de sable, il arriva devant la porte de la salle du conseil, qu'il ouvrit à l'aide de ses deux mains tant il était épuisé après avoir passé les deux dernières journées en mer, et ce sans dormir. À son grand âge, les stigmates de tels efforts se repéraient facilement sur son visage. Ses traits étaient tirés, ses cernes alourdis, et son teint était aussi pâle que celui des infectés.

Lorsque Katelina le vit entrer dans la pièce, elle ne put s'empêcher d'avoir un sursaut de terreur tant il faisait peur à voir. Elizabeth, quant à elle, n'hésita pas une seconde à lui prêter main-forte, le soutenant par le bras pour les derniers mètres qu'il lui restait à parcourir avant de pouvoir s'installer sur son siège. Après seulement quelques secondes d'attente, tous trois furent rejoints par John et Ben, qui n'avaient eu de cesse de se quereller à propos du sort des deux amants croupissant dans une cellule, quelques mètres plus bas.

Une fois de plus et comme tous s'y attendaient, John et Elizabeth prirent position pour le jeune couple, proposant de l'exclure ou de l'incarcérer durant un certain laps de temps, mais de le laisser en vie. Ben et Katelina, en revanche, furent plus catégoriques. Tous deux souhaitaient les voir pendus haut et court. Ultime membre d'un conseil qui avait vu quatre autres de ses conseillers disparaitre en une nuit, Vervatov fut le dernier à faire entendre sa voix.

Bien qu'affecté par la mort de son ami et la perte de son navire, le vieil homme n'en oublia pas ses valeurs, même s'il souligna la gravité des actes perpétrés par les deux prisonniers. Comme le pensait Ben, le marin se rangea une fois de plus du côté de John, considérant qu'il était préférable de les enfermer durant une période qui serait définie ultérieurement.

Après avoir passé la matinée à délibérer avec le conseil, puis son après-midi à sécuriser le périmètre, Ben était exténué lorsque la pénombre commença à gagner les environs. Ainsi, l'ancien militaire arpenta avec hâte les couloirs du château dans le but de retrouver ses appartements.

Son visage, marqué par la fatigue, s'adoucit quelque peu lorsqu'il entrouvrit la porte et vit Katelina.

La jeune femme, vêtue d'une fine et ravissante nuisette de soie, était accoudée sur le rebord de la fenêtre, à l'autre bout de la chambre. Elle avait passé les dernières minutes à scruter l'horizon, un verre de vin à la main.

Chaque élément luxueux qui composait la pièce était à l'image de la bouteille provenant de la cave du fort, raffinée et à son goût. Plus important encore, tout cela lui appartenait désormais. L'élégante dame aux cheveux noirs aurait pu se contenter de cette situation plus que confortable par les temps qui couraient, mais ce n'était qu'un début. Katelina en voulait plus, et elle comptait augmenter le nombre de ses biens au cours des prochains jours.

Le corps tout autant que l'esprit de l'ancien militaire furent apaisés à l'idée même de pouvoir enfin se reposer. C'est avec soulagement qu'il s'assit sur son lit, avec pour seul désir de voir la femme qui le faisait tant vibrer le rejoindre au plus vite.

Cette dernière passa tout d'abord devant lui, laissant s'échapper dans son sillage les délicates notes de parfum dont elle s'était imprégnée. Sa nuisette, tout comme le bout de ses doigts, caressa les avant-bras de Ben lorsqu'elle traversa la pièce. C'est avec finesse et élégance que Katelina longea le matelas avant de grimper dessus à la manière d'un félin.

Seul le crépitement de la bougie éclairant la chambre se faisait entendre, tant la jeune femme s'approchait silencieusement dans le dos de Ben. Elle commença par lui retirer son haut, puis parcourut son cou avec ses lèvres. Enfin, ses mains englobèrent le torse de l'ancien militaire avant de le couvrir de caresses aussi douces que la soie qui l'habillait.

— C'est bon de te retrouver ! dit-il en savourant sa présence.

— Je n'attendais que ça… lui susurra-t-elle à l'oreille. Surtout après t'avoir vu montrer les crocs ce matin, déclara Katelina en sachant pertinemment où cela allait la mener.

— Tu parles… personne ne prend en considération ce que je dis… Si ces deux petites raclures finissent libres, je te parie ce que tu veux qu'ils nous planteront encore un couteau dans le dos !

— Je sais… c'est pour ça que *je* t'ai soutenue, renchérit-elle, le corps collé au sien avec la bouche toujours plaquée contre son oreille.

— Parfois, j'ai l'impression que toi seule me comprends et arrives à percevoir le danger qui rôde autour de nous.

— C'est parce que j'ai tout perdu le jour de notre départ de Wallasey, je ne souhaite plus que cela se reproduise… expliqua Katelina, la voix pleine de nostalgie.

— Excuse-moi, je ne voulais pas… C'est juste qu'au milieu des murs de la ville et du château, ils se sentent bien trop invulnérables.

Soudain, Katelina prit le visage de Ben entre ses mains et lui répondit tout en le regardant droit dans les yeux :

— Vois le bon côté des choses, ce qu'il s'est passé cette nuit-là a servi de piqure de rappel !

— Mais je suis sûr que d'ici un mois, ils auront tous oublié… Ils seront bien trop occupés à organiser une nouvelle fête sans intérêt ou à se souler à la taverne.

À la simple évocation du bâtiment, le visage de Katelina se refroidit subitement.

— On en a déjà parlé, et tu sais très bien que c'est le meilleur moyen de surveiller les idiots qui pourraient tenter quelque chose de stupide contre toi ou ton ami, le lâche !

— Je t'ai dit d'arrêter de l'appeler comme ça ! réagit Ben en agrippant fermement le poignet de Katelina.

Cette dernière se dégagea immédiatement de sa prise avant de lui répondre :

— Très bien, mais comment nommes-tu quelqu'un qui est incapable de protéger les siens contre les menaces qui se dressent devant lui et sa famille, hein ?

De nouveau, seul le crépitement de la bougie régnait dans la chambre, mais cette fois, l'atmosphère était devenue nettement plus lourde.

— Ce n'est pas un lâche... répondit froidement Ben. C'est juste qu'il a... des difficultés à passer ce cap, mais un jour, il y arrivera, j'en suis convaincu !

— Et moi, je suis persuadée du contraire ! Le seul capable d'assurer notre survie à tous, c'est *toi* ! C'est toi qui devrais diriger cet endroit, pas lui !

— Il ne dirige rien. C'est le conseil qui décide de tout, comme cela a été convenu dès notre venue ici.

Katelina gloussa en entendant ces quelques mots.

— Parce que tu penses vraiment que c'est encore le conseil qui gouverne ce lieu ? Je te croyais plus malin, Benjamin...

— Qu'est-ce que tu veux dire par là ? demanda-t-il.

— Qui a relâché dans la nature ce misérable rat de Danny Taylor ? Lui ! Au nez et à la barbe du conseil. Qui a une fois de plus réussi l'exploit de maintenir en vie deux traîtres qui ont failli tous nous tuer ? Lui ! s'emporta la jeune femme.

— Je suis d'accord pour Danny, mais ce matin, ce n'était...

— Pas lui ? le coupa Katelina d'un ton interrogateur. Réfléchis ! Ta sœur allait évidemment voter dans son sens, tout comme ce vieux marin qui pue le poisson. Tous deux passent le plus clair de leur temps en mer, il allait forcément prendre son parti. Fais-toi une raison, Benjamin ! Désormais, le conseil, c'est lui et lui seul ! Et crois-moi, avec lui aux commandes, je ne donne pas cher de l'endroit qu'on essaie de bâtir !

Tout à coup, Ben réalisa qu'elle n'avait pas tout à fait tort. Désormais, John pouvait largement imposer sa vision des choses, et son manque d'autorité ainsi que de fermeté était un risque pour tous les survivants.

Le regard plongé dans le vide, Ben était perdu au cœur de ses pensées. Que fallait-il faire à présent ? Ce n'est que la douceur des doigts de Katelina touchant son visage qui le ramena sur terre.

— Assez parlé de lui, lui dit-elle avant de lui monter dessus et de l'embrasser sauvagement.

Ainsi, tous deux passèrent le reste de la soirée à assouvir leurs pulsions charnelles, entrecoupant leurs ébats d'agréables pauses œnologiques pendant que les bougies illuminant les chambres du château s'éteignaient tour à tour.

CHAPITRE 22

REVENANT

Nord-est de l'Angleterre

Bamburgh

Octobre 2016

Les jours, puis les semaines avaient défilé depuis l'attaque perpétrée par le petit Danny trois mois auparavant

Alors que la pénombre commençait tout doucement à s'abattre sur la ville, John et Ben s'apprêtaient à effectuer leur seconde ronde quotidienne.

Constatant que rien d'anormal n'était à signaler cette nuit-là, l'un comme l'autre repartirent en direction du château, sans même imaginer qui arrivait à eux, à seulement quelques kilomètres de là.

Au nord de leur position, un cavalier solitaire fendait le brouillard ambiant à toute allure. La silhouette encapuchonnée montait un destrier aussi sombre que la nuit, et aurait fait frémir les enfants de la ville tant il ressemblait à un spectre nocturne.

L'individu ordonna à sa monture de ralentir à l'approche du vieux phare abandonné situé à un kilomètre de Bamburgh. Lorsque l'animal s'arrêta, la buée s'échappant de sa mâchoire s'ajouta à la brume qui entourait les environs.

— Enfin, nous y voilà ! annonça l'homme en tapotant légèrement le cou de la bête.

D'un geste ferme, il frappa des pieds sur les flancs du cheval, qui se mit à hennir avant de se lancer au galop vers le bourg.

Conscient que ses décisions et prises de position avaient affecté considérablement sa relation avec son ami de toujours, John n'avait qu'une hâte, le quitter et retrouver Elizabeth.

Patrouiller avec Ben était devenu une tâche des plus pénibles, les deux hommes ne se parlant presque plus. Leurs conversations n'avaient plus de saveur, et les banalités étaient désormais d'usage. Tandis qu'ils progressaient rapidement en direction du château, la cloche annonçant un danger tinta soudainement dans toute la ville.

Les deux anciens militaires se tournèrent alors brusquement l'un vers l'autre. Ce réflexe d'ordinaire si naturel semblait à présent contre nature, ce qui les étonna presque. Ils traversèrent aussitôt les ruelles à grandes enjambées, sans se dire le moindre mot. Malgré leurs différends, ils s'étaient juré que rien ni personne ne mettrait à nouveau la communauté à mal.

Lorsqu'ils arrivèrent devant l'entrée de la ville, les deux grandes portes étaient ouvertes, tandis que les sentinelles en poste encerclaient un individu à cheval qui leva une main en l'air en guise de geste de paix.

La cloche avait eu l'effet non seulement d'attirer les gardes des alentours, mais également d'attiser la curiosité des citoyens, qui épiaient en silence la scène depuis leurs fenêtres, comme dans un vieux western.

— Qui es-tu, et que veux-tu ? hurla Ben.

L'intrus prit le temps d'observer les lieux avant de répliquer. Il nota que la ville avait été décorée de nombreuses citrouilles vidées au préalable.

Sans doute les enfants, après tout, c'est bientôt Halloween… songea-t-il.

Ben dégaina son arme et approcha d'un pas avant d'avertir l'étranger :

— T'as plutôt intérêt à répondre, parce que je ne me répéterai pas !

L'individu libéra doucement la lanière de ses doigts gantés avant de rabattre sa capuche en arrière. Il abaissa son tour de cou, les laissant découvrir son visage.

L'incompréhension put se lire dans chaque regard fixé sur l'homme devant eux, jusqu'à ce que John s'exclame :

— Blake ? Mais co… comment… ?

Bien que rassuré de connaitre l'identité de la personne face à lui, Ben n'en demeura pas moins méfiant et ne relâcha pas sa prise sur son fusil. Bien au contraire, il en profita même pour raffermir sa prise sur celui-ci.

— Il t'a posé une question ! ajouta vigoureusement Ben.

— Calme-toi, putain, s'agaça John avant d'abaisser l'arme de son compagnon.

Soudain, Blake tangua, et l'un de ses genoux s'effondra sur le sol gras.

— Le… le voyage m'a épuisé… répondit-il faiblement.

John se précipita pour le soutenir avant d'ordonner :

— Aidez-moi ! Cherchez Elizabeth ! On l'emmène à l'infirmerie, vite !

Exténué, Blake fut conduit dans les locaux où il officiait il y avait peu encore. Il se jeta d'emblée sur le bol de soupe qui lui fut servi et s'écroula, mort de fatigue, avant même d'être ausculté par la femme de John.

Au matin, les paupières de Blake s'ouvrirent peu à peu. Il ne lui fallut que quelques secondes pour reconnaitre son officine. Il chercha immédiatement du regard la présence rassurante d'Elizabeth, mais à son grand regret, seuls deux gardes étaient là.

À l'instant même où le docteur se réveilla, un autre garde toqua lourdement à la porte dans leurs dos. Blake remarqua aussitôt qu'il s'agissait de l'unique sortie de la pièce, et il comprit dès lors que la méfiance était de mise.

Il fallut moins de cinq minutes à John et à Ben pour arriver sur place. L'un comme l'autre avaient soif d'explications, bien que tous deux soient essoufflés par la course effrénée qu'ils venaient d'entreprendre dans le dédale du château. Mais avant qu'ils n'aient pu prononcer le moindre mot, l'homme qui avait disparu il y avait des mois de ça les devança :

— Vous devez avoir un paquet de questions... dit-il tout en toussant allègrement.

— Tu l'as dit ! répondit John. Que t'est-il arrivé ? Où étais-tu tout ce temps ?

Alors que ses deux visiteurs trépignaient d'impatience, le médecin utilisa les quelques forces qu'il avait regagnées pour saisir le verre d'eau à côté de lui. Il absorba son contenu d'une traite, sans pouvoir s'empêcher de grimacer. Soudain, la porte de l'unité médicale s'ouvrit une seconde fois et laissa enfin apparaitre l'unique personne qu'il désirait retrouver.

— Elizabeth ! s'exclama-t-il, un sourire étirant ses lèvres et ses traits marqués par la fatigue.

— Eh, oh ! C'est par ici que ça se passe ! intervint Ben tout en claquant des doigts devant ses yeux.

— Mes excuses, c'est juste que cela fait un moment que je n'ai pas vu de visage... amical.

Il n'en fallut pas plus à Ben pour lancer à John un regard qui aurait pu aisément se traduire par : « Tu vois pas ce qu'il se passe là ? Il te faut quoi de plus, mec ? »

John fit mine de ne pas réagir et reposa sa question à Blake, qui fut plus enclin à répondre.

— Nous étions sur la plage lorsque...

Soudain, la porte de l'officine s'ouvrit une nouvelle fois, coupant le docteur. Le capitaine Vervatov, suivi de Katelina, entra à son tour afin d'entendre son récit. Comprenant qu'il était plus que jamais nécessaire de parler, ce dernier reprit :

— Nous étions sur la plage lorsque nous avons entendu des cris émaner de la ville, et l'instant d'après, ils étaient là.

— C'est qui, nous ? Et qui était là ? l'interrogea Ben, plus que jamais méfiant à son égard.

— Pardon, je… j'étais avec votre second, Harris… jusqu'à l'arrivée du capitaine Aguilar et de ses hommes.

— Qu'est-ce qu'ils faisaient ? demanda John.

— Ils transportaient des caisses contenant tout ce qu'ils avaient volé ici même. À leur étonnement lorsqu'ils nous ont vus sur la plage, j'ai rapidement compris que nous n'étions pas censés nous trouver à cet endroit, et encore moins les gêner dans leurs plans. Mais Harris n'était pas de cet avis, et… il a essayé de les stopper… en vain.

— Qui ? Qui l'a tué ? demanda Katelina, les yeux plongés dans ceux du médecin.

Face à la pression qui s'était exercée sur lui au fil des minutes, Blake se sentait de plus en plus mal. Il se racla la gorge avant de se servir un nouveau verre d'eau qu'il consomma aussi vite que le premier. Enfin, il se frotta le visage et affronta le regard de Katelina.

— Aguilar, c'est le capitaine Aguilar qui l'a…

— Comment ? lui demanda-t-elle en ne le lâchant pas des yeux.

— D'un couteau en plein cœur…

Les poings de Ben se serrèrent, et il se chargea de briser le silence glacial qui s'était installé en marmonnant :

— Quand je choperai ce fils de pute…

— Et après ? demanda John comme pour passer à autre chose.

— Après, ils m'ont emmené avec eux en direction du ponton où étaient gardés les navires.

— Pourquoi ils ne t'ont pas exécuté comme Harris ? le questionna Ben à son tour.

— C'est ce qu'ils comptaient faire au début, mais quelqu'un a observé que je leur serais plus utile vivant.

— Vos compétences vous ont sauvé, visiblement, nota Katelina.

— Visiblement, reprit froidement Blake.

— D'autres n'ont pas eu votre chance ! intervint le capitaine Vervatov. Comment est mort Stan ?

— D'après ce que j'ai pu comprendre, c'était une erreur, il n'aurait pas dû se trouver là… tout comme les quelques hommes avec lui. En réalité, ils s'attendaient à mettre la main sur vous. Aguilar était fou de rage après l'avoir tué à votre place…

— Est-ce qu'il y avait quelqu'un d'autre avec Aguilar ? demanda John.

Ce dernier n'avait pas perdu de vue leur objectif, c'est-à-dire vérifier les dires du couple enfermé quelques mètres plus bas.

— Oui, le traître que tu as épargné… Danny Taylor.

Ces mots étaient lourds de sens, et John sentit les regards se tourner vers lui. Contre toute attente, c'est Ben qui lui fit grâce de ce supplice en reprenant aussitôt :

— Comment cet enfoiré s'est retrouvé là ?

— Je ne sais pas exactement… Tout s'est déroulé si vite… D'après ce que j'ai compris, il était en contact avec un jeune homme et une femme travaillant dans les patrouilles. Un couple, peut-être… répondit Blake en se frottant le visage. Ils les ont emmenés sur la plage, et je ne les ai plus jamais revus. Ils ont sans doute péri, eux aussi…

— Ils ne sont pas morts, ils croupissent dans le cachot, intervint Katelina. Encore une preuve de la compassion de notre cher Jonathan… qui se retournera probablement contre nous, comme avec ce répugnant traître de Taylor.

Une fois de plus, John sentit la pique acerbe le frapper de plein fouet.

— Il a fait ce qui était juste, quelles qu'en soient les conséquences ! le soutint Elizabeth en braquant son regard sur Katelina.

Soudain, l'atmosphère de la pièce devint électrique. Face aux répercussions que cela pouvait engendrer, le capitaine Vervatov intervint à son tour :

— Et ensuite, qu'ont-ils fait ? Où étiez-vous tout ce temps ?

— Ils m'ont emmené de force sur le navire qu'ils vous ont volé.

Comme animé par le chagrin et le deuil, le vieux marin porta son fidèle bonnet de laine devant son cœur et baissa les yeux.

— Nous avons passé près de deux jours en mer sans manger dans le but de nous éloigner le plus possible d'ici. Puis deux jours sur terre, afin que mes ravisseurs trouvent de quoi se nourrir. Enfin, nous avons vogué deux jours supplémentaires, jusqu'à accoster pour de bon.

— Où ? demanda en chœur l'assemblée face à Blake.

— Un ancien entrepôt servant autrefois au stockage de marchandises, avant qu'elles ne soient acheminées dans les centres commerciaux de la région.

— Tu sais où se situe précisément ce dépôt ? le questionna John, le corps penché vers lui.

— Oui ! À Wick, en Écosse !

Le capitaine Vervatov passa ses épais doigts calleux dans sa barbe avant de prendre à nouveau la parole :

— Mmmh, ce n'est pas la porte à côté…

— Combien de temps pour y arriver ? demanda aussitôt Ben en se tournant vers le marin tel un chien enragé.

— Cinq jours, peut-être six si les éléments sont contre nous !

Alors que les deux hommes commençaient à débattre quant au périple à entreprendre pour s'y rendre, Elizabeth se plaça entre eux et intervint :

— Vous ne comptez quand même pas y aller ? Pour y faire quoi ? Toujours plus de violence ? Vous n'en avez pas assez ? Il n'y a pas déjà eu assez de morts ? Laissez-les où ils sont, et occupons-nous des nôtres !

John baissa la tête. Les paroles de sa compagne étaient justes et empreintes de sagesse. Mais il savait que rien ni personne ne pourrait faire changer d'avis Ben, pas même sa propre sœur.

Tandis que la cacophonie régnait autour de lui, John était perdu. Il ne savait que faire. Un choix cornélien s'imposait à lui. Soit écouter sa femme et laisser toute cette histoire derrière lui, au risque de s'attirer les foudres de la population, qui le jugerait responsable de ne pas avoir réagi, soit suivre Ben et partir livrer une bataille dont il ne connaissait ni le lieu ni les forces en présence.

— Silence, essaya-t-il sans succès avant de hurler : SILENCE !

John se tourna alors vers Blake.

— Qu'est-ce qu'ils foutent réellement à Wick ? Qu'est-ce qu'ils veulent ?

Alors que le silence avait repris ses droits dans la pièce, Blake le regarda droit dans les yeux, puis répondit distinctement :

— Se venger ! De vous deux ! dit-il en visant John et Ben. Ils désirent s'emparer de ce dont ils estiment avoir été privés et volés. Ils souhaitent se faire justice pour avoir été humiliés et rabaissés. Ils veulent vous voir morts…

— Qu'ils viennent ! répliqua Ben en serrant des dents.

Soudain, Blake fut pris d'un léger rire qu'il masqua par une quinte de toux. Ce qui ne put échapper à Ben, qui l'invectiva immédiatement :

— Qu'est-ce qui te fait sourire, toi ?

— Je me suis démené pour m'enfuir de là-bas afin de vous prévenir à temps et d'ainsi tous vous sauver, dit-il en ne pouvant s'empêcher de jeter un regard à Elizabeth.

Toute l'attention était à nouveau braquée sur lui. Bien que Blake sache pertinemment comment tout cela allait se finir, il répliqua de plus belle :

— Vous êtes incorrigible, un véritable idiot ! Plus stupide encore qu'un primate ! Vous ne pensez qu'avec vos poings et vos armes ! Je vous offre la possibilité de fuir avec votre sœur, et vous seriez prêt à risquer sa vie et celles d'innocents. Vous n'êtes qu'un sombre imbécile !

L'accusation fit l'effet d'une bombe, et comme s'y attendait Blake, Ben disjoncta. Ce dernier sauta au cou du patient toujours alité avec la ferme intention de l'étrangler sur place. Le docteur ne dut sa survie qu'à l'intervention conjointe du capitaine Vervatov, de John et d'Elizabeth.

Lorsque Ben fut congédié au fond de la pièce, le calme revint peu à peu. Soudain, John repensa aux mots que venait d'employer Blake.

— Tu as dit qu'on devrait fuir, mais pourquoi ? Qu'est-ce qu'ils ont prévu exactement ?

— Une partie des hommes chargés de ma captivité sont partis avec Aguilar le jour de mon évasion. Leur absence du repaire y a grandement contribué, je dois bien l'avouer.

— Où sont-ils allés ? s'inquiéta John.

— Ils ont rejoint mon ancien navire de guerre… avec la ferme intention d'en revenir armés plus que jamais. Ensuite, ils ont planifié de retourner à Wick afin d'équiper les deux bateaux en leur possession, et enfin, de prendre la mer dans le but de vous attaquer.

— Putain… réagit John.

— On parle de quels genres d'armes ? le questionna Ben de l'autre côté de la pièce.

— Ils comptent monter des mitrailleuses automatiques sur les navires, ainsi que sur des véhicules terrestres dirigés par Taylor. Ils ont également prévu de s'emparer du stock de grenades, mortiers et fusils d'assaut. Et pour couronner le tout, l'un des hommes de Taylor affirme être en mesure de faire décoller l'un des hélicoptères du pont d'envol.

Face à la menace que représentait soudainement le groupe ennemi, l'ensemble des visages s'étaient tout à coup refermés. Tous ceux qui n'avaient eu de cesse de réagir aux différents commentaires étaient à présent bouche bée et les yeux écarquillés.

John serra le poing puis son regard se détourna du sol.

— Capitaine Vervatov, préparez votre navire ! On part dès que possible !

— Qu'est-ce que tu comptes faire ? lui demanda Elizabeth alors qu'elle lui tenait le bras du bout des doigts.

— Agir avant qu'il ne soit trop tard !

CHAPITRE 23

WICK

Les hommes avaient été triés sur le volet, les provisions scellées et stockées, les armes distribuées et les tâches confiées. Le départ était donc imminent pour les marins dirigés par le trio qu'étaient le capitaine Vervatov, John et Ben.

Sur le ponton, Elizabeth et Katelina venaient tout juste de faire leurs au revoir à leurs conjoints respectifs. Les deux anciens militaires sentirent ressurgir un étrange sentiment qu'ils n'avaient plus expérimenté depuis longtemps, celui de s'en aller au front et de faire leurs adieux. Aucun des couples ne voulut coller cette étiquette sur le moment qu'ils venaient de vivre, mais ils savaient au fond d'eux-mêmes que c'était peut-être bien la dernière fois qu'ils se voyaient.

Alors que les marins détachaient les cordes liant le navire au ponton, John demeura impassible sur le pont supérieur, le regard plongé dans celui d'Elizabeth, quelques mètres plus bas. Leurs yeux ne se quittèrent pas un seul instant jusqu'au départ du gréement. Désormais, une étendue d'eau infinie les séparerait.

Forte et digne depuis l'embarquement, Elizabeth s'effondra littéralement sur le ponton lorsqu'elle n'aperçut plus John. En larmes dans les bras de sa fille, elle espérait de tout cœur le voir revenir vivant.

Vêtue d'une longue robe pourpre trainant à même le sable, Katelina quitta les lieux sans un mot ni même un regard pour la jeune femme abattue.

Au milieu de la matinée, le gréement d'un noir charbon continuait de s'éloigner de la baie de Bamburgh en direction du nord, suivi de près par une nuée de corbeaux qui avaient pris pour habitude d'être nourris par John et qui semblaient ne plus vouloir l'abandonner. Après avoir longé les falaises abruptes de la région, le navire arriva à la première étape de son périple, à savoir la ville côtière inhabitée de Dunbar. L'équipage venait de passer près de sept heures à naviguer sur une mer plus calme que ne s'y attendait le capitaine Vervatov, ce qui n'était pas pour lui déplaire.

Au petit matin, le vieil homme sonna la cloche et l'ensemble des marins se levèrent, plus déterminés que jamais. Après un bref déjeuner animé par les consignes du chef de bord, chacun regagna son poste, prêt à reprendre le chemin. Alors que le navire longeait la côte, John repéra au loin une île semblable à un gigantesque rocher couvert d'une épaisse nappe blanche. Face à son étonnement, Vervatov le rejoignit.

— Bass Rock ! L'île prison… D'aussi loin, on pourrait presque croire que de la neige la tapisse. Mais si vous tendez l'oreille, vous pourrez entendre les cris des mouettes qui la recouvrent !

Pendant qu'ils passaient devant le géant de pierre, John aperçut un phare érigé sur le bâtiment servant autrefois de pénitencier. Au loin, il distingua, bien que brièvement, ce qu'il restait d'Édimbourg. La journée touchait à sa fin lorsque les matelots parvinrent aux abords de Stonehaven, où dérivaient en nombre d'épaisses planches de bois ainsi que de multiples filets de pêche.

Aux aurores, le navire reprit sa course, bien que gêné par la grisaille environnante ainsi que par les roches tranchantes qui parsemaient les côtes. Les puissantes vagues ne facilitèrent pas la navigation, et les marins durent redoubler d'efforts afin d'arriver à bon port à la nuit tombée.

Au matin du quatrième jour, l'équipage se réveilla épuisé par la journée précédente, mais le spectacle que leur offrit un banc de dauphins remit du baume au cœur même aux plus aigris d'entre eux.

Depuis le large, John ainsi que Ben distinguèrent les anciennes forêts dominant la région. Après presque sept heures en mer, le *Black Thorn* accosta dans le hameau qu'était Helmsdale, dernière escale avant l'étape finale tant attendue.

Sous les directives de Ben, chaque homme présent à bord dut inspecter ses armes avant de faire de même avec les canons à bord du navire. Une fois que ce fut fait, chacun ingéra son repas au bord du feu dans un calme qui n'annonçait rien de bon. Personne n'était dupe, le lendemain, celui ou celle qui était assis à côté d'eux ne serait peut-être plus de ce monde… Tandis que les cuillères raclaient lourdement le fond des gamelles, les esprits, eux, demeuraient bien trop préoccupés par le sort qui les attendait, au point d'en oublier les saveurs du dîner. C'est les traits fermés et l'estomac noué que les hommes et les femmes rejoignirent leurs couchettes et hamacs, espérant se reposer avant le moment fatidique.

Au lever du cinquième jour, un ciel rougeoyant se reflétait dans une mer peu agitée. L'étendue d'eau paraissait infinie tant les cieux et l'horizon ne faisaient qu'un. Hélas, aucun visage n'arriva à s'émerveiller face à tant de beauté. Personne n'eut besoin de parler à haute voix pour transmettre la pensée qui avait touché la majorité des marins. Qu'ils soient croyants ou non, la signification de ce phénomène était claire aux yeux de tous, le sang allait couler.

Poussé par les hurlements du capitaine, l'équipage se remit au travail, et le navire reprit la direction de Wick.

Le gréement vogua près de quatre heures trente avant d'approcher la côte de la ville portuaire. Les marins relevèrent tour à tour de nombreux présages de mauvais augure. Tout d'abord, la carcasse d'un bateau échoué sur une plage de galets où une meute de chiens errants avaient élu domicile. Puis certains crurent apercevoir une silhouette encapuchonnée et isolée sur l'un des promontoires du rivage nordique. Personne ne sut dire si elle était réelle ou issue de l'imagination de quelques individus consumés par la peur.

À leur arrivée dans la baie à proximité des docks, la mer était quelque peu agitée, mais a contrario, les environs étaient plongés dans un calme surprenant. Nul accueil hostile ne fut à noter, et ils constatèrent l'absence d'ennemis. Détail plus curieux encore, aucun des deux navires en la possession d'Aguilar ne mouillait dans le port.

Seule la présence de nombreuses goules entourant l'entrepôt fut visible de tous. Comme l'avait indiqué Blake, ces dernières servaient de barrière défensive afin de dissuader quiconque de pénétrer dans le repaire. Dans ses jumelles, John observa le dédale grillagé dans lequel elles étaient retenues.

— On pourrait les arroser avec nos canons ! suggéra l'un des marins.

Ben émit un léger sourire à cette idée avant d'y répondre.

— Ça me plairait bien de canarder ces saloperies, mais comme vous pouvez le constater, personne ne nous a encore attaqués. Soit il n'y a déjà plus personne pour nous signaler, soit ils sont trop occupés par autre chose. Par conséquent, profitons de cet avantage !

Ben scruta l'ensemble des marins face à lui, jusqu'à trouver la seule personne capable d'utiliser cet atout à bon escient. Il s'avança alors d'un pas vers Blake.

— Doc ! lui lança-t-il. Vous pourriez nous guider jusque là-bas ?

— Oui… heu… oui, je peux, bégaya-t-il pendant qu'une goutte de sueur perlait sur son front.

— Très bien ! Allons-y sans perdre de temps.

Le Zodiac à bord du navire fut immédiatement descendu avant d'être rejoint par une petite escouade constituée de huit hommes, dont Ben, John et Blake.

Le bateau pneumatique fila à toute allure sur les vagues jusqu'à gagner la côte, à quelques centaines de mètres seulement du port et de son hangar.

Dissimulé au milieu de la végétation à quelques mètres seulement de l'entrepôt, Ben murmura à l'intention de Blake :

— Par où peut-on s'infiltrer ?

— Je ne connais pas tous les points d'accès, ils ne me laissaient pas me balader librement dans le complexe. L'unique porte que j'ai pu voir, c'est la grande face à vous. Je dirais qu'il s'agit de l'entrée principale. En tout cas, c'est de là que venaient et sortaient leurs véhicules, chuchota à son tour le médecin.

— OK, très bien, mais par où t'es-tu enfui ? le questionna John.

— Il y a des toilettes des deux côtés du bâtiment. Un soir, j'ai prétexté un besoin urgent. Une fois sur place, mon garde n'était pas très emballé à l'idée de m'entendre me vider, il m'a donc laissé seul dans la pièce. J'en ai profité pour me faufiler par la lucarne que vous pouvez voir là-bas, répondit Blake en pointant du doigt le battant de la fenêtre.

— Mais c'est au beau milieu du rideau d'infectés ! Comment tu as fait pour t'en sortir ? demanda Ben, étonné.

— J'ai couru aussi vite que possible sans m'arrêter, puis j'ai escaladé le grillage et ses barbelés, finit-il en montrant ses mains parsemées d'entailles.

Ben observa le périmètre en silence avant de reprendre :

— Très bien, nous allons nous diviser en deux groupes de quatre, puis nous nous infiltrerons par les fenêtres donnant sur les toilettes de part et d'autre du bâtiment.

— Même à quatre, on sera encore bien trop nombreux pour ne pas se faire remarquer par les infectés. On n'arrivera jamais à avoir assez de temps pour passer à la fois le grillage et la lucarne. Comment tu comptes faire au juste ? demanda John.

— C'est là que le capitaine entre en jeu. Une fois en place, on le contactera et il nous offrira une diversion qui occupera tout autant les goules que ces fils de putes à l'intérieur !

— Et quand on sera dedans ? le questionna l'un des marins.

— On les prend par surprise, et ensuite… pas de pitié, on les élimine tous, finit Ben en serrant les dents.

Il analysa les individus face à lui avant de les répartir en deux escouades.

— Je dirigerai le premier groupe vers de la lucarne nord. Doc, vous venez avec moi ainsi que vous deux, ordonna Ben en désignant du regard deux des matelots face à lui avant de continuer : John, tu commanderas le second groupe, qui ira vers la lucarne sud.

Soudain, Blake leva le bras à la manière d'un écolier avant de s'exprimer :

— Si je peux me permettre une suggestion, il serait préférable de me changer d'équipe.

Ben, qui n'avait jamais cessé d'être suspicieux à l'égard du médecin, le scruta et lui demanda alors :

— Pourquoi faire une telle chose, doc ?

— Les couchages des hommes de main de Taylor se situent aux abords des toilettes, côté nord. Je pense que quelqu'un de plus habile au maniement des armes vous serait plus utile que moi… La dernière fois que j'en ai tenu une, vous avez fini sur un lit d'hôpital pendant près de trois mois, plaisanta-t-il.

Ben le fixa droit dans les yeux et remarqua que ce dernier ne sourcilla pas. Il reprit alors à l'intention des marins affectés au groupe de John :

— Vous deux, venez avec moi ! Vous ne serez pas de trop si ces connards s'astiquent le manche dans leurs couchettes ! Je te laisse le doc, termina Ben en s'adressant à John.

Une fois constituées, les escouades progressèrent en longeant le grillage, qui tremblait sous le poids des goules qui s'entassaient contre.

— C'est le moment de se séparer ! N'oubliez pas, quoi qu'il arrive, ne vous retrouvez pas devant l'entrée principale, face au port lorsque je donnerai le signal, ordonna Ben.

John, Blake et l'un des marins disparurent dans le recoin sud, pendant que Ben et le reste des hommes avançaient silencieusement le long du corridor d'infectés jusqu'à atteindre le point le plus au nord.

Ben activa alors sa radio sur le canal qu'utilisaient le capitaine Vervatov et son ami.

— On est en place, chuchota-t-il.

— Nous aussi, répondit John.

— Très bien ! Feu ! hurla le commandant dans son talkie-walkie.

Soudain, le navire qui avait pénétré dans le port se mit à faire rugir ses canons. Les boulets, fabriqués par l'un des forgerons de la ville, étaient légèrement bosselés, voire quelque peu fissurés pour certains. Certes, ils n'étaient pas parfaits, mais ils allaient admirablement remplir leur mission.

Les masses de fer fendirent le ciel et vinrent s'écraser avec fracas dans le périmètre grillagé. Elles frappèrent sans distinction infectés, plaques de tôle, murs et même le corridor qui retenait les monstres avides de chair fraiche. Ceux qui ne finirent pas en morceaux se dispersèrent au milieu du chaos qui régnait.

John, tout comme Ben, profita du vacarme pour briser les chaines liant les clôtures à l'aide d'une pince-monseigneur.

Une fois que la voie fut ouverte, John relâcha lourdement la pince en acier trempé sur le sol. L'ancien soldat pénétra en premier au cœur de l'épais nuage de fumée entourant la bâtisse.

Blake, qui se trouvait sur le seuil de l'enclos de fer, laissa entrer le marin, qui suivit aussitôt John. Mais contre toute attente, le docteur ne les rejoignit pas. Ce dernier referma subitement la grille avant de se précipiter vers une poubelle à deux pas de là qu'il renversa d'un violent coup de pied. Le médecin en sortit une chaine qu'il enroula autour des deux barrières métalliques à nouveau réunies. Enfin, il condamna les lieux à l'aide d'un cadenas.

Tandis que des gouttes de sueur perlaient sur son front et que la fumée lui piquait les narines, Blake souleva la pince puis la lança quelques mètres plus loin avant de s'enfuir au cœur des buissons.

Côté nord, Ben, accompagné de ses hommes, élimina férocement chaque infecté se présentant un peu trop près de lui.

En un rien de temps, l'ancien militaire se retrouva sous la fenêtre du bâtiment, dans lequel il s'infiltra sans se faire prier. Une fois à l'intérieur, il scruta les environs, mais n'entendit aucun bruit. Aucun ennemi ne vint à sa rencontre. Il avança lorsque l'entièreté de son groupe fut avec lui. Ils empruntèrent un couloir, puis un second avant de tomber sur une dizaine de lits de camp.

Vite ! Ces connards doivent être en bas et se sentir bien cons, songea-t-il.

Ben s'empressa de descendre l'escalier, fusil d'assaut en main. Mais alors qu'il était arrivé à la moitié, il huma soudainement une curieuse odeur flottant dans les airs. Il freina sa progression pour tenter d'en découvrir l'origine. Au rez-de-chaussée, il n'y avait nul ennemi prêt à en découdre, seulement des dizaines de tonneaux flanqués du logo d'une marque de whisky locale. Une épaisse flaque de ce liquide recouvrait le sol et imprégnait l'atmosphère du hangar de son odeur. Il ne lui en fallut pas plus pour comprendre.

— Un piège ! C'est un putain de piège ! Reculez ! hurla-t-il à l'intention de ses hommes.

Ben courut à l'étage tout en saisissant son talkie-walkie.

— Capitaine ! Cessez le feu immédiatement !

Soudain, le vacarme au-dehors s'arrêta. Seule la voix de Vervatov résonna à l'autre bout du combiné :

— Que se passe-t-il ? Répondez !

Blake traversa l'espace boisé puis trouva un bâtiment abandonné. Une croix grossièrement taguée en rouge recouvrait une porte d'entrée qu'il s'empressa d'ouvrir. Le docteur avala deux par deux les marches le conduisant à l'étage, puis monta un second escalier, et un troisième. L'accès menant au toit était déjà déverrouillé et maintenu par un parpaing. Lorsqu'il arriva au sommet de la tour, il n'y avait que lui et un sac de sport fermé. En contrebas se trouvait le périmètre où était emprisonné John.

Ce dernier courut vers la lucarne, mais celle-ci était bien trop haute. Soudain, il repéra un large conteneur à déchets.

— Vite ! Aide-moi à déplacer cette benne sous la fenêtre, dit-il au marin qui l'accompagnait au milieu du vacarme.

L'homme dut lutter contre deux infectés qui lui tombèrent dessus avant de rejoindre John. Tous deux poussèrent la poubelle, qui semblait pleine à craquer tant l'effort leur fit serrer les dents.

— Mais où est Blake ? Une paire de bras supplémentaire ne serait pas de trop !

— Je ne sais pas où il est, je ne l'ai pas vu depuis qu'on est entrés dans…

Coupé par un bruit sourd, le marin n'eut pas le temps de finir sa phrase. La seconde suivante, une tache écarlate se répandit sur son t-shirt gris clair. Une gerbe de sang qu'il ne put contrôler jaillit de sa bouche. John tenta de l'approcher, mais une seconde détonation retentit soudainement. L'instant d'après, le malheureux s'effondra. Une partie de son crâne avait explosé.

John comprit immédiatement qu'un sniper les avait pris pour cible. Il s'efforça de bouger seul la benne jusque sous la lucarne. Une troisième balle passa à deux pas de son buste.

Plus que deux mètres à pousser, songea-t-il.

Soudain, les coups de canons émanant du vaisseau du capitaine Vervatov se turent et laissèrent place aux grognements des infectés.

Qu'est-ce qu'il se passe encore ? s'inquiéta John.

La seconde qui suivit, une goule émergea du brouillard de fumée. Elle se rua sur lui au moment où une énième déflagration retentit. La créature reçut le projectile en plein visage et sauva John d'une mort certaine.

Un nouveau tir frôla John, qui comprit que la chance n'allait plus l'accompagner très longtemps. Il grimpa à toute vitesse sur la benne puis agrippa le rebord de la lucarne. Son regard se braqua alors à l'intérieur et découvrit avec stupéfaction que cette dernière était condamnée par quelque chose.

On s'est fait avoir comme des bleus… Putain ! se maudit John en son for intérieur.

Un nouveau tir retentit et fit exploser la fenêtre qui lui faisait face. Les débris de verre projetés sur son visage le conduisirent à relâcher sa prise, et John s'écroula lourdement sur le sol.

L'ancien militaire se releva péniblement tandis que trois infectés arrivaient sur sa gauche. John avança sur la droite en s'appuyant sur la poubelle face à lui. Mais lorsqu'il l'eut dépassée, un nouveau coup de feu lui barra le passage.

— Je suis pris au piège. Merde, quel con ! se fustigea John à haute voix.

Ce dernier n'avait plus le choix, il lui fallait rester à l'abri derrière la benne tout en affrontant chaque goule qui venait à lui.

Expert en matériel de guerre de longue portée, Ben en reconnut immédiatement le son lorsqu'il évacua le bâtiment avec ses hommes. Il confia aussitôt son arme à l'un des marins avant de leur donner l'ordre de regagner le Zodiac. Libéré du poids de cette dernière, l'ancien militaire avala les mètres le séparant du côté sud et, par conséquent, de John.

Couvert par le nuage de poussière, Ben n'eut aucun mal à se rendre jusqu'à l'entrée du no man's land où était retenu John. En voyant la chaine et son cadenas, il comprit qu'on s'était joué d'eux une fois de plus. Au loin, il aperçut une benne en métal se faire canarder. Il scruta alors les environs à la recherche du point de tir probable. C'est là qu'il repéra le bâtiment où était embusqué le sniper.

Ben fonça au travers de la végétation. Sa rage était telle qu'il ne ressentit aucunement les ronces lui lacérer le visage.

Au sommet du toit, Blake était allongé. Il rechargea son fusil tout en observant John lutter difficilement face aux infectés.

— Tu vas crever, merde...? marmonna-t-il. Personne d'autre n'a besoin de mourir, juste... toi...

Une énième balle heurta la benne. Blake n'aurait su dire combien il en avait déjà tiré, il voulait en finir au plus vite et rentrer à Bamburgh. Une fois là-bas, il pourrait enfin annoncer le décès de John à Elizabeth et prendre soin d'elle comme il l'espérait.

Depuis son viseur, Blake prit son mal en patience jusqu'à trouver le moment propice pour abattre sa cible. Soudain, il aperçut l'un des pieds de John dépasser de la benne. Ce dernier reculait sous la menace des infectés.

Il ne peut pas lutter éternellement, songea Blake.

Alors que son doigt était paré à décharger son arme une nouvelle fois, le crâne de John se découvrit.

C'est maintenant ou jamais ! songea le docteur.

Il pressa la détente, mais au même moment, ses avant-bras furent frappés d'un violent coup. Blake ne savait pas s'il avait atteint sa cible. Face à lui se dressait Ben, remonté comme jamais.

Son visage était coupé de toute part. Ses mains tremblaient lorsque son dos se courba comme celui d'un animal prêt à bondir sur sa proie.

— Toi ! Petite merde, je vais te le faire payer !

L'instant d'après, Ben se rua sur Blake et enfonça son poing dans sa mâchoire sans même que celui-ci ait le temps de réagir. Une avalanche de coups s'ensuivit, jusqu'à ce que le docteur ne soit plus en mesure de prononcer la moindre phrase.

Ben souleva Blake par le col avant de lui murmurer :

— Je suis loin d'en avoir fini avec toi, ça ne fait que commencer…

Tels sont les derniers mots qu'il entendit avant de sombrer dans un blackout.

CHAPITRE 24

ELLE

Dans la cabine du capitaine, Blake émergea péniblement.

Sa vision était trouble et la simple luminosité de la torche à quelques centimètres de lui le faisait souffrir. Ses traits étaient recouverts d'ecchymoses, mais ses lèvres avaient cessé de saigner. Il sentit qu'il avait les poings liés à la chaise sur laquelle il était assis.

Soudain, un visage hostile s'approcha de lui.

— Tiens, tiens, en voilà un qui se réveille, annonça Ben.

— Pourquoi nous avoir tendu un piège ? demanda Vervatov.

Blake resta silencieux, ce à quoi Ben répliqua par une puissante gifle.

— Réponds à la question !

— Pour vous éviter à tous de crever, bande d'idiots !

— Tu as une drôle de manière de nous sauver, observa John en sortant de la pénombre dans laquelle il s'était dissimulé.

— Toi seul devais mourir... concéda Blake.

— Pourquoi moi...? l'interrogea John en se penchant vers lui.

— Si l'armée nous retrouve un jour, elle pardonnera peut-être aux gens qui habitent la ville leurs insurrections à Wallasey. Elle me pardonnera peut-être ma désertion. Mais jamais elle ne nous pardonnera de t'avoir aidé.

— Je t'avais déjà parlé de moi... de mon passé... de qui j'étais. Qu'est-ce qui a changé si subitement ? demanda John tout en ayant peur de la réponse.

— Quoi ? Qu'est-ce que tu lui as révélé exactement, Jo ? Tu lui as parlé de nous ? De toi ? J'en étais sûr, putain ! T'es complètement fou, j'y crois pas ! cria Ben en se tenant la tête.

— Ferme-la, Ben, répondit sèchement John. Maintenant, réponds ! ordonna-t-il à Blake.

— Tu ne m'avais pas *tout* dévoilé ! cracha Blake. Dire que j'ai fait le dos rond pendant des mois et que j'ai freiné mes sentiments à l'égard d'Elizabeth durant tout ce temps dans le but de lui éviter d'avoir à faire un choix...

— Il n'y a pas de choix à faire, sombre crétin ! Et il n'y en aura jamais ! Elle n'en a rien à foutre de toi ! Maintenant, réponds à ma putain de question ! ordonna à nouveau John en tordant les doigts de son opposant jusqu'à le faire hurler.

Ben recula d'un pas. Il n'avait jamais vu John dans un tel état.

— Tu prétends vouloir protéger ta famille de tout, mais tu es l'unique source de danger pour eux ! Que crois-tu qu'il leur arriva lorsqu'il vous retrouvera, hein ? Et les habitants de la ville ? Que penses-tu qu'il adviendra d'eux, pour avoir été tes complices ?

Soudain, les yeux de John s'écarquillèrent.

— Lorsque qui nous retrouvera ? demanda-t-il.

— Je suis retourné sur le navire militaire, et ton dossier était grand ouvert… Tu sais très bien de qui je veux parler… du général Ward !

À la simple évocation de ce nom, John relâcha la pression sur les doigts du docteur. Il n'en croyait pas ses oreilles. Sa main se mit à trembler subitement, sans qu'il puisse l'arrêter, et son regard se perdit dans le vide.

— Qu'est-ce que t'as dit ? Répète pour voir ! s'emporta à nouveau Ben en agrippant Blake par le col.

— Tu as très bien compris, stupide animal, répondit Blake avec mépris. D'ailleurs, j'ai un message pour toi.

— Quel message ?

— Si tu te débarrasses de lui une fois pour toutes, tu lui montreras que tu mérites ta place de chef, et tu seras autorisé à régner à ses côtés.

— Aux côtés de qui ? demanda John, qui retrouvait peu à peu ses esprits.

— Vous ne pensiez tout de même pas que c'était cet idiot de Taylor, ou même ce connard arrogant d'Aguilar qui tirait les ficelles ?

Soudain, la porte de la cabine s'ouvrit violemment.

— Capitaine ! hurla l'un des marins, qui affichait un visage livide. Deux navires en embuscade à la sortie de la baie !

Blake fixa Ben droit dans les yeux avant de prendre à nouveau la parole :

— Soit tu l'exécutes ici et maintenant, soit vous mourrez tous… elle t'offre le choix.

— Elle ? demandèrent en chœur Ben, John ainsi que le commandant.

CHAPITRE 25

LE CERVEAU ET LES BRAS

Dans la cabine du capitaine, un silence glacial régnait à présent.
« Elle ? »

La question que venaient de poser les trois hommes résonnait sans s'arrêter dans la tête de Blake, qui se mura dans les limbes de son esprit.

Elle en est à l'origine. C'est elle qui a lancé tout ça, c'est son plan… s'efforçait de se répéter Blake intérieurement.

Je ne suis pas responsable de leur sort, je n'ai jamais souhaité tuer qui que ce soit… J'ai toujours consacré ma vie à aider les autres. Je soigne les gens, je les sauve… Je veux juste la sauver… Elizabeth… songea ensuite le docteur.

Le crépitement de la torche, seul son audible à présent dans la pièce, lui rappela comment sa quête pour arracher celle qu'il aimait aux bras de son mari avait débuté.

Tout a commencé le soir de l'attaque, c'est cette nuit-là qu'elle a pris le pouvoir sur moi… se remémora Blake.

Blake faisait face aux braises incandescentes du feu de camp. De l'autre côté, Harris, sous les ordres de Ben, écoutait attentivement les confessions du médecin. Ce dernier venait d'avouer qu'il aimait Elizabeth, sous le regard médusé du jeune soldat déserteur.

Malgré la chaleur émanant du brasier, un froid hivernal s'était installé entre les deux hommes. Toujours conscient de sa mission, Harris désirait en savoir davantage quant aux intentions de Blake, tandis que le docteur prenait seulement la pleine mesure de ses sentiments à l'égard d'Elizabeth.

Au même instant, l'alarme de la ville hurla jusque sur la plage. Harris comprit immédiatement qu'un événement bien plus important venait de se produire. Il fit alors quelques pas dans le sable avant de trébucher tout en criant à l'intention de Blake :

— Vite ! Il faut aller les aider ! Des civils sont peut-être en danger !

Mais Blake n'entendit rien. Il était comme… ailleurs. Le regard plongé dans les flammes ardentes, il demeurait immobile pendant que sa mémoire n'avait de cesse de lui envoyer des flashs visuels de la compagne de John.

Alors que ce dernier murmurait quelque chose d'à peine perceptible, Harris s'approcha du médecin et lui secoua la manche afin de le tirer de son état léthargique. Face à l'inefficacité de son acte, le jeune soldat s'avança un peu plus, puis tendit l'oreille.

— Il est en travers de mon chemin, il doit disparaitre…

Ces quelques mots se répétaient dans la bouche du docteur, jusqu'à ce qu'Harris lui demande :

— Qui doit disparaitre, doc ?

— Si je veux être avec elle, Jonathan doit mourir, marmonna froidement Blake, qui sortit au même moment de son état délirant.

Harris recula d'un pas tout en fixant avec effroi le médecin. L'un comme l'autre venaient de découvrir le sombre dessein que nourrissait Blake au fond de lui.

Ce dernier tendit la main vers le jeune soldat :

— Non… je… je ne désire pas…

— C'est trop tard… répondit Harris, qui regarda en arrière en s'apprêtant à fuir.

Blake comprit qu'il n'avait plus le choix, s'il espérait demeurer un jour aux côtés d'Elizabeth, il devait agir, et vite. Sans réfléchir davantage, il descendit sa main sur le fourreau accroché à sa ceinture puis empoigna un couteau avant de sauter sur Harris. Le docteur planta la lame d'un coup fulgurant en plein dans le cœur de sa victime, sans lui laisser la moindre chance.

Tandis que la vie le quittait, Harris fixa Blake droit dans les yeux. Son esprit ne pensait qu'à deux choses. La première était qu'il n'avait pas réussi la mission que lui avait confiée Ben. La seconde, qu'il ne pouvait pas aller l'aider à sauver les civils dans la ville.

Le médecin, quant à lui, était tétanisé alors qu'il était toujours sur le corps éteint du jeune homme. Sa main ensanglantée ne pouvait délaisser le visage d'Harris.

Comment ? Pourquoi ? ne cessait-il de se répéter, les larmes aux yeux.

Sur la plage, Aguilar venait tout juste d'exécuter le capitaine Stan et les quelques hommes affectés à la surveillance du ponton avec lui.

Pendant que les sbires de Danny chargeaient les caisses de fournitures médicales à bord des navires, ce dernier patientait nerveusement aux côtés d'Aguilar.

— Qu'est-ce qu'on va faire de celui-là ? dit-il pointant du menton Blake.

Encore à quatre pattes sur le corps d'Harris, le médecin n'avait pas bougé d'un pouce et semblait toujours aussi perdu.

— Elle décidera, répondit sèchement le navigateur.

— Et si elle ne vient pas ? J'me les gèle, vivement qu'on se casse d'ici, putain, murmura Danny.

Le traître de capitaine resta silencieux jusqu'à apercevoir une silhouette encapuchonnée au milieu des dunes, quelques mètres plus haut. Cette dernière descendit avec un calme et une froideur déconcertants. Elle s'approcha alors des deux hommes qui l'attendaient.

— Tout est chargé, les navires sont prêts à partir. S'ils ne meurent pas ce soir, nous appliquerons le plan comme convenu, annonça Aguilar.

— Vous oubliez un détail, nota Danny, lui, là-bas !

La silhouette tendit une montre à gousset au capitaine avant de se tourner délicatement pour observer Blake.

Alors que ses genoux et ses mains étaient plantés dans le sable et qu'il était surveillé de près par deux molosses, le docteur ne put s'empêcher de remarquer que cette dernière s'avançait vers lui, suivie par deux êtres familiers, Aguilar et Danny Taylor.

La longue cape noire n'était plus qu'à quelques centimètres lorsque Blake releva la tête afin de voir qui s'opposait à lui. Hélas, ses traits étaient toujours aussi dissimulés. Soudain, une main féminine élégante et entretenue s'approcha. Celle-ci déposa en douceur ses doigts sur le visage de l'homme à terre avant de le caresser subtilement de la tempe jusqu'au menton.

— Vous n'avez désormais plus que deux choix possibles. Soit assumer les conséquences de vos actes, au risque de ne plus jamais revoir votre chère et tendre, soit nous rejoindre et obtenir tout ce que vous désirez.

La silhouette retira tout d'abord sa main du visage de Blake, puis fit de même avec son capuchon, laissant se dessiner ses traits. Face à lui se dressait Katelina, plus impassible que jamais.

Les yeux du médecin s'écarquillèrent lorsqu'ils croisèrent le regard perçant de son opposante. À la manière dont elle l'observait, il déduisit très vite qu'elle était dépourvue de toute compassion et que la faiblesse ne lui était pas permise. Ses cheveux noirs contrastaient avec la pâleur de sa peau. À cet instant, la jeune femme était dotée d'une aura si ténébreuse qu'un frisson parcourut l'entièreté du corps de Blake. Si bien qu'une goutte de sueur froide s'écoula le long de sa colonne vertébrale, alors qu'il faisait face à ses traits glaciaux. Cette dernière s'approcha à la manière d'un serpent au plus près de l'oreille du médecin.

— Alors, docteur, que désirez-vous vraiment ? murmura Katelina telle une diablesse proposant une boite de Pandore.

— Jamais je ne suivrai pareille sorcière. Quant à vous deux, vous êtes bien fous de lui faire confiance.

La jeune femme n'avait pas dit son dernier mot, mais elle afficha une mine quelque peu déçue tout en se redressant.

— On ferait mieux de se débarrasser de lui et de se barrer de là avant que quelqu'un n'arrive, suggéra Aguilar.

— Vous pouvez disposer, capitaine. Je souhaiterais encore parler à notre ami ici présent, répondit Katelina.

— Comme il vous plaira, sorcière, s'amusa à répéter Aguilar. Nous levons l'ancre dans cinq minutes, donc si Jambe-de-bois ne veut pas rester pourrir sur la terre ferme, qu'il se bouge le cul.

Danny grogna face à la remarque.

— Je lui éclaterais bien sa petite gueule, à celui-là.

— Du calme, monsieur Taylor, dès que nos affaires auront été menées à terme, il prendra le large comme convenu, alors patience.

— Très bien, soupira Danny. Si les deux gamins ne sont pas là d'ici cinq minutes, on partira sans eux, j'vous préviens !

Katelina fixa Blake avec un sourire empreint d'une certaine malice.

— Oubliez-les, ils me seront bien plus utiles ici. Ils serviront à montrer une fois de plus quel genre de couard nous dirige.

— C'était le môme qui était censé piéger Johnny à Wick, qui le fera à sa place ?

— Le docteur ici présent ! répondit Katelina, pleine d'assurance.

— Vous ne manquez pas d'audace. Comment pouvez-vous croire que je vais vous obéir, ne serait-ce qu'un instant ? répliqua Blake.

— Parce que vous venez de prouver que vous êtes capable de tuer, et soyez sûr que personne ne vous pardonnera ce geste. De plus, je pourrais mettre ma main à couper que vous rêvez de vous débarrasser de lui… Ainsi, le cœur de la belle Elizabeth serait vôtre, pas vrai, docteur ?

— Allez vous faire foutre ! répondit Blake.

Katelina s'agaça intérieurement face aux refus qu'elle essuyait. Mais elle n'en laissa pas transparaitre une miette. Elle décida de jouer sa dernière carte.

— Visiblement, vous n'êtes pas assez motivé. Taylor, lorsque vous embarquerez sur le navire militaire, conduisez-le en salle de communication, qu'il consulte le dossier de celui qui se dresse en travers de son chemin. Il comprendra ainsi pourquoi il doit disparaitre.

— John m'a déjà tout révélé à son sujet, répliqua froidement Blake en baissant le menton vers le sol.

— Mmmh, j'en doute. Vous verrez par vous-même. Si cette petite virée en mer ne change pas la donne, vous serez libre de partir, je vous en fais la promesse. Taylor, vous m'en êtes témoin.

Ce dernier hocha la tête avant que Blake ne réponde :

— Même si j'acceptais, qu'est-ce qui vous dit que j'irai jusqu'au bout ?

— Quand vous comprendrez qu'il la met encore plus en danger en étant vivant qu'en étant mort, vous ne rêverez que d'une chose, le tuer.

— Et votre animal de compagnie ? demanda Danny en s'interposant dans la discussion.

Katelina eut un instant le regard pensif et empreint d'une certaine amertume.

— Si Benjamin n'est pas capable de saisir la place qui lui revient et d'accepter les responsabilités qui lui incombent, éliminez-le. J'assumerai seule ce rôle.

— Ou je pourrais vous trancher la gorge ici, puis prendre votre joli petit trône doré, et personne n'en saurait jamais rien, plaisanta Danny à moitié.

Katelina pouffa l'espace d'un instant avant de lui répondre :

— Ne soyez pas ridicule. Sans moi, vous ne résisteriez pas une semaine avant de vous faire massacrer. N'oubliez pas quelle est votre place, celle de la main qui tient le couteau. Moi, je suis le cerveau.

— En parlant de cerveau, intervint Blake en s'adressant à Danny tout en observant la jeune femme, c'est justement celui-là qui a voté pour votre exécution. Réfléchissez un peu aux personnes avec qui vous faites alliance.

Danny grogna une fois de plus.

— Le doc marque un point.

— Belle tentative, docteur Edwards. Mais je savais très bien comment cette histoire allait finir, cet incapable de Jonathan allait forcément vous libérer. C'était là le meilleur moyen de faire passer le bon message à Benjamin.

Soudain, le trio entendit Mary et Alex arriver au loin. Katelina s'empressa d'enfiler à nouveau sa capuche avant de s'adresser à Danny.

— Jusqu'ici, ces deux-là ont joué la partition que je leur ai dictée à merveille, mais une fois de plus… ils devront patienter avant d'avoir ce qu'ils désirent. Assommez-les, ligotez-les, faites ce que vous voulez, mais qu'ils ne montent pas sur ce fichu navire ! C'est clair, Taylor ?

— Très clair, maugréa le truand. Vous deux, emmenez-le à bord !

Les deux molosses qui gardaient Blake le soulevèrent aussitôt par les bras et l'entrainèrent dans le vaisseau d'Aguilar, marquant ainsi leur départ.

Dissimulée par l'obscurité, Katelina regagna le château en se faufilant au travers des dunes, dans le secret le plus total. Au loin résonnaient les hurlements des innocents qui luttaient désespérément pour survivre au milieu du jeu macabre qu'avait organisé la jeune femme. Animée par sa soif de pouvoir, celle-ci n'en avait que faire de leur sort.

Désormais, seule comptait la fin de la partie qu'elle avait elle-même lancée dans le but de récupérer tout ce dont elle estimait avoir été privée.

CHAPITRE 26

AFFRONTEMENT

John sortit en trombe de la cabine, suivi de près par Ben et le capitaine.

— Je n'imaginais pas un seul instant qu'elle était capable de… tout ça, je te le jure, Jo ! tenta Ben.

— Je t'ai dit qu'on réglera ça plus tard ! répondit froidement John en saisissant la longue-vue du navigateur.

Au bout de la baie se dressaient les deux navires dont avait parlé le marin. Ils mouillaient voiles repliées à la sortie est de cette dernière, à seulement quelques centaines de mètres d'écart l'un de l'autre. John reconnut aussitôt les deux gréements qu'étaient le *Perla Lucia* d'Aguilar et le *Constantina* dérobé au capitaine Vervatov. L'embuscade était évidente, et si les compagnons de John espéraient regagner Bamburgh, l'affrontement serait inévitable.

Le *Perla Lucia*, réplique d'un ancien galion espagnol, était en première ligne. Véritable forteresse flottante, ce navire avait été conçu pour être un monstre de guerre, et lorsque John scruta son bord, il le comprit plus que jamais. Des mitrailleuses avaient été montées, et certains marins étaient déjà en place derrière les vieux canons d'origine.

— On va se faire exterminer en moins de cinq minutes, pesta John pour lui-même.

Il avait beau observer au travers de la lentille, John n'arriva pas à trouver la trace du commandant ennemi. Il décida alors de scruter le second bâtiment, situé quelques mètres plus en retrait, la frégate du capitaine Vervatov.

Il remarqua tout d'abord que ce dernier était bien moins équipé en termes d'armement. John en déduisit qu'Aguilar avait majoritairement réparti ses forces à bord du premier navire. Il ne lui fallut qu'une poignée de secondes supplémentaire pour découvrir Aguilar sur le pont supérieur, la tête haute. Comme il s'y attendait, l'arrogant personnage n'avait pas loupé l'occasion de narguer son ancien chef de bord. À côté de lui, le petit Danny grognait allègrement à chaque fois que sa jambe de bois foulait le sol.

— Alors, qu'est-ce que tu vois ? demanda Ben.

— Ces deux enfoirés sont à bord du *Constantina*, ils nous ont tendu une embuscade. On n'arrivera jamais à rentrer chez nous en essayant de forcer le double rideau qu'ils ont mis en place.

Alors qu'il s'apprêtait à détailler ce qu'il venait d'observer, un grésillement provenant de la radio posée à deux pas du gouvernail vint perturber les trois hommes. Ben se précipita aussitôt vers l'appareil et entendit la voix d'Aguilar au travers des ondes :

— Menottez le capitaine. Ensuite, apportez-moi la tête de votre roi sans couronne, et peut-être que j'épargnerai vos misérables vies.

— Va te faire foutre ! Une fois qu'on aura coulé la barque qui te sert de navire, je viendrai te fourrer ma botte dans la tronche, sale lâche ! répondit Ben, plein de rage.

John arracha le talkie-walkie de ses mains avant de s'en prendre à ce dernier :

— C'est bon, t'es content, tu as pu le menacer autant que tu le voulais ? Tu fonces constamment tête baissée, sans réfléchir un instant ! J'ai dit qu'on n'arriverait jamais à passer, qu'est-ce que tu ne comprends pas là-dedans ?

— On n'en serait pas là si tu m'écoutais un peu plus et que tu rangeais de temps en temps ton foutu code moral ! s'emporta Ben à son tour.

John ne lui apporta nulle réponse, se contentant de le fusiller du regard.

Depuis leur départ du port de Wick, la panique régnait en maitresse sur le pont principal. Les marins couraient dans tous les sens, rassemblant armes et munitions en vue du combat qui s'annonçait.

John s'approcha alors du garde-corps les surplombant. Il analysa attentivement chacun d'entre eux, puis jeta un rapide coup d'œil à ses ennemis. Enfin, il scruta la vaste étendue d'eau face à lui. Son observation se poursuivit jusqu'à ce que ses yeux s'arrêtent sur les côtes rocheuses qui remontaient vers le nord du pays, situées à l'ouest de leurs positions.

Son envie de se battre pour sa vie ainsi que sa liberté était immense. Mais il ne pouvait s'empêcher de songer aux innocents en contrebas. Les malheureux se retrouvaient coincés au milieu d'un combat qu'ils n'avaient pas choisi.

— Calmez-vous, dit-il dans un premier temps sans même les regarder, passant inaperçu. Calmez-vous, j'ai dit ! répéta-t-il en hurlant si fort que certains auraient juré qu'il avait été entendu à des kilomètres à la ronde.

L'attention désormais rivée sur lui, John contempla les hommes et femmes face à lui avant de reprendre :

— Deux équipages aux navires suréquipés nous attendent de pied ferme, et ils ne nous feront pas de cadeau si on engage le combat. Je ne peux pas me permettre de risquer vos vies de la sorte. Ceux qui préfèrent ne pas prendre part à ce qui va suivre peuvent emprunter le Zodiac et fuir, quelle que soit l'issue de l'affrontement, personne ne vous jugera. Si vous considérez que je suis le seul responsable de la situation, je vous laisserai leur apporter ma dépouille, annonça John tout en jetant un couteau sur le sol humide du pont.

Ben grogna face à cette proposition tandis qu'un silence de damnés régnait dans l'assemblée. Soudain, des murmures se firent entendre, puis les voix résonnèrent sans pouvoir s'arrêter. Après quelques instants de tumulte, le calme reprit ses droits lorsqu'une femme avança d'un pas en avant.

— Aussi sûr que vous n'auriez abandonné aucun d'entre nous, personne ne vous abandonnera en retour ! Dans la vie comme dans la mort, vous êtes des nôtres, roi sans couronne ! finit-elle avec un léger sourire à son égard.

John s'octroya une poignée de secondes pour contempler les braves qui avaient décidé de rester à ses côtés alors que tout semblait perdu d'avance. Tandis qu'un rictus démoniaque se peignait sur son visage, son poing se crispa sur le bastingage, et d'un ton plein de rage, John hurla :

— Si c'est la mort que vous souhaitez, hissez les voiles ! Je veux voir le vent nous porter telle une tempête qui s'abattrait sur nos ennemis ! Préparez les canons, les munitions et vos foutues âmes ! Que personne ne quitte son poste, sinon, je le jetterai moi-même aux dieux des mers ! ordonna John.

Soudain, Ben et Vervatov le rejoignirent au milieu du chaos qui régnait.

— Je croyais que les affronter relèverait du suicide pur et dur ? plaisanta Ben.

— Il fallait que je sois crédible aux yeux et aux oreilles de ces deux crétins, répondit John en déposant la radio sur le garde-corps.

Ben l'observa, bouche bée, et le capitaine se mit à rire aux éclats.

— Quel est ton plan ? Les contourner en passant par la haute mer et fuir à toute allure ? suggéra Ben sans être bien sûr de ce qu'il avançait.

— Impossible, réagit aussitôt le commandant. S'aventurer en pleine mer serait bien trop dangereux en cette période de l'année, surtout avec un ennemi qui nous talonnerait. Cet enfoiré d'Aguilar le sait très bien, c'est pour ça qu'il nous laisse le champ libre vers le large et bloque le seul chemin envisageable vers les nôtres.

— Si on ne peut ni les affronter ni les contourner, qu'est-ce qu'on va faire ? demanda Ben, perdu face à la situation.

— Moi aussi, je serais bien curieux de savoir ce que tu manigances, petit, ajouta Vervatov.

John, qui avait les yeux braqués sur les deux ombres menaçantes au loin, répondit simplement :

— On va fuir.

Sans en dire davantage, John attrapa l'un des matelots et lui confia la barre avant de se diriger vers la cabine. Une fois à l'intérieur, il saisit le sniper sans même adresser un regard à Blake, toujours prisonnier.

— Il est temps que tu renoues avec tes vieilles habitudes ! dit-il en tendant l'arme à Ben.

— Qu'est-ce que tu veux que je fasse au juste ?

John pointa du doigt le mât principal.

— Je veux que tu te positionnes sur la hune et que tu…

— La quoi ? le coupa Ben avec une expression hébétée.

— Tu le saurais si tu étais un peu plus parti avec nous en mer, c'est la plateforme sur le grand poteau en bois, crétin, plaisanta John.

— OK, je grimpe là-haut, et après ?

— Le moment venu, tu les empêcheras d'utiliser leurs voiles ! ordonna John.

— Et lui ? demanda Ben en visant du regard Blake, au bout de la pièce.

— Laisse-moi m'en occuper, répondit John. Maintenant, monte, on n'a pas de temps à perdre !

— Très bien, fais durer le plaisir, répondit Ben en plaquant un couteau sur le torse de son ami.

L'ancien militaire grimpa à une vitesse folle sur les épaisses cordes liant la coque au mât, et ce malgré la quinzaine de mètres qui le séparait du sol. Tireur d'élite de formation, Ben avait l'habitude des positions improbables, niché à plusieurs mètres de hauteur. Il n'éprouva donc aucune peur en escaladant le hauban menant jusqu'à la hune.

Sous le regard avisé de Vervatov, John reprit la barre au matelot qu'il y avait laissé, comme si le navire était sien désormais.

— Et maintenant ? demanda le capitaine.

— Maintenant, la partie commence !

Les vagues déferlaient sous la coque du vaisseau, qui fonçait à toute allure vers les deux monstres marins qui l'attendaient.

Les mètres défilaient pendant que l'angoisse gagnait le cœur de chaque individu, alliés comme ennemis.

— Dès qu'ils seront à portée de tir, faites pleuvoir le feu sur ces fous ! cria Aguilar.

Alors que le *Black Thorn*, dirigé par John, n'était plus qu'à une cinquantaine de mètres de distance, ce dernier hurla à pleins poumons :

— Sois prêt !

Le message s'envola dans les airs jusqu'à atteindre Ben, qui brulait d'impatience à l'idée de faire pleuvoir les projectiles grâce à son engin destructeur.

Sur le pont, l'ensemble des marins n'attendaient plus qu'une chose, la consigne de faire feu ! Mais contre toute attente, John ne poursuivit pas sa course. Prenant tout le monde de court, il mania le gouvernail en hâte et imposa un changement de cap au navire, qui grinça sous la manœuvre.

Comprenant que cette offensive n'était qu'un leurre, le commandant adverse ordonna quand même de tirer. Les balles tout autant que les boulets fendirent les airs, mais aucun projectile n'atteignit sa cible.

Perché sur son mât, Ben fit feu sur ses opposants, touchant coup sur coup les individus essayant de fragiliser le *Black Thorn*.

Très vite, ces derniers reçurent l'injonction de mettre les voiles afin de rattraper John et les siens. Mais face à la rapidité d'exécution de Ben, les marins adverses perdirent un temps considérable. Soudain, les hommes à bord du *Constantina*, toujours en retrait de plusieurs dizaines de mètres, se mirent en mouvement.

Maniant sa longue-vue depuis le début de la manœuvre, le capitaine Vervatov observa son ancien second, Aguilar, donner ses ordres. Le vieux navigateur signala aussitôt ses agissements à John, qui hurla à l'intention de Ben :

— Changement de cible !

Ben orienta alors son fusil en direction du *Constantina* et fit feu sur les marins qui s'affairaient à déployer les voiles. Gagnés par la peur d'être abattus sans même avoir le temps de comprendre, la plupart d'entre eux se mirent à couvert. Mais, entrainés par les injonctions d'Aguilar, ces derniers repoussèrent leurs craintes et réitérèrent leurs tentatives.

À court de balles et à présent hors de portée des tirs, Ben redescendit de son perchoir.

— Et maintenant ?

— Maintenant que nous sommes parvenus à quitter la baie sans encombre, le *Perla Lucia* ne représente plus une grande menace. Nos vitesses sont presque similaires, mais vu comme il est chargé, il n'arrivera jamais à nous rattraper ! se réjouit John en gardant les yeux rivés au loin, sur son objectif.

— Tu oublies que le *Constantina* est bien plus rapide que ce foutu rafiot ! maugréa le capitaine Vervatov en tapant du pied.

— Il est peut-être plus rapide, mais grâce à Ben, nous avons une belle longueur d'avance. À nous de la conserver le plus durablement possible !

— Si je pige bien, quoi qu'on fasse, ils vont finir par nous atteindre, c'est bien ça ? en déduisit Ben.

— Exactement, confirma John avec un large sourire face aux deux hommes.

L'ancien militaire tout comme le capitaine demeurèrent sans voix face à l'attitude de John. Empli d'incompréhension, le premier regarda l'autre, qui ne sut répondre que par un haussement d'épaules.

Alors que la houle s'intensifiait, John maniait le gouvernail avec précision, évitant chaque récif se profilant à l'horizon. Tandis que ses deux compagnons se demandaient s'il était encore sain d'esprit, il leur coupa l'herbe sous le pied :

— Quelle que soit la direction qu'on aurait prise, ils nous auraient rattrapés. Alors, l'important n'est pas de savoir quand ils vont nous rattraper, mais où !

En entendant cela, le capitaine se retourna brusquement vers ses poursuivants afin de jauger la distance qui les séparait. Il observa également la longue côte rocheuse et sinueuse se tortiller devant lui. Alors qu'ils dépassaient les restes d'un phare, le commandant eut peur de comprendre les intentions de son nouvel apprenti. Ses poils se hérissèrent tandis qu'il s'apprêtait à poser la question qui le dévorait de l'intérieur.

— Dis-moi exactement ce que tu as en tête, petit.

En guise d'explication, John se contenta d'appuyer son doigt sur la carte clouée à côté de lui.

— Pentland Firth, lut machinalement Ben, c'est là-bas qu'ils vont nous rattraper, c'est ça ?

— Pas seulement nous rattraper, c'est là-bas qu'on va les faire couler, mon ami, répondit John en tapotant l'épaule de Ben.

Vervatov passa nerveusement une main dans ses cheveux poivre et sel avant de saisir John par le col.

— Tu es complètement fou ! On aurait dû abandonner le navire plutôt que de se diriger vers lui !

— Et leur laisser une chance d'arriver avant nous à Bamburgh ? C'est vous qui êtes fou si vous croyez que je leur aurais offert la possibilité de s'en prendre à ma famille ! répliqua John en l'agrippant, lui aussi.

— Calmez-vous, putain ! s'interposa Ben en les séparant. Il y a quoi dans ce Pentland truc pour vous faire peur à ce point-là, capitaine ?

— Pentland Firth, sombre crétin. C'est le détroit des Orcades, l'un des plus redoutables du monde. Ses courants sont si forts qu'ils pourraient faire doubler, voire tripler notre vitesse de croisière.

— C'est excellent pour nous, ça ! se réjouit Ben.

— Pas exactement… tempéra John en manœuvrant. Le principal danger n'est pas la vitesse, mais l'environnement dans lequel on va naviguer. De nombreux récifs jonchent le détroit, et les vents y sont plus violents qu'à l'accoutumée. Ce n'est pas pour rien qu'on le nomme « le tombeau des capitaines ».

— Alors pourquoi tu nous conduis dans un endroit pareil ?

— Parce qu'une fois engagé dans le courant, Aguilar ne pourra plus faire demi-tour, son navire sera pris au piège. En raison de sa taille et de sa vitesse, encore plus élevée que la nôtre, il lui sera presque impossible de manœuvrer. Il se fera emporter sans pouvoir agir !

— Et il finira échoué sur une côte ! C'est du génie ! s'exclama Ben en frappant John sur l'épaule.

— Si on ne se fait pas éventrer par une arête rocheuse… ou pire… marmonna le vieux capitaine.

John fit mine de ne pas l'avoir entendu et continua de barrer silencieusement le navire alors qu'à quelques kilomètres de là, l'enfer s'apprêtait à se déchainer.

CHAPITRE 27

AU CŒUR DE LA TEMPÊTE

Au milieu de l'après-midi, le *Black Thorn* approchait de la fin des terres écossaises et entrait ainsi dans la zone de tous les dangers. L'épais brouillard qui recouvrait l'horizon réduisait considérablement la visibilité, il était donc impossible pour l'équipage de voir à plus de cinquante mètres. Dissimulées au cœur de cette nappe de brume, les côtes des îles Orkney représentaient une menace d'autant plus grande à présent.

Comme si la grisaille environnante ne suffisait pas, le ciel du Pentland Firth se mua peu à peu en une masse ténébreuse que le soleil n'arriva plus à transpercer. Maniant voilure et cordages, l'équipage du gréement ne mit que quelques secondes à ressentir les premières gouttes de ce qui n'annonçait rien de bon.

Les bourrasques étaient telles qu'un homme crut ne jamais pouvoir rattraper la corde qui lui avait filé des mains. Les vagues, quant à elles, frappaient avec puissance la coque du navire, fouettant au passage les visages des marins avec leurs fines perles d'eau salines.

Le *Constantina* les talonnait et n'était plus qu'à quelques dizaines de mètres de distance. Le petit Danny avait la mine aussi pâle qu'une craie et trainait sa peine sur le pont. Ses cheveux d'ordinaire gominés lui tombaient à présent sur la figure. Il maudissait ciel et mer auprès de qui voulait bien l'écouter. Le capitaine Aguilar n'entendait même pas le tintement de la pièce de métal clouée au bout de sa jambe de bois, tant il était obnubilé par la chasse qu'il avait lancée.

Comme l'avait prévu John, la marée montante accéléra la vitesse du navire, et en quelques minutes, ils passèrent de huit nœuds à plus de seize. Il s'employa de toutes ses forces à maintenir le gouvernail sur le bon cap tandis que ses voiles étaient gonflées à bloc.

Soudain, un éclair frappa le bras de mer à quelques centaines de mètres du navire. Tandis qu'il courait sur le pont supérieur, un marin s'arrêta et contempla la foudre qui s'abattait. L'instant d'après, un grondement sourd résonna, et le malheureux se mit à prier alors que son bonnet s'envolait dans les cieux.

Les yeux de John se plissaient involontairement face à la pluie qui ruisselait sur son visage. Il distingua tout de même, au loin, une arête rocheuse se dessiner grâce à la lumière du tonnerre.

— Cette fois, nous y sommes ! hurla-t-il.

Soudain, John dirigea brutalement le navire dans le sens du courant, qui s'en allait vers l'océan Atlantique, à l'ouest. Une partie des marins s'accrochèrent aux garde-corps pour ne pas passer par-dessus bord tant la manœuvre fut violente.

Aguilar fit de même, mais le gréement qu'il avait volé était bien plus long et mit plus de temps à obéir. Une puissante vague en profita pour heurter son flanc et le pousser par-dessous. Sous l'impact, une caisse remplie d'armes décolla de quelques centimètres avant de percuter l'un des mâts. Son contenu s'en échappa et glissa le long du sol recouvert par l'eau de mer. Une partie des fusils d'assaut ainsi que des munitions finirent leur course dans les fonds marins, provoquant la colère du capitaine.

John évita de justesse un nouveau récif alors que son navire prenait encore plus de vitesse. Ben, trempé jusqu'aux os, avait passé les dernières minutes à aider l'équipage avant de remonter auprès de John.

— Si on survit à un truc pareil, je te jure que je retourne m'enfiler un tonneau entier de whisky dans ce foutu entrepôt !

— Prépare les verres dans ce cas-là ! s'égosilla John au milieu du chaos qui l'entourait.

Bien qu'il soit plus confiant que jamais, le père de famille se laissa surprendre lorsque la barre lui échappa brusquement des mains ! La force exercée par celle-ci fut telle qu'il faillit s'écrouler au sol. Ben le rattrapa aussitôt, et le navire fut happé à bâbord. Le courant était si puissant qu'il fit faire demi-tour au gréement, qui se retrouva face au *Constantina*. Celui-ci fonçait sur lui !

— On ne devrait pas avoir… commença John avant d'être coupé par Ben.

— Qu'est-ce qu'il se passe ?

— Maelström ! hurla l'un des marins.

— Le Swilkie… articula avec crainte le capitaine Vervatov.

— Le quoi ? demanda Ben, qui n'avait pas encore observé l'état de la mer.

— Le Swilkie ! répéta John. C'est un puissant tourbillon qui peut survenir dans la région… J'espérais l'éviter !

Le commandant Vervatov n'avait pas perdu de temps et s'était empressé de récupérer le gouvernail afin de suivre le courant du vortex, escomptant esquiver le choc frontal avec le navire d'Aguilar.

Ce dernier perçut cet événement comme une aubaine. Mais contrairement à ce qu'il pensait, les éléments étaient loin d'être en sa faveur. Il en fit les frais lorsqu'une vague scélérate de près de dix mètres frappa la proue du gréement. Une partie des planches formant le pont avant se soulevèrent sous l'impact. Des morceaux de bois volèrent en éclats tandis que les cordes rattachées à cet endroit se mirent à virevolter au gré du vent. Sous l'effet du choc, deux membres de son équipage passèrent par-dessus bord.

Lorsqu'Aguilar vit que le navire de John s'était encore rapproché, ses traits apparurent plus graves que jamais. La veine qui parcourait sa tempe semblait prête à exploser, tout autant que ses cordes vocales, qui hurlaient de toutes leurs forces. La colère et la folie l'avaient submergé au point qu'il voulait percuter de front le vaisseau ennemi.

Danny reconnut là le visage d'un désaxé enclin à tous les condamner pour assouvir ses desseins. Bien qu'étant déterminé à mener à bien son projet avec Katelina, Danny n'était pas disposé à y laisser sa vie. D'un virulent coup d'épaule, il éjecta Aguilar de la barre avant de faire virer le bateau à tribord.

Danny évita de justesse le choc frontal, mais percuta tout de même le navire de John sur le flanc.

Collés côte à côte, les deux vaisseaux furent entrainés par le courant tourbillonnant qui s'était encore amplifié à cause de la tempête. La plupart des marins s'étaient écroulés sous la force de l'impact entre les deux navires. Lorsqu'ils se relevèrent, chacun n'eut l'occasion d'observer ses opposants que le temps d'une fraction de seconde avant que l'un d'entre eux ne se mette à faire feu. L'affrontement entre les deux factions débuta.

Les guerriers des mers en profitèrent pour bondir d'un bord à l'autre afin de se battre. Les détonations explosèrent, les lames fendirent l'air et les hommes succombèrent sous les coups. Alors qu'ils avançaient de part et d'autre de leurs ponts en combattant leurs ennemis respectifs, John et Aguilar ne pouvaient s'empêcher de se défier du regard.

Pendant ce temps, le capitaine Vervatov tenait fermement le gouvernail, résistant à la fois à l'attraction du maelström et à la force qu'exerçait sur lui son ancien bâtiment. De l'autre côté, Danny, pris au dépourvu par son propre geste, se retrouva lui aussi à diriger la barre du *Constantina*.

— Foutu fils de pute ! Je récupèrerai mon navire, même si je dois aller le chercher par le fond ! hurla Vervatov à l'intention de Danny.

Là où John s'évertuait à ne pas tuer, Ben, lui, ne faisait aucune preuve de pitié, égorgeant et faisant feu sur tout ce qui pouvait lui tomber dessus. Voir son ami lutter avec tant de clémence, une fois de plus, révolta Ben, qui retint durement ses mots.

Soudain, l'un des molosses de Danny, armé d'un lance-grenades, se dressa devant l'ancien militaire sanguinaire. Le regard de Ben changea aussitôt lorsqu'il comprit qu'il n'avait pas la moindre chance face à pareil équipement. Mais au même moment, un marin sauta à la gorge du golgoth et planta sa lame dans sa carotide. La surprise fut telle, pour l'un comme pour l'autre, que le colosse appuya sur la détente. Les projectiles décollèrent dans les airs.

La salve dévastatrice percuta le montant portant la voile la plus haute du navire d'Aguilar. Cette dernière fut arrachée dans un fracas assourdissant, laissant voler en éclats des centaines de copeaux de bois. La partie endommagée de la vergue retomba brutalement et se coinça entre les haubans et les voiles des deux bateaux, entremêlant ainsi leurs cordages.

Le capitaine Vervatov contempla avec impuissance la destruction d'une portion de son ancien gréement. Pire encore, il comprit aussitôt que cet incident dramatique avait piégé les deux vaisseaux au cœur de la tempête. Il en déduisit qu'il leur fallait retirer l'épine que représentait la vergue au plus vite, sous peine de finir engloutis par le vortex.

Il confia alors le gouvernail au marin le plus proche puis sauta sur le pont afin de retrouver Ben et John.

— Vous deux ! dit-il en les agrippant par les épaules, montez là-haut avec des haches et coupez-moi cette merde, sinon, on est tous morts !

— Pourquoi vous ne le faites pas vous-même ? s'écria Ben en plantant sa lame dans le thorax d'un ennemi.

— Je suis trop vieux pour grimper, sombre crétin ! Et puis, j'ai un navire à récupérer aux mains de ces deux connards !

— Très bien, capitaine, on y va ! déclara John.

Alors que les deux amis se dirigeaient vers l'habitacle du commandant, Ben arracha une hachette des griffes d'un cadavre étalé sur le sol.

— Tiens, attrape, dit-il en la lançant à John. Fonce, je te rejoins !

Ben continua sa course et pénétra dans la cabine. Il tomba nez à nez avec deux gardes surveillant Blake, toujours attaché. Ben comprit vite que John n'avait pas fait le nécessaire, une fois de plus, à son grand regret.

— Qu'est-ce que vous foutez là, vous deux ?

— On veille sur le prisonnier comme nous l'a ordonné John, répondirent les deux hommes, hébétés.

— Allez plutôt vous battre avec les autres, bande de lâches !

Ben remarqua le couteau qu'il avait laissé à John, posé sur le rebord de la fenêtre. Il s'en empara avant de s'adresser à Blake :

— Quant à toi, quand je reviendrai, je te trancherai la gorge ! dit-il en quittant les lieux.

Ben courut aussi vite que possible, évitant alliés comme ennemis avant de grimper sur le hauban. Les cordes étaient si glissantes qu'il manqua de chuter par deux fois dans les remous de la mer. Alors qu'il arrivait sur la hune, John lui tendit une main, qu'il accepta volontiers. Ensuite, tous deux commencèrent à couper les cordes et le morceau de vergue fiché entre les deux navires.

Esseulé dans la cabine du capitaine, Blake se démena pour essayer de se libérer de ses liens. Mais alors que ceux-ci se desserraient peu à peu, une énième secousse vint les faire chuter, lui et la chaise sur laquelle il était assis. Le visage au sol, il découvrit que le siège en bois s'était brisé et qu'il lui offrait désormais la possibilité de fuir. Le docteur courut vers la sortie de la pièce, mais contre toute attente, il tomba sur trois hommes de main de Danny. Ceux-ci le reconnurent immédiatement.

— Tiens tiens, qui voilà ? Notre cher toubib !

— Cet enfoiré a refusé de me soigner lorsqu'on a quitté la ville !

— Ouais, moi aussi ! ajouta le dernier membre du groupe.

— Fermez-la, bande d'animaux, je suis avec vous désormais. Maintenant, laissez-moi sortir de là ! s'exclama le médecin.

— J'crois pas, non, répondit l'un d'entre eux en lui barrant le passage à l'aide de son bras.

L'un des individus déjà à l'intérieur en profita pour projeter Blake en arrière.

— Pas de chance pour toi, le capitaine Aguilar nous a ordonné de nous occuper de toi ! révéla l'un d'entre eux.

— On devrait un peu s'amuser avec lui, proposa l'un des hommes en pointant son couteau en l'air.

— J'ai une meilleure idée, les gars, dit celui qui tenait la porte avec un sourire vicieux tout en la refermant. Tournez-le et baissez son froc. Le reste, j'en fais mon affaire !

Ce dernier ouvrit alors la boucle de sa ceinture et descendit son pantalon à son tour. La seconde d'après, un hurlement cinglant résonna dans la pièce.

Pendant ce temps, Vervatov passa d'un garde-corps à l'autre et monta sur son ancien navire. Il traversa à toute allure le pont qu'il connaissait tant avant de grimper les escaliers menant à l'étage où se battait Aguilar et où Danny tenait la barre contre vents et marées.

Le vieux navigateur se jeta aussitôt sur Danny et lui asséna deux coups de poing au visage qui le firent chuter. Vervatov souleva Danny par le col avant de le plaquer contre le mât. Mais ce dernier ne se laissa pas si facilement faire. Il renvoya le vieil homme en le poussant à son tour contre le gouvernail.

Le capitaine fourra alors sa main dans sa poche et en sortit une poignée de clous qu'il lança à la figure du truand. Celui-ci se protégea tant bien que mal, mais il était trop tard, il avait baissé sa garde. Vervatov en profita pour lui flanquer un nouveau coup de poing, au thorax cette fois-ci, avant de fouiller encore une fois dans sa poche. Il en fit jaillir un unique clou, bien plus grand que les autres, et le plongea droit dans l'œil de Danny, tout en le plaquant à nouveau contre le mât.

Surplombant la scène d'une quinzaine de mètres, John observa le duel par à-coups tout en assénant allègrement sa hache.

Ben fit de même, mais au contraire de son ami, il était totalement déconnecté des combats. Son esprit ne pouvait s'abstenir de lui renvoyer l'image de Blake, toujours en vie alors que John avait semblé être enfin prêt à en finir. Un flash le frappa brusquement, lui remémorant les quelques instants précédents, où John n'avait eu de cesse d'épargner ses opposants durant l'affrontement.

Soudain, un vif coup de vent lui fit perdre l'équilibre, et il vit en dessous de lui les ravages du conflit en cours. Des dizaines de cadavres jonchaient les ponts sous un déluge de violence qui aurait pu être empêché.

Si seulement tu avais fait le nécessaire… tout ce gâchis aurait pu être évité… songea Ben.

Alors que la main qui lui servait à trancher les cordes face à lui se paralysait subitement, Ben repensa aux paroles de Katelina : « Comment nommes-tu quelqu'un qui est incapable de protéger les siens contre les menaces qui se dressent devant lui et sa famille, hein ? », « Le seul capable d'assurer notre survie à tous, c'est *toi* ! C'est toi qui devrais diriger cet endroit, pas lui ! »

Alors que Danny luttait toujours pour survivre face au capitaine Vervatov sous les yeux observateurs de John, ce dernier se fit surprendre par une bourrasque et lâcha du regard le combat. Au même instant, Aguilar profita de l'absence d'opposition devant lui pour se précipiter vers son ancien commandant. Il retourna le vieil homme et lui asséna une dizaine de coups de couteau dans le thorax.

Aguilar se détourna de celui qui avait été son mentor sans un mot, le laissant agoniser dans les bras de Danny.

Alors que John retrouvait un équilibre précaire, il découvrit avec stupeur la mare de sang s'écoulant du corps de Vervatov, qui faisait toujours face à Danny. Fou de rage, il empoigna sa hache et l'abattit si fort sur la vergue qu'elle céda sur le coup. L'épaisse pièce de bois cylindrique s'écrasa lourdement en contrebas tandis que John bouillonnait.

Cette fois, je te tuerai, Danny ! pensa John, prêt à renier son code d'honneur.

La perte de cet homme qui s'était rapproché d'un père à ses yeux lui retourna l'estomac. Déterminé à en finir, John regagna la hune, où Ben semblait ne plus bouger. Il tira son partenaire par l'épaule avant d'ajouter :

— Finis de couper les cordes, je descends !

Ils se faisaient face, et Ben plongea son regard dans celui de son ami. Alors que les paroles de Katelina se répétaient sans cesse en lui, il empoigna le couteau de ce dernier et planta son poignard dans le bas-ventre de John. Aussi surprenant que cela puisse paraitre, ce geste plaça les deux hommes hors du temps et de l'espace.

Le père de famille ressentit la froideur de la lame le transpercer, alors que le vent et la pluie caressaient son visage. Une étrange sensation d'apaisement l'envahit soudainement. Comme si la fin de son calvaire venait enfin d'arriver.

Une larme à l'œil, Ben eut du mal à faire sortir le moindre son de sa bouche.

— Je… je suis déso… Tu es incapable de les protéger… Je prendrai soin d'Elizabeth et des enfants, je te le promets…

— Elizabeth… prononça John en tenant du bout des doigts la lame l'ayant transpercé.

Alors que les deux navires se séparaient de leur étreinte, Ben retira son couteau, puis, d'un geste lent et sûr, il poussa John de la paume de sa main.

Le corps de ce dernier chuta au travers des bourrasques avant de s'écraser lourdement au creux des vagues du tourbillon, qui l'avala sous les yeux de Danny et d'Aguilar.

CHAPITRE 28

DÉSCENTE AUX ENFERS

Accablé par ce qu'il venait de commettre, Ben descendit du hauban, le teint livide et les yeux injectés de sang. Son regard était perdu, et une larme à peine perceptible était apparue au coin de son œil droit.

Alors que le *Black Thorn* s'était dégagé de l'emprise meurtrière du *Constantina*, ce dernier fila néanmoins à toute vitesse au travers du courant parsemé de récifs.

Les marins s'affairaient tout autour de Ben pour éviter au navire de sombrer. L'ancien militaire se sentait impuissant et ne savait que faire. Les bras ballants, il errait au cœur du vaisseau pris dans la tempête, comme s'il traversait le Styx pour se rendre tout droit en enfer.

Ben monta difficilement sur le pont supérieur et observa s'éloigner de lui le vortex dans lequel il avait envoyé son seul ami.

Après avoir passé près d'une heure immobile à l'arrière du bâtiment, se laissant frapper à la fois par la pluie battante et les bourrasques, Ben sortit de son état catatonique lorsque les éléments se calmèrent.

Épuisés, les marins savourèrent silencieusement d'avoir réchappé à la mort, alors qu'elle les guettait depuis le début de la tempête. Dès l'instant où le vent s'apaisa et que les cordes ne s'agitèrent plus dans tous les sens, Ben observa les individus tout autour de lui. Il sentit son épaule se faire agripper, alors qu'aucun son ne lui parvenait. Il se retourna aussitôt et l'ouïe lui revint au même moment.

— Qu'est-ce qu'on fait maintenant ? demanda l'une des femmes à bord.

— J'ai vu le capitaine mourir des mains d'Aguilar, le traître ! hurla un marin.

Soudain, un nouvel individu approcha, mais celui-ci arborait une allure bien plus menaçante.

— Moi, j'ai vu autre chose ! beugla-t-il. J'ai vu cet enfoiré poignarder John et le pousser du haut de la hune !

Ben se confronta aux regards à la fois effrayés et choqués des uns et des autres, qui reculèrent d'un pas après la révélation. Le marin face à lui l'empoigna par le col et dégaina un couteau de son ceinturon.

— J'vais le venger ! Sale traître !

Alors que la lame s'approchait, Ben la stoppa à la seule aide de sa main, qu'il serra tout autour du métal froid. Le liquide écarlate provenant de sa paume ainsi que de ses doigts s'écoula sur le plancher du ponton tandis que la panique pouvait se lire dans les yeux de l'homme face à lui.

Sans crier gare, Ben envoya un coup de tête à son opposant avant de se saisir de son poignard.

Chacun dégaina son arme tour à tour, et Ben vit qu'il était esseulé. Acculé face à une meute de loups incapables de comprendre son geste.

Si la mort ne m'a pas emporté dans cette maudite tempête, c'est que j'ai fait ce qui était nécessaire pour préserver le plus grand nombre… se convainquit l'ancien militaire.

Mais personne ne pourra comprendre cela… Du moins, pas s'ils l'apprennent de cette manière… C'est à moi d'annoncer sa disparition, pas à ces stupides animaux… Ils détruiraient tout ce que nous avons bâti, tout ce que tu *as bâti… Et Elizabeth ne comprendrait jamais mon geste…* songea Ben dans un second temps.

Encore une fois, c'est à moi d'agir… De les protéger de la vérité… de prendre mes responsabilités, comme l'avait suggéré Katelina ! accepta-t-il en son for intérieur.

— Je vais faire le nécessaire, déclara Ben à voix basse avant de retourner la lame de l'homme face à lui et de la lui planter dans la carotide.

Il fit face à chacun de ses opposants tour à tour, les exécutant un par un. Laissant comme seule trace sur son passage un déluge de sang.

Un véritable massacre avait eu lieu à bord, et Ben était à présent l'unique survivant du *Black Thorn*, qui errait sur l'étendue d'eau saline. Couvert d'hémoglobine et assis sur les marches menant au pont supérieur, Ben se fit soudainement recouvrir par une ombre.

— Ça te dirait de retourner chez toi, le boucher ? lui demanda en ricanant une voix masculine qu'il aurait reconnue entre mille.

Face à lui, Danny et Aguilar le toisaient tout en lui tendant une corde.

Ben comprit qu'il n'avait d'autres choix s'il voulait rentrer chez lui. Il accueillit une fois de plus ce signe du destin et agrippa le cordage avant de monter à bord.

Sur le pont, il observa les environs, puis il inspira une grande bouffée d'oxygène tout en acceptant l'idée qu'il était prêt à gouverner aux côtés de Katelina.

CHAPITRE 29

UN NOUVEAU ROI

Nord-est de l'Angleterre
Bamburgh
Automne 2017

Une année s'était écoulée depuis la bataille dans le Pentland Firth. Depuis, les choses n'avaient plus jamais été les mêmes dans la ville et au château.

Après avoir emprunté une porte dérobée dans la cour secondaire, deux silhouettes quittèrent l'enceinte du fort à la hâte. Les individus se faufilèrent au cœur du bourg, dissimulés sous d'épais capuchons, croisant quelques marginaux vagabondant au milieu de la nuit. Au bout de quelques minutes, ils tombèrent sur une potence où bougeaient au gré du vent deux cadavres encore pendus.

Dans un silence total, tous deux parcoururent le dédale de ruelles jusqu'à atteindre la taverne. Une fois à l'intérieur, ils s'attablèrent dans un recoin peu éclairé.

— On ferait mieux de se barrer d'ici tant que personne n'est au courant, dit Mary à voix basse.

— Elle nous a ordonné d'attendre qu'on donne l'alerte et que plus personne ne fouille le port, ce serait trop dangereux de partir maintenant, répondit Alex sur le même ton.

— Qui nous dit qu'on peut lui faire confiance ? On nous a trop de fois roulés dans la farine.

— Elle nous a libérés, alors on peut se fier à sa parole. À présent, tais-toi et patientons.

La jeune femme obéit sans discuter, mais en profita pour laisser trainer une oreille attentive autour d'elle.

Elle remarqua très vite que trois hommes mangeaient et buvaient bruyamment, tout en rotant sans retenue.

Bande de porcs, pensa-t-elle.

— Moi, ce que j'en dis, c'est que depuis que Barnes est aux commandes, les choses sont carrées ! déclara l'un d'entre eux.

— C'est vrai qu'il fait bon vivre ici ! Il y a de la bonne bouffe et de quoi picoler grâce à ce couard de Taylor, sans compter les femmes, haha ! s'exclama le second en ricanant.

— C'est sûr que c'est autre chose que sur ce foutu rafiot ! Une saison entière à se taper la recherche du frère du capitaine, tout ça pour que dalle ! J'ai hâte que cet enfoiré crève et nous fiche la paix !

— Ouais, enfin, si c'est pour échanger un fou contre un autre, j'aime autant rester à bord du navire ! répondit le troisième, qui avait gardé le silence jusque-là.

— Tu sous-entends quoi par là ?

— Que Barnes a viré barjo ! Les choses paraissent peut-être carrées, mais vous avez vu le nombre de pendus et de gens qui croupissent dans les geôles. Alors, imaginez s'il apprenait qu'on n'a peut-être pas buté le toubib…

— C'est ta faute, Clive ! Si tu n'avais pas voulu lui ramoner le derche, on n'en serait pas là ! On a juré qu'il était mort. Va savoir ce que pourrait nous faire ce dingue de prétendu roi si on revenait sur notre parole maintenant.

— Je suis sûr qu'il est mort ! Personne n'aurait survécu à cette tempête après avoir chuté en mer. Vous en faites pas, les gars, tenta de les rassurer le dénommé Clive.

— Quand je pense que ce con a sauté par-dessus bord la bite à l'air, haha !

Tout à coup, les trois hommes se mirent à rire aux éclats avant que Clive ne reprenne :

— Assez plaisanté, maintenant, fermez-la avec cette histoire. Ici, les murs ont des oreilles.

Mary fixa intensément Alex dans les yeux, et ce dernier lui demanda :

— Quoi ?

— Dire que ces raclures auraient dû nous déposer très loin et qu'à présent, on n'a nulle part où aller… On pourrait peut-être…

— Retourner chez Isaac ? T'es complètement malade, s'étonna Alex. Après avoir fui ? Jamais ! Surtout pas sans ce qu'il voulait… Il nous tuerait aussitôt, ou pire…

— Et si on lui ramenait un cadeau, tu ne crois pas que ça l'adoucirait ? demanda Mary tout en caressant la main de son amant.

— Quel genre de cadeau ? s'inquiéta-t-il.

Mary visa de la tête Sandro, qui officiait derrière le bar.

— Parait qu'il a une sœur, une *petite* sœur, insista Mary, et tu sais comme moi qu'Isaac les adore jeunes…

— Ce que tu proposes, c'est…

— Horrible ? Oui, mais est-ce qu'on a encore le choix ? Réfléchis-y, de toute façon, on a toute la nuit.

Après quelques heures, les deux silhouettes encapuchonnées mirent à l'eau une barque contenant quelques provisions et un épais sac de toile de la taille d'un adulte moyen gigotant au même rythme que les vagues.

ÉPILOGUE 1

Le vent et la pluie frappaient tambour battant la fenêtre équipée de barreaux, et un faible rayon provenant de la lune était arrivé à percer la brume environnante.

Un homme assis sur un matelas miteux dans un recoin d'une pièce faite de béton armé était occupé à bander les phalanges de ses mains. Lorsqu'il eut fini son affaire, il se releva et heurta du poing la paume de sa main. Il haussa les épaules et expira un grand coup, comme s'il était prêt à en découdre sur un ring de boxe.

L'individu avança d'un pas, et son visage recouvert d'une épaisse barbe se révéla grâce au clair de lune. C'était Talip.

L'entrée de sa cellule était grande ouverte, et le chemin libéré. Il entendit au loin le brouhaha croitre au fur et à mesure qu'il progressait dans le dédale du pénitencier.

Il longea l'ensemble des geôles vidées de leurs pensionnaires, puis traversa le hall intérieur du bâtiment jusqu'à l'extérieur.

Au-dehors, la pluie battait toujours, comme lors d'une tempête. Le vent tout autant que le tonnerre grondaient tandis que l'ancien tatoueur se frayait un chemin au travers des prisonniers s'étant rassemblés dans la cour extérieure.

Ceux-ci frappaient dans leurs mains en rythme tout en s'égosillant : « LE CERCLE ! LE CERCLE ! LE CERCLE ! »

Lorsque Talip passa devant le dernier détenu, un terrain vague s'offrit à lui. Il avança d'un nouveau pas, et tous les regards se braquèrent immédiatement sur lui.

Un garde approcha, un sourire narquois sur le visage, pendant que les prisonniers hurlaient toujours.

— Bienvenue dans le Cercle de sang, vendeur de kebabs. J'espère que t'es prêt, parce que ton adversaire n'a pas pour habitude de faire des cadeaux ! dit-il en ricanant.

— Qu'on en finisse ! s'exclama-t-il, plein de hargne.

Sous la pluie et avec pour seule arme ses poings, Talip s'élança sur le sol boueux face à son opposant.

ÉPILOGUE 2

Péninsule de Wirral

Wallasey

Automne 2017

Un véhicule blindé traversa la zone de quarantaine à toute allure avant de s'arrêter devant l'ancien bar de Danny Taylor.

Le colonel James en sortit les mains moites et le teint pâle à l'idée de se rendre ici. Il courut à grandes enjambées, bien que son corps n'éprouve aucune envie d'être là.

En entrant dans le pub, James adapta son allure et refusa tout contact visuel avec quiconque avant de s'enfoncer dans un corridor sombre et oppressant. Au bout du couloir, la porte qu'il redoutait lui faisait face.

Il toqua légèrement sur cette dernière et ne s'étonna guère lorsqu'une jeune femme à la poitrine nue vint lui ouvrir.

Il n'était pas encore à l'intérieur qu'il entendit une voix puissante en surgir :

— Et c'est comme ça que j'ai anéanti trois fléaux en une journée !

La divine créature lui laissa le champ libre et retourna se coucher sur le large matelas luxueux devant lui.

À ses côtés, trois autres femmes entouraient le lieutenant-général Michael Ward. L'homme approchant la quarantaine avait l'entrejambe couvert d'un drap fin et la main posée sur la cuisse de l'une d'entre elles.

— Je me disais bien qu'une gonzesse avait frappé à la porte, s'amusa le militaire. Les filles, je ne vous présente pas mon larbin… Qu'est-ce que tu veux, chien ?

— On… on a une piste… bégaya James.

Soudain, Ward se releva légèrement, laissant apparaitre son impressionnante musculature. Son sourire avait disparu, laissant place à une expression menaçante.

— Où ?

— La ville de… de Bamburgh, au nord-est de l'Angleterre, chef.

— Prépare les troupes, chien ! On a du boulot ! ordonna le lieutenant-général en se redressant, complètement nu.

— Bien… che… chef.

FIN DU TOME 2

BAMBOROUGH CASTLE.

REMERCIEMENTS

Te voilà à la fin de ce deuxième tome !

Si tu es là, c'est que tu as aimé le premier opus, et je t'en remercie grandement.

J'espère que tu as tout autant apprécié ta lecture, voire frissonné par moments !

Je n'ai pas compté mes heures pour produire cet ouvrage, que je pense bien meilleur que le premier !

Comme tu l'as compris à la fin, nous nous retrouverons pour un troisième tome qui, je pense, sera un véritable enfer pour mes personnages, haha !

Si tu as aimé (ou non, d'ailleurs), n'hésite pas à déposer un avis sur la page Amazon du livre. C'est un petit geste, mais qui contribue beaucoup à la visibilité de l'œuvre, et donc à son existence ! D'autant plus que je me ferai un plaisir de lire ton retour !

Je tiens également à remercier ma famille, ma copine ainsi que mes amis pour leur soutien tout autant pour le premier que le second tome. Côtoyer quelqu'un qui a pareille occupation dans sa vie n'est pas toujours de tout repos !

Je souhaiterais remercier encore une fois ceux qui m'accompagnent dans ce projet, à savoir :

Amandine Riba, correctrice.

Un grand merci pour vos conseils et votre temps passé à corriger et à perfectionner mon premier manuscrit. Je ne doute pas qu'il en sera de même pour cette seconde expérience. Sa communication hyper-fluide, son sens du partage des connaissances ainsi que ses explications sont un véritable atout pour moi !

Thibault Beneytou, graphiste.

Un grand merci pour tes conseils, nos nombreux échanges, tes suggestions, malgré mes demandes qui sont sans doute inhabituelles quelquefois.

Merci à vous deux pour votre disponibilité, votre écoute et surtout, votre réactivité. Vous faites littéralement vivre mon œuvre !

Merci à mes bêta-lecteurs, Dodo, Nico, Anaïs, Thomas et Deb, pour leurs retours précieux sur le premier tome ainsi que le second ! Malgré le timing très serré que je vous ai imposé, vous avez su me donner des pistes non négligeables pour parfaire mon texte !

Je souhaiterais également remercier chaleureusement Vladimir Martus, le capitaine du *Shtandart*, frégate sur laquelle j'ai navigué durant quelques jours en étant membre à part entière de l'équipage.

J'ai aussi une pensée particulière pour les membres le composant, qui m'ont appris à barrer le navire tout en me racontant leurs nombreuses expériences en mer et sur divers bateaux ; qui m'ont poussé à monter sur la hune du grand mât alors qu'une certaine crainte m'habitait, haha. Merci pour vos délicieux repas malgré les conditions rudimentaires, vos anecdotes ainsi que vos mélodies jouées à la guitare lorsque le calme régnait à bord. Je tenais également à saluer William, mon compagnon de bord, qui tout comme moi découvrait cet univers fascinant et avec qui j'ai pu partager ces quelques jours incroyables !

C'était une expérience à la fois inoubliable et utile pour l'écriture de mon livre, alors merci à vous tous d'avoir rendu cela possible !

Je voudrais également saluer le personnel travaillant dans le château de Bamburgh, en Angleterre. J'ai aussi visité ce lieu pour les besoins du livre et ai trouvé l'endroit incroyablement bien entretenu, tout le monde a été accueillant et la visite très intéressante ! Mention spéciale aux habitants du village en contrebas du fort, qui ont également été d'une gentillesse sans égale !

Enfin, comment ne pas terminer par lui… Nous y voilà, Michael Z.

Hélas, je n'ai pas pu trouver le moyen de faire de toi le nouveau héros de mon roman… L'histoire était déjà en place, et inclure un protagoniste capable de piloter un Gundam lanceur de pizzas aux couleurs de l'Italie s'avérait très compliqué ! Mais un jour, peut-être que j'y arriverai, ne perdons pas espoir !

PS – Pas de représailles au boulot, s'il te plaît.

Merci de m'avoir lu jusque-là. Tu peux également me suivre sur Instagram, sur le compte @florian_gruss.

Je partagerai à l'occasion quelques trucs cool et des infos sur le prochain tome, donc n'hésite pas !

À bientôt dans le purgatoire que sera le tome 3 !

Cet ouvrage a été composé par : Thibault Beneytou

Printed by Amazon Italia Logistica S.r.l.
Torrazza Piemonte (TO), Italy

76406903R00217